水乡

残雪 著

湖南文艺出版社
HUNAN LITERATURE AND ART PUBLISHING HOUSE

图书在版编目（CIP）数据

水乡 / 残雪著. -- 长沙 : 湖南文艺出版社，
2021.8（2024.10重印）
ISBN 978-7-5726-0108-8

Ⅰ.①水… Ⅱ.①残… Ⅲ.①长篇小说－中国－当代
Ⅳ.①I247.5

中国版本图书馆CIP数据核字（2021）第036149号

水乡
SHUIXIANG

残雪 著

出 版 人：陈新文
责任编辑：陈小真
特邀编辑：薛 梅
责任技编：彭 进
装帧设计：弘毅麦田
湖南文艺出版社出版、发行
（湖南省长沙市东二环一段508号　邮编：410014）
网址：www.hnwy.net
湖南省新华书店经销
长沙超峰印刷有限公司印刷

版次：2021年8月第1版
印次：2024年10月第4次印刷
开本：970 mm×670 mm　1/32
印张：11
字数：233 千字
书号：ISBN 978-7-5726-0108-8
定价：58.00元

本社邮购电话：0731-85983015
若有质量问题，请直接与本社出版科联系调换

目 录

第一章　有不少人来野鸭滩了 …………………… 001

第二章　老赵和他的女伴 …………………………… 037

第三章　南的城市生活 ……………………………… 073

第四章　黄土寻亲 …………………………………… 107

第五章　一个过去时代的人物 ……………………… 135

第六章　老曹和他的家人 …………………………… 169

第七章　铁锤和铁扇 ………………………………… 199

第八章　秀钟的女儿秀原归来 ……………………… 229

第九章　荆云和老曹与孩子们重逢 ………………… 247

第十章　珠的远房亲戚三角梅 ……………………… 263

第十一章　女英雄 …………………………… 281

第十二章　叔叔老鱼 …………………………… 295

第十三章　幸福乐园 …………………………… 311

第十四章　返老还童的湖 ……………………… 329

第一章

有不少人来野鸭滩了

"今天是六月五号了。"马白说,说着就站起身来将墙上的日历撕下了一张。

"日子过得很快嘛。"马白的丈夫秀钟回应道。

这对夫妻六十开外了,他们属于洞庭湖区围湖造田的一代。他们有一儿一女,早就去大城市参加工作了。马白和秀钟都舍不得离开湖区。虽然湖区是他们的第二故乡,但这个地方耗费了他们的全部生命。相形之下,那第一故乡在他们脑海的深处反而只留下了稀薄的影子——那是个中等城市,有着灰色的平顶楼房。

"我们明天吃点什么呢?"马白问丈夫。

"白莲藕炖排骨吧。我找常永三去买白莲藕。"秀钟说。

"常永三?你不是同他有仇吗?"马白心里不悦。

"那是多少年前的事了,谁还记得那种事。前天我在路上遇见他，打了个招呼。我早就想同他来往了，他种莲藕的技术比我好多了。"

"就为这同他来往？"

"也不完全是吧。我们湖区越来越寂寞了，昨天又有一家搬走了。老婆，你怎么看我同常永三这事？"

"你想同他来往就来往吧。为什么不来往？这附近只有他家，要是不同他家来往，差不多就没人来往了，是吧？"

马白边说边走到窗前去，朝前方仔细看。她的视野里是模模糊糊的一栋棚屋的黑影，棚屋里没点灯。"怎么灯都不点？节约到了这个程度？"她唠叨说。

秀钟听了就哈哈地笑，说并不是节约，是为了生活简单。

"你想想看，那边屋里就两个人，没什么东西要用眼睛看，点灯干什么呢？"

"我明白了，老公。你真是心如明镜啊。"

其实那棚屋离他们家有两三里路，可在湖区这种平坦地方，看起来就像在家门口似的。他们俩站在窗前看了又看，生出许许多多感慨来。

突然，好像是回应他们似的，棚屋的窗口亮起了一盏煤油灯。马白听见湖水在远处拍击着堤坝，大概起风了。"奇迹啊。"秀钟轻声地说。

离得那么远，居然可以看见有人在堤坝上走，手电光一晃一晃的，说话声还被顺风送过来了，只是听不清而已。马白心里想，这漆黑的夜里其实并不平静。

"你觉得，如果是从他家朝我们家看过来的话，会看见一些什么?"秀钟问马白。

"那应该也是同样的景象吧。不过我们总是点了灯的。不点灯,说明他们是真正的心静啊。从前我家老爷爷也像他们一样,到了夜里,如果要走动,就在黑暗中摸来摸去的。"

站在窗前的两个人都沉默了,各想各的心事。然而堤坝上的那两个人越走越近了,说话声也越来越响,其中一个粗嗓子吼道:

"让他提头来见我!这种天……"

那人的话屋里这边的两个人都听清了。他们还想听下去,可堤坝上的两个人已经下去了,消失了。这附近没有人家,他们是到哪里去?难道是调查什么案子?看那情景他们并不像在闲逛的人啊!他们也不是到常永三家去,他们走的是同他家相反的方向。

马白和秀钟的心绪伸展到很远,在湖水的拍击声中,两人都感到今夜有点异样。

后来马白去了厨房煮茶。马白端了茶走进房里时看见丈夫正勾着腰在墙角倾听。这是秀钟的老习惯了,他总在屋里的角角落落里听。据他说,因为这地方空旷,方圆二三十里之内发生点什么事,在屋里就可以听到。

"你听出点什么动静了吗?"马白大声问道。

"那两个人没有走,潜伏在我们野鸭滩了。"秀钟回答说,"莫非要杀人?要是先前还有可能,现在这地方已经没有几个人了。"他轻轻地笑起来。

"我们野鸭滩人烟稀少。"马白附和道,也笑起来。

煤油灯欢快地闪动着，两人心情都开朗了。他们开始喝茶。他们谈起又要去镇上买米了，这事有点麻烦。每次都是秀钟踩三轮车去买东西，他蹬车的技术不高，马白老担心他。可又有什么办法呢？从前他们家有三亩水稻田，自从"退耕还湖"之后，他们就没有田了，只能到镇上买米吃。不过家里养了猪和鸡鸭，有时还放网捞些鱼，生活还是比从前好多了。

"我们那些稻田啊！"马白伤感地说。

她想起了她家的三亩稻田被湖水淹没的那一天的情景。

"虽然被淹了，可是对洞庭湖有好处啊。它不是仍在湖水下面吗？"

当秀钟这样安慰马白时，马白神情恍惚地说：

"要是哪一天能见到它就好了。原先我最喜欢起早去干活，站在绿茵茵的稻田里，身体里什么病痛全消失了。现在我都快忘记打赤脚下田的感觉了……那是什么感觉？你还记得吗？你说得出来吗？"

"我也说不出。"秀钟迟疑地回了一句。

茶水渐渐凉了。秀钟说他要到他家周边去察看一下。马白就嘱咐他走夜路要小心。

秀钟穿上风衣，拿了手电出门了。他想到大堤下面去看看，夜里来的那两个人引起了他的警惕。虽然他知道这个荒凉地带没什么东西可偷，但这种事毕竟太古怪了。莫非是逃犯？秀钟并不是很有胆量的人，他只是为好奇心所驱使想弄清一下。

夜里的确在刮风，但风不很大。他还没走到大堤那里就看见那两个人了，因为他们烧了一堆篝火，正坐在火边吃东西。

秀钟鼓起勇气走拢去，掏出口袋里的纸烟递过去，说：

"弟兄们，抽根烟吧。"

两个人都接了秀钟的烟，又用秀钟的打火机点燃了，开始抽起来。

"我姓南，"高个子说，"他姓竹。您老贵姓？"

"我姓秀，你们是路过野鸭滩吗？"

"不，我们是来定居的。我们的父母都在这湖底下。"高个子说着皱了皱眉头。

"哦。欢迎你们。你们去我家坐一坐？"

"不，不打扰了。今后有的是机会。"

秀钟往回走时想起，总是那姓南的高个子同他说话。这周围没可以避风休息的地方，难道他们就在露天里，在大堤下面休息？真蹊跷。

然而第二天上午，秀钟并没有找到那两个人在野鸭滩停留过的痕迹。他们烧过的那堆篝火也没有留下余烬什么的，抽过的烟也没有留下烟头。

秀钟走进常永三家的大院，看见常永三正在菜园里忙乎。

"老常啊，昨天夜里有两个人到我们野鸭滩来了，你见到了吗？"

"原来是老秀！稀客，稀客啊！快到屋里坐！"常永三立刻往屋里走。

一进屋常永三就去烧茶，直到他将茶端出来，才慢悠悠地对秀钟说：

"我们这里地方大，路人走错了都常走到这里来。昨夜我老婆是听到有人在我们窗子下面说话，不过我们都懒得起身。再说风那么大，谁知道那是人是鬼？"

秀钟低头喝茶，他心里有点吃惊。因为这常永三，从前说话的派头并不是这样的。那时他是生产队大队长，讲话气壮如牛。难道是岁月将他消磨成这个样子了？

常永三就好像从未同秀钟发生过矛盾似的，凑到他面前，很贴心地说：

"昨天我到堤坝上去散步，看见一只小艇在湖里转悠，好像没有什么目的似的。我心里琢磨，那人是不是同这湖有什么恩怨？老秀啊，我们都是快入土的人了，你说是不是？不然我们还会守在这野鸭滩吗？"

秀钟猜不出常永三话里的意思，就浑身燥热起来。他感到常永三这些年的变化太大了，就像从人变成了鬼似的。他答不出话，只能一个劲地点头。由于多年未来他家，秀钟一开始为这个家的简陋感到很吃惊——屋里除了一张大床、一个大米缸、一张茶几、三把靠椅之外，其他什么家具都没有。他们夫妇的旧衣物就堆在大米缸的盖子上。而现在，他俩就坐在破旧的茶几旁喝茶。

秀钟边喝茶边将目光投向门口——外面很亮，是个太阳天。他看到有个奇怪的动物将头部往门槛里一伸一伸的。"啊！"他说。

"那是我的朋友来了。"常永三说着笑起来，"是海龟，你相信吗？难道我们的这个湖与海相通？一年前它就来了，我将它安顿在厨房的大水缸里，它什么都吃——鸭蛋、猪肉、小鱼虾……

我怕有一天它会连我也吃掉。你坐着别动,你一动它就跑掉了,它是个害羞的家伙。我总想让它透露一点大海的情况,可它不理会我的期望。它大摇大摆地在我家走动,可能它将自己看作鸡鸭一类的动物了。它怎么能这样?"

常永三说了这一通话,秀钟感到自己插不上嘴。他们断了来往的这些年里,这位邻居对他来说变得很难沟通了。在他面前,秀钟成了小学生。秀钟暗想,难道他和马白一直停滞不前,已经成了老古董吗?这种想法使他心里有点刺痛感。

"老常啊,"秀钟终于开口了,"你看我应该怎样融入本地的生活呢?"

"融入?你不是老湖区人吗?"常永三目光炯炯地看着他。

"我是老湖区人,可我,可我……"

"我明白了!"常永三一拍大腿,"你也想养一只海龟,对吧?可我这只海龟是鳏夫,只有一只,没有伴。这种事可遇不可求啊。"

秀钟哭笑不得地望着他。

常永三让秀钟继续喝茶,他自己到外面提了一大篮子白莲藕进来,足有二十来斤。秀钟说太多了,太多了。常永三说不多,不多,几顿就吃完了。

"老常,我今后要向你学习。"秀钟认真地说。

"向我学习?学什么呢?"

"各种各样的事情。我落伍很久了。比如我昨天晚上遇到那两个人,我对他们的想法一点也不了解,也完全听不懂他们的话。"秀钟说着有点激动了。

"那是两个走错了路的人嘛。"常永三淡淡地说。

秀钟觉得自己该回家了，他提着那一篮莲藕谢了又谢。

"这一篮子有二十来斤！"马白惊叹道。
"可常永三只收五斤的钱。"
马白感到秀钟有点忧郁，为了什么呢？
"常永三这个人，现在真是变好了。"她说。
"也可能本来就好，以前没有机会让他好。"
"哈，老公，你越来越会说话了。不过这莲藕的确是很难吃到的那种。我要告诉你一件事。刚才你去常永三家时，我到堤上去望风。我刚上堤就看见一个人从水里出来，拖着一个水晶柜，柜里一动不动地坐着个白发女人。我吓得撒腿就跑，跑回了家。"
"你怎么知道是水晶柜？也可能是玻璃柜。"
"反正差不多吧。太恐怖了。这不是洞庭湖吗？母亲湖。湖里怎么会有这种东西？那个人又是谁？他把柜子拖到哪里去了？"
"嗯，这种问题值得深思啊。我觉得好像这世道要变了。外边有好多人要到我们这荒滩上来定居，我是在深夜里听到的。"秀钟说着又记起了昨夜的那两个人。

马白到塘边去洗藕了。秀钟想起园子里的丝瓜还没有浇水，就挑了水桶往外走。

当秀钟将一担水挑到菜园时，他闻到了空气里头的硝烟味道。莫非他们这个地方真的发生了意想不到的案件？他觉得"案件"这种说法太小题大做了。那会是什么事？

他将水浇下去，每浇一瓢心里就腾起一股快乐，就像这丝瓜藤是他儿子一样。从前儿子和女儿在家里时，他也拥有过同样的快乐。忽然，他一抬头，看见姓南的高个子正目不转睛地看着他。这汉子穿一身黑，还戴着黑帽子，在这湖区显得很扎眼。

"定居的事开始办了吗？"秀钟问道。

"不就是盖房子吗？这并不难。"南说。

秀钟在心里猜测这两个人昨夜是如何过的。

"就在那一家的柴棚里。我们有睡袋。"南的声音又响起来，"我和竹，最不怕的就是吃苦。何况这并不苦。"

秀钟还想问南一点什么，可他一抬头，就发现南不见了。接着他就听到菜园外面南的脚步踩在他铺的砖路上的声音。"真是个飞毛腿！"秀钟自语道。他想，马白所说的从湖里钻出来的人就是南，或者是竹。他们是真的要在这里定居了。这两个不怕吃苦的人，水里泥里到处钻了去，将这地方的秘密弄个一清二楚——他们会活出一番什么天地来？这么些年了，自从他和马白这一拨人定居野鸭滩之后，外面就没有谁再往他们这里来了，现在却忽然来了两个人，还要来定居。常永三说他们是走错了，他必定不是信口开河。这个老奸巨猾的人！不过秀钟一贯认为这地方并无任何秘密。野鸭滩的一切都敞露在天底下，丝毫也不遮遮掩掩。这种看法是他昨天之前的看法。从昨天到现在发生的一系列事似乎要改变他的这个看法了，虽然他还并没有想清楚到底发生了什么。他刚把丝瓜浇完就听到菜园门一响，又一个人进来了。这个人不是竹，是一个大胡子，样子苍老，走路却很有劲。

"老乡，我是来向您借铁锹的。要挖地基。"他用洪亮的声音说。

"您贵姓？您是同南一块来的吗？"

"我姓曹，我同我老婆一块来的。南是谁？"他迷惑地眨着眼。

"哈，我弄错了。您是来定居的吧，欢迎！欢迎！"

那人拿了秀钟递给他的铁锹转身就走。秀钟追出去，看见他往西边走掉了。西边是一大片芦苇滩，他怎么能在那里面挖地基？啊，这些外乡人！野鸭滩要变天了吗？

秀钟回到屋里时，马白正在切藕。马白说要好好地吃一顿，还说这鲜藕闻着就让人胃口大开，好久没尝过这样的美味了。

"今朝有酒今朝醉。"马白突然没头没脑地冒出这一句。

"你听到什么风声了吗？"秀钟吃惊地问她。

"没有啊。不就那个水晶柜吗？我已经告诉你了啊。老头子，你今天怎么一惊一乍的？看见什么了吗？"马白放下菜刀走过来问。

"没有没有。我可能受了点寒。"

"那就躺下吧，我来熬姜汤。"

秀钟一躺下去就听到了那些声音。来的人大概不少，他们在芦苇滩里面大兴土木了吗？

"老婆啊，别熬姜汤了，不要紧的。到西边芦苇滩里去看看吧。"

马白出去后他就起来了。他不想出去看，他心里有点烦躁。有人把他家的门顶开了——啊，不是人，是那只海龟！连老常的海龟也来他家串门了，要发生大事情了吗？还是说明他和老常的关系要变得亲密了？他冲过去开门，开了门海龟却不见了。真是谨慎的动物啊，是来试探的吗？它那几条腿跑得飞快，并不是海龟的鳍，就是普通的龟的腿脚。

秀钟脑子里乱哄哄的。为了镇定下来，他就去厨房做菜——排骨炖藕。

将砂罐放在灶上之后，他坐在厨房里，记起了四十多年前他和马白来这里时的情景。他们两人挑着自己简陋的行李，两人的爹妈都来送行了。在码头上，岳母对他说：

"你去的地方可是鱼米之乡啊。我就这一个女儿，她跟着你，我放心。"

这个鱼米之乡让他和马白吃尽了苦头，差点丢了性命。幸亏岳母和岳父死得早，并没有目睹他们受苦的全过程。他们是在涨大水时掉在河里淹死的。岳母先被冲走，岳父去救她，也被冲走了。那些日子里，马白没有哭。就因为她没哭，秀钟吓坏了，以为她的精神要出毛病了。马白扛过了那段悲哀的日子。秀钟觉得也许因为他们自己的生活太苦，马白变得有些麻木了，所以悲哀反倒减轻了。这样一想，他又有点感谢那种苦日子。那个时候，粮食和肉类基本上是给小孩们吃的，他和马白成天饥肠辘辘。他甚至觉得末日要来临了。然而没有。后来便是不断地缓解，熬出了头。再后来就是大迁徙。昔日热热闹闹的野鸭滩，一户接一户地迁走了。不知为什么，每迁走一户，他们的房子就被剩下的人推倒了，据说是为了那些砖瓦，要用来卖钱。两年后野鸭滩就变得光秃秃的了，只剩下四户人家，而且都是老人。"退耕还湖"之后，这地方就显得更为荒凉和寂静了。

秀钟和马白从未有过要离开这里的念头。看着邻居们接二连三地搬到镇上和城里去，他俩反而感到窃喜，因为这样一来，野鸭滩对他们来说就真的成了鱼米之乡。岳母多年前的话终于成了现实。老年的秀钟和马白身体都不错,什么病都没有,两人又都爱劳动,周围是沃土与鱼塘,还有一望无际的大湖,随便动一动就吃不完。再加上他们还有儿女的支援……

"他们在芦苇滩里用木材搭起了一些看鸭人的棚子。"马白说,"太奇怪了,那么高的棚子,从哪里弄来的木材?"

"他们总是有办法的。可能是为了观察洞庭湖?我遇到的那人说,他们的父母都在湖底下。他们一共来了多少人?"秀钟激动起来。

"有十几户。这么多人的父母不会都在湖底下吧?其实我的爹妈才是真的在水底下——再也没浮上来过。你说是不是?"马白显得神思恍惚。

"不管了,不管他们了!湖区的好东西现在吃不完,你瞧这藕,闻到了吧!"

他大声嚷嚷,想岔开她的思路。

"总要下去看看才甘心啊。"马白走火入魔了似的又说,"就像那个拖水晶柜的人一样。"

秀钟摆好碗筷,他们开始吃饭了。美食让马白恢复了精神。她说了点女儿的事,说女儿对乡下兴趣不大。"我也是从湖底下钻出来的。"她突然冒出一句。

秀钟看着马白,觉得她的话很有道理。他自己不也是总在那些地方钻来钻去吗?不过他俩很少交流这方面的经验,因为有点毛骨悚然的味道。

"吃吧吃吧,老常要你多吃。他那里有的是。"

夫妻俩吃了个痛快。他们听到了西边传来的嘶哑的歌声。

"那些人是些疯子。"马白笑起来,"其中有一个,将脑袋插进烂泥里。"

"野鸭滩又要变天了?总不消停。我原来以为这里不会有人来了呢。老婆啊,我觉得老常这人不简单呢,为什么我们以前没看出来?"

"那是因为我们以前比较蠢吧。他可是从来就不蠢。"

"嗯,有道理。他现在变得有点通灵了。我看着他的时候会有种幻觉,觉得我们野鸭滩是个不一般的地方。以前它并不是这样的,老常使它变成这个样子了。"

吃完饭,秀钟感到有点不放心,就往西边走去。

他远远地就看到那些高脚棚子,起码有十几个,它们将这芦苇滩的面貌全部改变了。他们真是神速啊,这么高的劳动效率他想都不敢想。虽然是十多个棚子,但每一个同每一个都隔得很开,形状也不太像本地的鸭棚。他们是从哪里来的?真的像南所说的,他们的父母都在湖底下,所以他们到这里来定居?安营扎寨?秀钟记得他们自己来围湖造田的那些年里,本地的原住民都是些渔民。他们来了之后那些比他们年纪大的原住民就纷纷驾着渔船去了湖里,都是一去不复返,连房屋都遗弃了。后来秀钟他们这批年轻人就住进了他们的房子。那些人都是老渔民,不可能被淹死在湖里,所以南的说法一定是夸大了的。现在这么多人来这里定居,有没有要复仇的意思?这个仇又怎么复?野鸭滩的人不是都走光了吗?

他很想向这些人打探一下,可是他们都缩在棚子里不出来。

偶尔一个人开门往下面倒一盆脏水,马上又进去了。秀钟虽然穿了长筒套鞋,也不敢走太远,怕陷在泥里出不来。他来到一个棚子下面,向上面大声喊:

"老乡!在家吗?我是本地人,你们需要帮忙吗?"

那上面静悄悄的,里面的人显然是不愿回应他。

他不甘心,又走到另一个棚子下面,又喊,还是没人回应。他看见门开着,里面有人。

秀钟觉得事态有些严重。忽然一下子出现这么多不速之客,不由分说地就成了他的邻居,而他又不知道他们为什么要到此地来定居。他隐隐地意识到了这里头的威胁。他和马白在几十年里头已经习惯了凡事朝恶劣的方面想。他想去找老常商量一下这件事,可又记起老常下午有活要干,不便去打扰。

下午他在家门口织渔网,织一会儿又往西边张望一会儿,老是不放心。可是那边毫无动静,也没看到有人走出来。大概那些人都累了,正在睡觉吧。他刚想到这里,又有一些人从他背后的东边走过来了,他们都背着很大的行李包,有的还挑着一些餐具。

"老乡,你们是来这儿定居的吗?"秀钟主动问他们。

这些人都停在秀钟家门口,仿佛没听见他的问话似的,一个劲地朝他屋里窥视。

"进屋歇息吧,喝杯茶,坐一坐。"秀钟邀请他们。

听到这句话,十来个男人和女人便立刻往后退,同秀钟拉开距离。

"我们去大堤下面。不麻烦您。"那位老人板着脸说道。

这一大群人头也不回地往堤坝那边走了。看来他们同芦苇滩里搭棚子的那些人不是一起的。难道是不约而同？难道外面的世道发生了巨变？秀钟这才想起，几十年里头，他已经将外面那个世界忘得干干净净了。然而对里面这个世界，他也没有弄清。他完全不像老常那样如鱼得水。那么，当老常遇见这些外地人时，他会如何与他们打交道呢？秀钟实在想不出。

马白从屋里出来了，她走到他面前说：

"老头子啊，不用担心。既然他们是来这里住的，他们就不可能谋害我们。我们是这里的老住民，他们人生地不熟，就不担心自然灾害吗？要对付自然灾害，老住民的经验还是最管用的嘛。你说是不是？"

"奇怪了，老婆，你怎么知道我担心他们？我觉得反而是他们担心我们！"

"哈哈，彼此彼此。"马白进屋里去了。

秀钟疑惑地望着马白的背影，心里想，马白上午也许在芦苇滩里还看见了一些别的？她为什么不说出来？人心叵测啊，哪怕是自家老婆……她还说"彼此彼此"，真是个精怪女人。可她先前并不是这样的。刚才她一下子就想到自然灾害上面去了，可见她的思维比自己灵敏。是啊，马白说得有道理，这些人不但不会害他们，在今后的日子里也许还要依靠他们呢。这个地方是很有些险恶的，从前那两次溃堤的经历至今历历在目。尤其是后一次。开始是一个鸭蛋大小的黑洞，秀钟一看见那小洞就发狂了，他像疯狗一样乱窜，脑筋完全乱了，是邻居一把将他拖到了机帆船上。他一上船就晕过去了。至今他也想不通自己怎么会那么怕死？他对这个问题想了又想，好多个夜里睡不着。他觉得，应该是那小黑洞的魔力所致。当时他就站在离堤坝不远的地方，他眼力好，看得清清楚楚，那个洞在旋转，里面有东西，像是一个涡轮。怎么会是这样？但是溃堤确实发生在那个小洞所在的那一段。他还记得他当时嘴里在乱喊着："马白！死！死啊……"他自己也不知道是什么意思。看来马白对那件事有清晰的记忆，但从不提起。当时她在家里，一听见外面的骚动立刻就往屋后不远处的红砖房跑去，手里还提着两只鸡。那一次全家人都好好的，因为两个小孩都去城里了。事后马白哭了又哭，哭得那么舒畅。

如果这些人真有父母在湖底下，说明他们对于这一类的灾害是知情的。想到这里，秀钟黑暗的心田渐渐亮起来，仿佛一切都释然了。

吃过晚饭，秀钟拿了手电要出门。

"你又要上大堤吗？"马白问道。

"不，我去老常家。"

常永三也是个闲不住的人，他正坐在小凳上搓麻绳。他要起来倒茶，秀钟拒绝了。

"看来这些人不是走错了路，而是先头部队。"常永三嘲弄地说。

"你听到什么风声了吗？"秀钟问他。

"我才不去打探呢，来了就来了吧。"

说话间常永三的妻子珠端来了一壶黑茶。

"尝个新吧，老秀。这是儿子捎来的。"珠说。

"这茶很有劲。"秀钟喝了一口说，"嫂子在家里听到什么风声了吗？"

"你是说芦苇滩那些人？他们来借过工具。都是些苦人儿啊。"

"可我觉得他们并不想要别人帮他们。"

"对。他们的事业是没人帮得了忙的吧。要让死人复活，这雄心太大了。"

秀钟被她的话吓了一跳。他已多年没听过她说话了，如今这些难懂的话是什么样的一种风格？二十年前她就不是一名普通的农妇，但是也没有像现在这么让人摸不着头脑。望着这对夫妇，秀钟再一次感到自己是落伍了。他在心里叹道："野鸭滩，野鸭滩，你在怎样地飞奔向前啊……"

珠走开了，她在外面赶那些不肯归窝的鸡。常永三向着门外努了努嘴，说：

"这位妇女对湖区的生活悟得很透，我基本上由她带领着往前走。"

秀钟想问点什么，又觉得难以开口，于是默默地喝茶。这风味特殊的黑茶好像撞开了两人尘封的记忆，一下子将两颗心拉得很近、很近。秀钟心里有个声音在说："如果发生灾害，老常现在会怎么做？"他突然感到过去的仇恨变得不可理喻了。也许，那时的老常是有病？那个他同眼前的老常无论如何也对不上号。也许，人与人之间的关系大都如此？秀钟在人群中的交往面很窄，他对这类问题没有把握。

"你的两个儿子真孝顺，捎来这么好的茶叶。"秀钟说。

"湖区的孩子，往外走又能走多远？"常永三像在问自己。

"他们以后还有可能回来吗？"

"他们根本没走多远，我们随时都在对话。等于他们还是在家里。"

秀钟模模糊糊地记起了那个小名叫"铁锤"的孩子。他只记得这个孩子很少说话，甚至表面上显得迟钝，但脑袋灵活得很。常永三的儿子，还能不灵活？

秀钟刚想到这里，外面就响起了绝望的哭叫声，是珠在喊"救命"。

两个男人都冲到门外。珠浑身是泥，神思恍惚，中了邪一般。

"珠！珠！你怎么啦？"老常摇晃着妻子问道。

"巨蟒，巨……"珠语无伦次，眼睛发直，"我，没能逃脱它！"

"你不是逃出来了吗？啊？你现在是在家里！"老常紧张地说。

"不对，我没能逃脱！没人能逃脱……"

珠说完这一句就晕倒在地。老常将她抱到床上，帮她脱了鞋，盖好被子。

"你怎么看这事？"他问秀钟。

"可能是见到了可怕的景象。会是什么呢？你认为她遇见了什么？"

"应该是家园守护者吧。"

"他们在荒地里建造了新的家园吗？"

"我想是这么回事。"

他们说话间那只老海龟又在门槛那里探了探头，然后走了。

老常起身去熬一味中药时,秀钟就告辞了。

　　秀钟一边走一边后悔不该来他们家,他觉得是自己害得珠受了惊吓。看看人家老常吧,自己什么时候才能变得像他一点点?虽然后悔,他还是对珠的遭遇感到无比好奇。他自己也去过芦苇滩,怎么没见到巨蟒?真有巨蟒吗?不知不觉地,他又走到大堤上去了。风特别大,吹得他有点站不住了,他连忙退下来。

　　下堤之后,秀钟看见一名穿着土色风衣的汉子朝他走来。汉子走到他面前,大声说:

　　"老乡啊,您认不出我来了吗?"

　　秀钟迷惑地摇头,挤出一个笑容说:

　　"您贵姓?原先住在这里吗?"

　　"我姓黄,名叫黄土,这名字好记吧。我以前没来过洞庭湖,但我老爷爷是这里的渔民。从前啊,西边的半个湖都是他的。"他用手臂朝西边画了一个圈。

　　"原来您是来寻根的。"

　　"对,我就是来寻根的。我要在这里走来走去的,找灵感。这湖原先是我家的,对吧?为什么不是我家的?"

　　"当然是你们家的。"秀钟镇定地说。

　　"这话说得好!"黄土笑了,"您贵姓?"

　　"我姓秀,名叫秀钟。上我们家去休息一会儿?就在那边。"

　　"好。不过只一小会儿。我要在这里走来走去的……"

　　黄土一进屋,马白立刻就溜到后面房里去了,再也没出来。

　　"喝花茶还是喝园茶?"秀钟问他。

　　"谢谢秀大哥。喝园茶吧,我老爷爷以前总喝园茶的。"

"您怎么知道？有人告诉您？"

"不用告诉，一到这块土地上就知道了。我还知道他的渔船是什么样子。"

"真神奇。能给我讲讲他的事吗？我不是渔民，我们这些晚来的都不是。但我最想知道的就是洞庭湖里早先的渔民的生活。"

"我不能给您讲，因为讲不出。我毕竟不是他本人。"

他喝完一杯茶就站起来说要走了，还说他不能偷懒，因为有数不清的具体工作等着他去做。他先要全面视察一番，让自己心里有底。他走出去之后又返回来问秀钟：

"秀大哥，我想问您一个问题：会不会东边这一大片也是我家的？"

"这是有可能的。"秀钟想了想说，"你们一家应该都很有雄心壮志。"

他似乎对这个回答不满，犹豫了一下，想说什么又没说，走了。

"这个人，属于摸不透的一类。同他说话把人累死。"马白的声音从里屋传出。

秀钟走进里屋，问她是怎么回事。

"我也不知道这个姓黄的是怎么回事。我在大堤上遇见他，他主动告诉我他是来定居的。我问他看好住址没有，他就说不用看，他要在整个湖区定居。老头子，你看这是什么鬼话？我最讨厌像这样说话的人。"马白愤愤地说。

"世上各种怪人都有。我们见得少，是因为好多年没有外出同人打交道了。"

"哼，我是不会同他来往的。"

秀钟回忆黄土说的话，又把他的话同南的话联系起来想，他俩一个说父母在湖底下，一个说老爷爷是这湖的主人，莫非都是要来清算？这里面好像隐藏着什么阴险的计划。从昨天起他就在想这个问题：究竟谁是洞庭湖的原住民？显然不是他和老常这一拨。方圆八百里，一眼望去水浪滔滔的大湖，一共养育了多少原住民？

"也许有什么事情在向我们逼近。"他说。

"那会是什么事？啊？"马白兴奋起来，"我们都老了，打算等死了，到头来竟还会发生一些我们预料不到的事？我太想知道了！"

"可我们没法预先知道。"秀钟想了想又加了一句，"因为我们不是原住民。"

傍晚时，天发红，湖里起风。现在天黑了，那些鸡迟迟不肯归窝，都往外面走。马白手执竹扫帚赶鸡，大声吆喝着。"要出事吗？"她隔得远远的，问门口的秀钟。

"不会。你不是说他们要依仗我们吗？你忘了？"秀钟回答说。

秀钟打水洗了脚，早早地躺到小床上去想心事。

常永三家发生的事给他的刺激太大了。从前他将常永三看作他命里的煞星，可现在，在这命运转折的关头，他不知不觉地又把常永三当自己的定心丸了。看来湖区要大乱，各种奇怪的势力都在向这里渗透。这位老常，是如何保持内心的镇定的？也许他没有刻意去保持镇定，而是从来就料事如神？秀钟记起这个人从前就具有某种一般人不具有的能力，那种能力令人不快。

对于湖区近来发生的变化,秀钟既不安,又像马白一样感到隐隐的兴奋。他想象不出"翻天覆地的变化"是种什么景象。他已经是老年人了,对于有些事用不着那么恐惧了。有时候,他甚至觉得自己的恐惧是产生于日子过得平淡无奇,引不起他的兴趣,所以近来发生在本地的这些怪事还是挺有刺激性的。当他想到这里时,就听见妻子在外面骂人,恨恨地骂。

"马白,你在骂谁?"他大声吼道。

"还不是骂那些外乡野鬼!"马白走了进来,"他们抓了我的鸡跑了。要吃鸡,大大方方地来找我可以,为什么要耍流氓?啊?"

"嘘,小声点!他们不是外乡野鬼,也许在他们眼里,我们才是外乡野鬼呢。"

马白不说话了,过一会儿就在隔壁房里踩起缝纫机来。

秀钟想,这并不是多么大不了的事!人总是要吃饭的,这些人说不定是饿了很多天了。既然他们来捉他家的鸡,说明他们对他家没有敌意嘛。要真有敌意的话还不敢来捉呢,因为有可能掉进陷阱啊。

"老公,你说得对,我不心疼那只鸡了。"马白在那边房里大声说。

"像你这么灵透的人,这种事很容易想通的。"秀钟回应道。

他在床上嘻嘻地笑着,然后有了睡意,就盖上被子,在缝纫机的响声中半睡半醒。真舒服啊,管他什么外乡人的阴谋呢。

当缝纫机不再响了,马白也在那边睡着了时,秀钟却又醒来了。他近些年总是这样,睡一睡又醒一醒,一夜要醒很多次。有时睡不着,他干脆到堤上去走。这项运动是他最好的安神药。

"大湖啊，亲人啊。"他总这样在心里嘀咕。这一次他醒来之后就听到了大堤下面的脚步声。应该是某个外乡人，竹，或者高个子南。脚步声是越来越近了，就是说，那人往他家这边走。

秀钟起身到窗前张望。外面月光如水，就连泥土都显得那么生动，好像在起伏波动似的。但是那脚步声却又渐渐远去了，根本看不到人的身影。也可能那人既不是竹，也不是高个子南，是从湖里走出来的某个原住民？当他自己在大堤上走的时候，睡在那边屋里的老常有没有听到他的脚步声？现在野鸭滩终于变得热闹起来了，而从前，多少个夜里，秀钟感到此地只住着他和马白。那时他甚至连老常都不怎么感觉得到，可见他有多么迟钝。像他这么迟钝的人生着敏锐的听觉又有什么用呢？他相信妻子看到的湖里的异象。也可能那水晶柜根本不是什么异象，就是一桩事故，比如说多年前发生的事故。到底哪一年？难道是退耕还湖的那一年？秀钟想着这类事就变得更兴奋了，于是披了衣往外面走。

没有风，气流却在他的脸上抖动着，湖区的月夜总是这样的。忽然，他发现前方升起一小股青烟，他抑制不住好奇心，便往那边走去。但他走了一会儿，大堤下面的那股青烟却又消失了。"你找不到他们。"他对自己说。

"嘿嘿，我在这儿。"

一个声音在旁边响起，秀钟吓得腿都软了。一会儿他就放心了，因为说话的是一位中年妇女，小个子，眼睛有点像鸟眼。

"我是住在芦苇滩里的，我在那边见过您。"她定睛看着他说道。

"你们真有勇气,像草莽英雄……"

那妇人的眼睛在暗处一闪一闪地射出很强的绿莹莹的光,秀钟被她盯得受不了,就胡言乱语起来。

"我们没有什么要害怕的。"她不动声色地回应他的胡话。

"再说你们不也是什么都不怕吗?都这么多年了。"她说。

秀钟没法回她的话,又觉得这个时间同她站在黑地里说话有点不合时宜。他于是说了声"再见"就往回走。

他重新在屋里躺下时已经快黎明了。这下他再也睡不着了,脑海里不断浮出芦苇里面的那些高脚棚子。他仿佛看见每个棚子里都有人,他们手里端着杯子,边喝茶边抬头看天。秀钟的目光在棚子间游移着,他从前生活中的一些片断就被他想起来了。奇怪,那全是一些愉快的片断:突然发现了两只被人打死的野鸭啦,女儿长了恒牙啦,生产队解散了啦,学会了种芋头啦,等等。他忍不住高兴地大声说:"你们!"他一说出口,那些棚子就都消失了,芦苇滩又恢复了原样,只有芦苇。

"老公,你在和谁辩论啊?"马白在厅屋里问。

"还有谁,不就是那些外乡人吗?"他边说边起来,穿好衣。

"我拿不准自己的态度。"

"不要把他们当外乡人,情况很复杂。"

马白吃惊地看了他一眼,什么也没说,到厨房里烧火去了。

秀钟看见那人坐在他家鱼塘边钓鱼。没多久他就钓了一条两斤多的草鱼。他将鱼放进桶里,提着往家里走。他的钓竿扔在地上,也不要了。

"老乡！"秀钟追上去喊他，要还给他钓竿。

"我姓赵。就让它放在那里吧。我会打草来喂鱼的。"他笑了笑说道。

"老赵，我欢迎您来。我们鱼塘里的鱼其实吃不完。"

"我见过您的妻子。她好像对湖里的事很有兴趣。"

"啊？"秀钟吃惊得说不出话来。他想起了"水晶柜"的事。

"我姓秀，名钟。"过了一会儿他才说。

"我在那里面听人说起过了。您也知道我们里面的人不欢迎外人去做客。大家都怕陌生人，觉得他们背景复杂，应付不了。不过他们全知道你们一家人的名字。"

"大概是那些从这里迁走的人告诉你们的吧。"

"有可能。迁走的和迁来的是一伙的。"

他告辞了，往芦苇滩那边走去。

秀钟手里拿着钓竿，扔了也不是，带回去也不是，就将它放在那块大石头上了。他心里想，这老赵，真洒脱啊！都已经过去多少年了？这辈子都快过得差不多了吧，可他还是做不到像老赵那么洒脱。秀钟猛然感到这有点像洞庭湖的风度，老赵刚才说他们是"里面"的人。哪个里面？当然是湖里面。他和马白在湖区过了几十年，但并没钻到湖里面去过。他俩都是普通人，普通人怎么能到大湖里面去生活？能在那里面生活的必定是水陆两栖人。秀钟同老赵说话时打量过他，并没看到他面部有鳃。老赵还说迁走的和迁来的是一伙的，那么，他秀钟和马白是落单的？那么，老常又算是哪一类？老常和珠肯定同他和马白不是一类。今天他总算结识了芦苇滩的一个人，从这个人口中得知了一点信息。当然也可能那些信息全是虚假的。

他刚要转身回家，忽然发现那块石头好像动了一下。石头半截埋在土里，怎么会动？他一定是产生幻觉了，下一刻说不定还会看见海龟从石头底下爬出来呢。他用手在脑袋上拍打了一下，心神不定地回家了。

回到家，看见马白提了篮子要出去打草，他一挥手说：

"别去了，有人给我们打草。"

"那种人的话你也信？"马白翻了翻眼。

"哪种人？你全看见了？为什么不相信他？"

"我觉得啊，这个人属于大湖，说不定哪一天又钻进去了。"

"你说得倒也有点道理。你要去打草就去吧。"

"那我就不去了。"

马白去鸭棚里捡蛋了。

本来秀钟今天是要把家里的东墙修一下的，工具都准备好了，只等和泥灰了。可是这个姓赵的人将他的计划打乱了，他心里痒痒的，只想去芦苇滩看看。家里这堵墙并没坏到不能住，急着修它干什么呢？虽然老赵说了他们不欢迎他，但他还是想去。他怀疑住在那些高脚棚里的人有一些就是先前迁走的人。

马白提了一篮鸭蛋出来了。秀钟问她：

"你看见的那个拖水晶柜的人是不是今天我遇见的这一个？"

"是啊。我没有胆量面对他，我一见他就发抖。你把这篮鸭蛋给他送去吧。"

秀钟进屋换上长筒套鞋，提着鸭蛋去芦苇滩那边。他在心里感叹：马白真是通情达理啊。很可能她对这些人的好奇心更重，这只要联想一下她父母的遭遇就知道了。他常常觉得,马白并不认为她的父母已经死了。或许她在悄悄地做某种调查?

他刚走近芦苇滩,就看见乱草丛中露出了老赵那张宽脸。

"来送鸭蛋的啊,快给我!您回去吧,别站在这里。"

"可我想去您家看看。"秀钟说。

"啊?那么跟我来吧,其实没什么好看的。您不要东张西望。"

秀钟跟在老赵后面爬木梯,那梯子摇摇晃晃的。终于进了屋,秀钟看见一位穿着天蓝色裙子的妇人坐在几副巨大的鱼的骨骼旁发呆,他估计女人是老赵的妻子。这地方没有人穿裙子,所以那天蓝色特别显眼。而且女人的大眼睛也是天蓝色的,不像这里的汉族人。

"我妻子是维吾尔族人,她听不懂我们的话。"老赵笑嘻嘻地说。

"你们……你们去过湖里吗?"秀钟脱口而出,脸发烧了。

"这问题提得好!"老赵高兴地一拍手,"我和妻子经常驾着船去湖里!她找她的东西,我找我的东西。"

秀钟听了他的话不知道要如何回应,就问他:

"您的妻子贵姓?"

"她的姓很长,不好记,您下次遇见她就称她'欢'吧。"

他俩谈话时,欢突然就转过脸来了。秀钟看见她的大眼睛的颜色在变深,那颜色令他想起画报上的海洋。她仍然一言不发,表情很严肃。

"您好,欢。我叫秀钟,是您的邻居。"

女人缓缓地点了点头,指着那几副大鱼的骨骼,又指了指自己的心窝。

秀钟也朝她点头,因为他觉得自己懂得她的意思。

"老秀大哥,您坐一下,我去煮几个鸭蛋给大家吃。吃完鸭蛋,天就差不多黑了。天一黑,我们就进入湖里面了。您不就为这个来的吗?这一回,您爱待多久就待多久。"

"太感谢了,老赵。"

秀钟刚一在木椅上坐下,天就黑了。欢将汽灯点燃了,老赵在后面房里煮鸭蛋。

一大盆鸭蛋很快就端上来了,上面浮着葱花和麻油,老赵的厨艺很不错。

他们三个人静静地坐在那里吃。

"我们家在下沉,老秀,您感觉到了吗?"老赵忽然说。

"我没有感觉到。从窗口望出去什么都看不到,无法对比啊。"秀钟迷惑地回答。

老赵哈哈大笑,欢也笑起来,秀钟又感到脸发烧了。

"不要……不要盯着外面。"老赵说,"外面是看不到大湖的。您得盯着这几条大鱼。"

老赵指着那几副骨骼,用筷子用力敲它们。

"这几条大鱼是住在湖里的吗?"秀钟问。

"是啊。"

秀钟望着大鱼的骨骼,回想起进门的时候欢对着它们出神的情形。这一刻,他感到欢这个女人离自己无比遥远,就像住在月球上那么远。他也试着用筷子去敲那些骨头,可是他被筷子上传来的电流击倒了,差点倒在地板上。

"哈哈，您还没有习惯湖里的风浪！您啊，得稳住自己的情绪！"

秀钟听到老赵在远远的地方说了以上的话。他将目光扫向那个方向时却没有看见老赵，只看见黄绿色的湖水。他自己已经在湖里了吗？欢在什么地方？湖里很亮，可他除了湖水什么也看不见。他是坐在一条木船上吗？他觉得应该是。

湖里有很多声音，听起来都像他熟悉的生活场景，说话的也是他熟悉的人。秀钟也试着发出一些声音，但怎么也发不出来。忽然，有人从他背后用力推了他一把，他在水面上滑出很远，滑到了岸上。

"这么晚了，您还在外面散步啊。"

秀钟听出是黄土的声音，连忙站起来了。

"啊，是黄老弟，您不也是吗？黑地里看得更清楚，对吧？您已经确定了您的家族的疆土了吗？"

"黑地里的确更适合我的视力。我的工作很复杂，需要时间。比如现在，我遇见了您，虽然我看不见您的脸，可我回忆起来了，您是我们家族里的一位远房叔叔。"

"太好了，黄土，原来我们是亲戚啊。您上我家去喝杯茶吧。"

"谢谢您，秀大哥。可是我还有些疑问急于解开呢。来这里之后，我心里总平静不下来，我走来走去，哪怕睡着了也在走。"

"请问您住在哪里？"

"我住在大堤下面。"他的声音从远处传来，他一眨眼工夫就走远了。

秀钟心里疑惑：住在大堤下面是怎么回事？他肯定不能在

堤下修房子，那么，他怎么住？回想起刚才在老赵家时的情景，他感到这条熟悉的路在他脚下浮动着，不再像一条卵石路了。反正周围也没有人，离得远远的他就大喊大叫起来：

"马白！马白！"

窗户那里马上亮起了灯，马白打开了大门。

"马白，你也学会在黑地里摸来摸去了呀！"秀钟哈哈大笑。

"我在打一双麻鞋，不用灯也能打。这样心更静。那一家人怎么样？"

"我不知道啊，他俩到湖里去了。我本来也在湖里，可有人将我推上岸了。大概洞庭湖不愿接收我吧。"

"你，在湖里？湖里有人吗？"

"很多人。很热闹。可我看不见他们。"秀钟说话时茫然地看着窗外。

"你这样一说我就放心了。你吃饭没有？"

"在赵家吃了。"

秀钟一边洗澡一边想着马白说的那句话——"你这样一说我就放心了。"他总觉得这句话同她去世的父母有关。她大概一直觉得父母还活着，因为从来也没见过尸体。那一年，马白回家的路途是如此遥远。轮船晚点，整整晚了一天一夜。秀钟感到妻子快要发疯了。她一动不动地坐在候船室的座位上，一脸铁青，既不肯吃东西，也不肯站起来走一走，连厕所都不上。这些细节秀钟至今历历在目。

睡觉前秀钟对马白说道：

"下一回，我一定要稳住自己，蹲在水里不动。为什么我总是这样浮躁呢?"

"秀钟啊……老头子啊……"马白抚摸着他的背含糊地说。

夜很漫长,秀钟中途又醒来了。怕吵着了马白,他溜到屋檐下站着。

院门外的大路上有一些影子飞奔而过,他无端地激动起来。那是他的那些邻居吗?还是新来的?他忍不住吹了一声口哨。立刻就有一个人停下了,朝他走来。

"您好,秀大哥,我是竹,您在叫我吗?"

"我想起来了,您是两人当中不说话的那一位。你们还是睡在别人的柴棚里吗?或者已经自己盖起了房子?"

"我已经同南分开了,我们现在是各自单独行动。我不睡柴棚了,我把自己绑在路边的柳树上睡觉……您白天里就会发现那棵柳树的,离这里不远。"

秀钟暗想,其实竹还是喜欢说话的啊。

"我要开始工作了,秀大哥,再见!"

他说完就飞奔而去。马路上变得空空荡荡的了。

刚来湖区那一年,一切都是新奇的。沟里、田里、水塘里,总会发现有少量黄鳝啦,螺蛳啦之类,这类发现几乎让他和马白忘了饥饿,短时间沉浸在生动的欢乐中。"城里面可没有这种意外的收获。"马白站在洗衣服时踩脚的石板上,拍着手里的小竹篓认真地说。而现在呢,一年又一年,他们任凭那伸进水塘的石板上结满螺蛳,也不会去捞回来吃了,他们嫌这种过去的美食有泥土味。虽然生活在湖区,他和马白也常做关于大湖底下的情形的怪梦,可实际上他们与大湖是不是越来越隔膜了?

秀钟听见马白在屋里叫他了。

"我也想养一只龟。"她在黑暗中清晰地说。

"可那种事可遇不可求啊。老常说他家那只是海里来的。怎么可能呢？从未听人说过世上有这种事。"

"有了第一只，就会有第二只。"马白固执地说。

"你说得有道理。我以后去大堤上散步时就留心一下。任何事都有可能。这只要想一想近来发生的事就会转变思路了。看来你比我灵活。"

他俩快入睡之际同时听到了湖里的水响，又同时吃了一惊。这个时间了，谁还在湖里？是老赵他们还是竹？抑或是不知名的大型动物？好在那声音没有持续多久就中止了，他俩又一同昏睡过去。

这一夜特别长，他们醒来时天仍然没有亮。

他们一块到厨房忙乎起来，一个烧火，一个蒸饭。马白说，她想将湖里的人叫回来吃饭，湖里太冷清了。秀钟就说："好啊好啊，只要你马白找得到那些人。"

后来马白就出去了，那时外面还是很黑。

饭蒸好了，菜也炒好了，秀钟等马白回来吃饭，他不相信马白会带人回来。

然而天亮时分马白真的带了两个人回来，他们既不是老赵也不是欢，而是湖区仅剩的两家邻居家的老太婆，平时秀钟几乎没同她们来往过。

"欢迎欢迎。"秀钟说，"今天我们吃白莲藕。"

两位老太婆坐在桌边，眼珠往四处乱溜，也不怎么夹菜，匆匆吃了一碗饭就告辞了。秀钟觉得她们好像在掩着嘴笑。

"这就是你从湖里带回来的人吗？"秀钟问马白。

"是啊。她们坐在小木船里，大概饿坏了。"

"你一叫她们，她们就答应来吃饭？"

"你不相信？正好是这样。她们还说早就该上我们家来了呢。"

秀钟吃了一惊。他隐隐地感到那两个人有点不怀好意的样子，不过也许是他自己多心。既然从不来往，他就不可能猜透她们的心思。两个当中那位胖一点名叫陆姨的，年轻时总喜欢偷邻居家的菜，就算被发现、被捉住了，也满不在乎，若无其事地将那些偷的菜还回去。如果抓住她的人是男人，她还打情骂俏一番。刚才陆姨坐在这里吃饭，秀钟观察到她显得有点无聊的样子。现在无菜可偷，也没必要去偷了，她是怎么打发自己的日子的呢？秀钟有点惭愧，他听说这两位早就成了孤寡老人，她们的丈夫都是驾着渔船消失在湖里了。这么多年了，他怎么从来没有想起去关心一下她们呢？不过马白也许偷偷地同她们有来往？

"看来你同她们的关系还不错。"秀钟干巴巴地说。

"我同她们并无来往。是她们看见我在水里挣扎，就把我拖上了木船。"

"你？在水里挣扎？马白，你怎么啦？"

"没什么，你不要紧张，我不过是放胆去湖里试探了一下。她们真热心。"

"天哪，马白，我觉得我已经不是你老公了。"

他的话音刚落就发现马白已经不在屋里了。

他追出去看，居然看到远处有三个小小的人影，正是马白和那两位。她们不是去湖里，而是朝着镇上的方向走。马白居然有了游伴，这是一件好事。她通过受苦赢得了那两人的心。她跳进湖里即将被淹死之际，想了一些什么？很有可能，她相信自己是不会死的，她从来没有真正想死过。

第二章

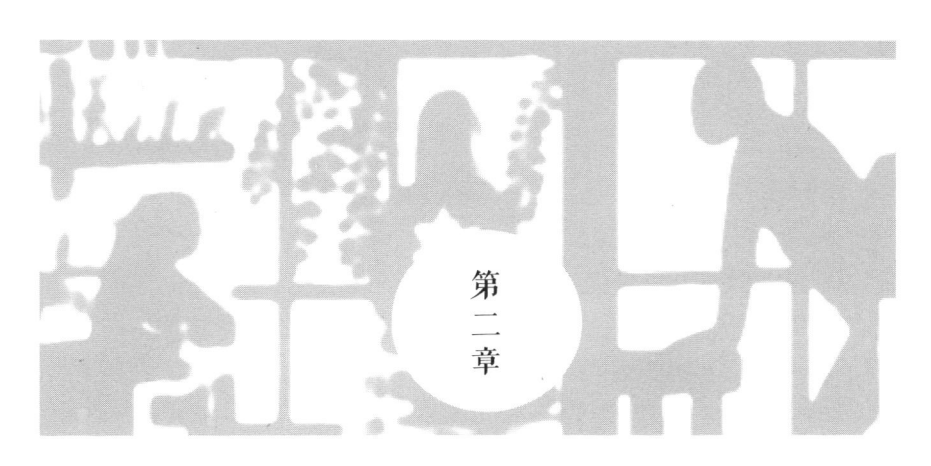

老赵和他的女伴

老赵跋山涉水来到西部的山区。他爬到那座山，在半山腰的一间棚屋里住下了。起先他并没有明确的目标，只是觉得山上总会有他住的地方，便一个劲地往上面爬。后来茅棚就出现了，茅棚的周围还有一大片平地，看得出茅棚先前的主人在地里种过菜或粮食。老赵将行李在木床上摊开时，外面天还很亮。虽看不到一个人，鸟儿倒是叫得很热闹，有好几种鸟。屋里除了木床，还有三把木椅、一张小方桌。推开后门，看见披屋，披屋里有一个土灶，还有几样餐具摆在灶台上。

老赵将屋里打扫了一番，铺好了床，坐在床边拿出干粮来吃。这时天已经黑下来了。他注意到窗台上有煤油灯，但他不敢点灯，太危险。吃一口大饼，又喝一口水壶里的水，慢慢地，他那颗慌乱的心就平静了很多。

他是杀了人跑出来的。一个月以前，有人给他报信说，家乡的妻儿父母一起失踪了，再没人见过他们。关于他们也有投河的传言。老赵觉得自杀的可能性很大，他懂得他们的生存压力。奇怪的是他自己怎么还没自杀，还在疯狂地求生？如果他一开始就自杀了，他的妻儿父母不就活下来了吗？想到这里，他便将目光投向那扇唯一的窗户。玻璃窗外的风景显得很明亮，也很虚幻，深蓝色的天空中居然悬着一个很大的月亮，看上去离奇而又悖理，根本不像他处在这个位置应该看到的风景，而像是有人画出来的风景。老赵站起身，凑到窗玻璃跟前去张望。当他凑近玻璃时，风景就消失了，眼前成了模模糊糊的一大片亮光，亮得令他恼怒。于是他又退回床边坐下。一退回，那如画的美景又出现了。"你们啊——"老赵听见自己发出狼嚎般的吼叫。叫完后，他用力掐自己的脸，也不觉得疼。再瞧一眼月亮，他就记起了某个夜晚待过的那个垃圾箱。垃圾箱立在城郊的马路旁，很大，是空的，他可以弯着腰站在里面。他躺在里面时，外面警车穿梭，警笛响个不停，让他心惊肉跳。然而他竟睡着了，一直睡到早上才出来。那位环卫工人走过来，拍拍他的肩说道："到处都在演奏安魂曲。如果你一直往西走，总会走到。"老赵觉得那人的面相很熟悉。

　　入睡前他打定了主意：什么都不种，免得惹人注意。他在爬山的路上还采了一些青头菌呢，在这种大山里饿不死人，他估计溪水里头还会有野鱼和山螃蟹。并且他还发现了一株野山蕉，立刻就摘了些下来吃了个痛快。尽管关于自己为什么没有自杀这个问题烦扰着他，下半夜他还是迷迷糊糊地睡着了。梦里虽不安宁，却充满了莫名其妙的希望。亮晃晃的草丛中到处都是青头菌,捡都捡不完。

第二天他就下山去买猪肉,打算用猪肉来烧香菌——这是好多年没吃过的美味了,他可不想亏待自己。他进去时,肉铺老板坐在案板边想心事,他喊了几声老板都好像没听见一样。于是老赵走近去,晃了晃手里的手提袋。

"买肉?你昨天来过的。这一带只有我这里的肉最好,刚杀的猪。"老板说。

老板割了一块梅花肉给他。

老赵走出肉铺后心里疑惑:为什么老板说自己昨天来过?他可是刚来这里的。不知这卖肉的老板是生活在一个什么样的世界里,他昨天大概在他那个世界里见过自己吧。老赵笑了笑,又拐进杂货铺买了火柴和一把切菜的刀。他不想在镇上久留,他要赶紧回山上去。他在赶路时脑子里总是浮现出那句话:"我反正已经死了。"这时他就感到妻子最理解他,所以才往他的贴身口袋里塞了三千块钱。那可是他俩一年的收入啊。

趁着黄昏时山上没人,他开始做猪肉烧香菌了。

做出来有一大碗,留一半明天吃。

他坐在小方桌旁,就着带来的干粮吃自己亲手烧的美味,一边享用一边发出"哼哼"的急切的声音,他可真是饿坏了。此刻他感到自己像动物一样单纯。吃饭时偶尔一抬头,又看到窗玻璃上的那幅幻景,那月亮仿佛愣了一下,想隐去,却又没有隐去。

吃完饭,收拾了碗筷,他坐下来休息,在心里计划着明天要到附近打些柴回来,因为柴棚里的柴草已经不多了。有一瞬间,他听到十二岁的儿子在屋外说话,但他立刻掐了自己一把,清醒过来,口里念着:"醉生梦死啊。"他已经不是那个他了,怎么还会有儿子呢?

现在上床还早了点,可是他又不愿去外面走,老觉得有人跟踪。那么,还是睡下吧,天亮了就不会害怕了。他躺下,像小时候一样用被子蒙住头。

"赵小年啊赵小年,你不用慌,这里没人等你回家了,人都死了。"

老赵听见窗外那人说这句话时,已是下半夜了。窗玻璃那里黑洞洞的,什么都看不见,他却感到那人在死死地盯着他。他将脑袋缩回被窝里。

他在被窝里计划好了,明天就用那把柴刀去砍些灌木来烧。一边砍柴,一边试着到沟里找找山螃蟹。那条沟很大,应该会有意外收获吧。想着这些有趣的事,他就把屋子外面的游魂撇开了。天无绝人之路啊。他就像昨夜一样,往那黑暗的深处信步乱走,居然就一直走进去了,隐约可以听到身后模糊的喊声:"赵小年,赵小年……"

从前不太做梦的老赵在黎明时分做了几个梦。他似乎身处一家研究机构,那里头有些办公室。他暗恋过的一位女士坐在负责人的办公室里接待同行们,过了一会儿,那些同行鱼贯而出,女士也走了出来,向老赵招手。老赵并不特别激动,但还是向那间办公室走过去。进了办公室之后那位女士就不见了,办公室变成了树林,一头猩猩坐在树上。老赵看见猩猩就明白了,这就是串梦啊。后来他又串了几个梦,不悲也不喜,总有那么一些好奇心。醒来之后他想，化装成猩猩来同他串梦的那人应该是很熟的，不会是他的妻子吧？

窗玻璃已经亮了，那上面的月亮幻景不见了，只有一团模糊的灰白色。老赵感到恐惧正从他体内退去。他穿好衣到厨房里洗漱。昨天从沟里用木桶打来的水很清凉，他的思路变得清晰了。各种鸟儿一直在树林里对话。老赵转身去开前门，他几乎是理直气壮地行动了。门一打开，一个大东西砰的一声倒在屋内，是一个戴头巾的女人，她紧紧地闭着眼。难道这人一直靠在门板上睡觉？他还从未见过可以站着睡觉的人呢！真见鬼，他的生活又卷进了可怕的旋涡。

女人看上去像维吾尔族人，很漂亮。老赵想，由她躺在地上吧，他懒得管了。

他拿了钩刀去附近砍柴。他首先去沟里看看。翻开几块石头，立刻看到了硕大的山螃蟹，还有几只青色的虾。他记起自己忘了带塑料袋来，就没有捉它们，轻手轻脚地离开了。他心里很惭愧，对这些小动物来说，他不就像入侵的强盗吗？

他到林子里砍了些灌木，又找了一根藤将树枝捆好，背起来往回走。他做这事很熟练，这是他年轻时常常做的。他先绕到屋后将树枝放进柴棚，然后才进屋。进屋时他皱起了眉头，心里大为不悦。

那女人已不在地上，而是干脆睡到了木床上。原来她也有一套被褥，她将床一分为二，她的被褥铺在靠墙的里边，老赵的被褥则被移到了外边。幸亏木床很宽大，好像专为两个人准备的一样。"这算怎么回事呢？啊？"老赵说出了声。

女人立刻睁开眼坐了起来,气哼哼地穿上鞋站在那里,口里哇啦哇啦地说着维吾尔语,频繁地、不知疲倦地反复打手势解释着。

一开始老赵一点都不懂她的话,只能木然地望着她,以及她放在椅子上的那个花花绿绿的大包袱。但女人毫不气馁,坚持不懈地用手势比画来比画去的,一个手势做了又做。老赵脑海中灵光一闪,忽然明白了。女人是说,她比他先来这里,这座茅棚应该属于她。于是老赵在心中暗暗叫苦:"糟了,莫非这女人要霸占这屋子?"但看她的眼神,她又不像霸道之人,也不像要赶他走。慢慢地,女人的声音就低了下去,变成了诉说,仿佛是在诉说她的遭遇、她的历史。但她的表情一点都不悲伤。她将脸转向了她的包袱,里面是衣物和一些日常用品,她将这些东西放进屋角的一个小木柜子里,柜子里已经有一些东西。奇怪,老赵来了这么久,一直没注意到这个阴暗的角落里有一个小木柜,看来他的视野里有盲区。

女人将自己的东西收好之后,走到老赵面前,指着自己的胸口发出几个音节。她将同样的音节说了三遍。老赵知道了那是她的名字,可他模仿不了。"我今后叫你'欢'。"他说,"欢!欢!欢!"女人连连点头,严肃地望着他。

老赵的脑子在急速地运转着。他应该离开吗?可是他还能到哪里去呢?回到公共垃圾箱里去吗?女人在收拾床上的东西,一点色情的意味都没有,她将床上的铺盖摆得整整齐齐,一看就是个爱整洁的人。她一边做这些事,口里一边还在埋怨。

"欢!"老赵大声叫她。

她立刻反应过来，转过脸面向他。

老赵哈哈大笑，又说："我去劈柴。"他还做了个劈柴的姿势。

女人居然郑重地点了点头。

劈柴时，老赵看见欢在厨房里烧火，将昨晚他烧的菜拿出来热一热，后来又拿出了几个馍放在锅里蒸。欢熟练地做着家务，对于自己的处境一点都不大惊小怪。看着欢平静的动作，老赵心中的焦虑渐渐地消失了。然而他还可以听到那个微弱的质疑的声音："这是怎么回事？这是怎么……"

他将树枝码好，洗了手和脸，进屋去吃饭。

他在桌旁坐下，看见欢已经在闷着头吃了。欢做的馍比他自己做的好吃，这女人是做家务的高手。老赵懒得去猜欢对自己与她的关系是如何设想的，因为他的烦心事已经够多了。他难道不是随时有可能被抓住，送进牢房吗？想那么多有什么用？

老赵一连吃了三个馍，然后两人将猪肉烧香菌也吃光了。这时欢才抬起头，向他做了个恶狠狠的鬼脸。老赵想，她莫非是女匪徒？接下来女人抢着收拾了饭桌。

女人去厨房时，老赵坐在床头，将自己的钱包从枕头下面拿出来看了看又放回去了。一些念头不由自主地钻进他的脑海：他是多么疏忽啊！万一……不过他也只能这样了，否则还能怎样？他决定下午去山沟里抓螃蟹。当他想到这里时，欢进来了，显得很疲倦的样子。她爬上床，盖上自己的被子，倒头便睡。老赵万万没有想到女人是这种做派，显然她根本没将自己放在眼里。这样一来，老赵心里的一块石头反倒落了地——她先到这里，自己才是入侵者嘛。于是他觉得欢朴实得可爱，不由得脸上浮出微笑。

他出门了。他心里仍然有些担忧，不过已打定主意过一天算一天，决不考虑以后的事。反正他已经没有什么可丢失的东西了，他唯一在乎的就是自己这条命。多么奇怪，干吗还要在乎？可他就是在乎。他远远地就听见沟里的小溪在轰响。其实这几天并没有下雨，可见这山的蓄水能力很强。他选了一个水浅的地方下去，踩着大石头，仔细翻开那些小石头寻找，一会儿工夫就收获了十几只很大的山螃蟹。刚要站起来准备回去，他就看见大蟒从上游冲下来了。那速度很是惊人，他只看清了它的尾巴。他喃喃地说道："也许是龙？"

一路胆战心惊，回到茅棚时，他已精疲力竭了。

他将螃蟹放进铁锅，用锅盖盖好。

欢不在屋里，却有一个小个子男人坐在房里。他留着小胡子，却是汉人。

"现在她跟了你，我也没办法了。我只是想来看看她。"男人说。

"你不要误会，我才刚刚见到她，我连她的名字都不知道。你看见这床铺成了这样就以为——可这是她铺的，我等下就把我的被褥拿开，睡到灶屋里去。这点自知之明我还是有的。"

老赵说着就红了脸，很恼怒。他恨这女人。

"原来是这样。你不要搬动，你说的我全相信，我要走了。我羞愧死了。"

男人说着就打开门走掉了。老赵听见他背对自己说："以后再不会来了。"

那人一走，老赵就觉得自己很可笑：到了这步田地还要证明自己的品德，证明给谁看？同时他就感到瞌睡袭来，于是自暴自弃地裹着他的被子，胡乱躺下，一会儿就进入了梦乡。不过他没睡多久就被女人的尖叫声惊醒了。

是欢，欢指着地上叫他看。老赵看见十几只山螃蟹都在地上爬。虽然爬得费力，但都爬出去了。这些铁骨勇士，是如何顶开锅盖、相继出逃的？真是不可思议啊！欢高兴得拍手跳脚。老赵站在那里，心里有点羞愧。两人往屋里走时，老赵在心里决定了一件事。

老赵将自己的被褥搬到了柴棚里。他将枞树枝铺在地上，打了个地铺。欢看着他做这件事，竖起大拇指表扬他。老赵暗想，这个女子，居然让自己与她睡一张床，该有着多么宽大的胸怀！维吾尔族的女子都这样吗？他仔细观察了屋顶，还好，不漏雨。

当天下午他又去砍了一大捆灌木回来，将柴棚里塞得满满的。夜里，他倾听着螃蟹在水沟里的石块下弄出的细小声响，闻着枞树枝的清香，感到无比惬意。他也听到欢在那边屋里发出的呢喃低语，他感到自己以后会经常同她串梦了。以他以往的经验，不是特别熟悉的人才会串梦，而他估计自己同这个女子恐怕永远也不会熟悉。他的思路又回到他生活中的那个不解之谜：为什么他没有自杀？

老赵很早就起来了。他到沟边去洗了个澡，换上干净衣服。那两只螃蟹居然爬出来了，举着丰满的螯足向老赵致敬。老赵已经打消了吃螃蟹的念头。他看见水中有些淡青色的虾，打算回头捞一些去做菜。他回忆起昨天看到出逃的螃蟹，欢和他都没有要将它们抓回的意图。从这点老赵推测出他和女人都适合在这山里隐居。虽然老赵逃出来后一直是独居，现在他觉得这个语言不通的女人也不会坏他的事。

打满了一木桶水，老赵将溪水提回住处。这时欢已经起来了，正在屋后晒一些青菜。看来她昨天买了青菜回来，他怎么没注意到？老赵反复向欢打手势，要她给自己一块布，他用来做一个网子去捞虾。"虾……虾！"他不断地说这个字。女人进屋找了一会儿，找出一个纱布口罩扔给他。老赵乐坏了，手舞足蹈。

他没怎么费力就把纱布网子做好了，欢帮他找了一根竹竿挑着那网子。

再次来到沟边时，溪水已经流得很缓慢了。他找了一块静水区蹲下来，打量着那些从容游动的虾。奇怪的是，他一放下网，那些虾就发疯似的往网里面钻。一会儿他的袋子里就有了一大捧。他一边起身回去嘴里一边嘀咕："就像中了魔似的……"

老赵离开水沟，来到山路上。他看见一位老妇人迎面而来，她戴着头巾，样子也有点像维吾尔族人。老妇人向他招呼，问他刚才是不是在捕虾，他说是的。

"这种虾啊，不会让你白吃的。"她微笑着说。

"老妈妈，您是说这种虾很特别？"

"是啊。它们什么都不怕，对吧？"

"正是这样。这座山，这种虾子、螃蟹……我从来没……没遇到过。"他变得口吃了。

老妇人张开没牙的嘴大笑起来。老赵立刻就感到了恐怖。

"要不,我将它们放回溪水里去?"

"傻瓜,放回去干吗?我的意思是说,你运气真好,这可是山珍。好好享用吧。"

一路上,老赵不停地打开袋子看那些虾。

一回到茅棚,他就大声叫:"欢!欢……"

欢立刻打开了门,接过袋子,欢的两眼笑成了花儿。看来她是知道这种虾的。她朝老赵竖起大拇指。接着她就去厨房煮虾了。没过多久老赵就闻到了作料和虾的香味。但老赵始终感到迷惑不解:这些虾为什么会自投罗网?难道真的是像老妇人说的,他的运气好?

吃虾的时候,老赵反复向欢比画虾如何跳进纱网里的情景。欢显得很感兴趣,一次又一次让老赵用手势重复虾们的动作。后来老赵都已经厌烦了,欢还希望他再次重复。"这是什么意思呢?"老赵在心里问自己,同时就生出了恐怖的预感。虾虽好吃,可现在虾在他嘴里有点变味了。他又注意到欢一点都没吃,只吃青菜。她做了这样的美味,却一口都没吃。老赵放下筷子,指着欢的脸轻声问道:

"你,到底是什么人?"

他一说完这话就浑身起了鸡皮疙瘩。

没想到欢也放下筷子,用手掩着嘴咻咻地笑了起来。她一笑就笑个没完,使得老赵心里的恐惧也消失了,变得不好意思起来。

他带着歉意站起来收拾碗筷,躲进了厨房。被他吃剩的那些虾躺在颜色鲜艳的作料里面,刺激着他的回忆。这个着了魔的地方，还有着了魔的人，总在提醒他关于他生活中的核心问题，又像是旧戏重演。当他质问欢她是什么人时，难道不是在质问自己吗？所以欢才会笑他啊。老妈妈说得对，这些虾子不会让他白吃的，他会一步一步地走进那张巨大的网，将一些事情弄清楚。

从厨房里走出来时，他看见天已经变得十分昏暗，要下大雨了。他还没有在山上经历过大雨呢。走进屋里，刚刚坐下来，他就听到雷劈下来的声音，像要将这屋子劈成两半似的。久经风雨的老赵竟然也有点惊慌。坐在他对面的欢成了木雕像，腰挺得笔直。不知她在想什么，也许什么都不想吧。老赵有点羡慕起她来，觉得她是能掌握她自己的生活的人，而且她有兽一般的灵敏。这时一个火球撞在窗玻璃上，玻璃却并没开裂。接着是更响的炸雷，炸得老赵的脑海里一片空白。当他恢复知觉时，女人已经不在屋里了。外面还是雷声隆隆，好像这棚屋时刻有被炸飞的可能一样，隔一会儿又出现那种火球。

老赵以为女人到厨房去了，于是壮胆往厨房那边走。但是她并不在厨房。猛烈的山风掀开了厨房门，厨房里一片水汪汪的。他费了好大的力气才将那张竹编门关上，用铁丝拴紧。这时他全身已淋成了落汤鸡，被风吹得直打哆嗦。他躲进了柴棚，换上干衣服。柴棚里倒是很安全，也看不到那种火球。老赵想起了欢，开始有点焦急起来。

又等了将近一小时，雨才慢慢地停了。雨一停，天空立刻变得一片湛蓝，西边下坠的太阳渐渐呈现红色。老赵听到前门吱呀一响，应该是欢回来了。

欢的确是回来了，捡回一大袋菌子，是那种背面棕色、里面的肉雪白的"雷公菌"。老赵想,难怪她要在打雷时出去!这种香菌老得快,不赶紧采回的话,一会儿就老了。奇怪的是,女人的头巾,还有她出去时穿的那身衣服一点也没有弄湿。这是怎么回事?难道她去的是一个只打雷不下雨的地方?他想起了这座山的名字——雷山。刚过去的频繁的雷声和闪电令他联想到多重空间的现象,女人所去的地方会不会是另外的空间?

欢在择香菌,她要马上用它们做菜。老赵弯下腰,扯了扯她的头巾,又指了指她的衣服,向她咧嘴皱眉,表示自己刚才的焦急。

欢哈哈一笑,张开双臂在原地转了一个圈,然后一跳一跳地,弯腰,做出在草丛中捡蘑菇的样子,也做出仰头用手挡太阳光的样子。原来她真的是从另外一个世界回来的。看来在厨房被大雨倒灌时,她所去的地方已是阳光灿烂。老赵在心里惊叹:只有维吾尔族女人才能在阴沉的雷雨天找到阳光所在之地啊!那需要闪电般的快速行动。

他到厨房里去清理积水。可是厨房里已经没有积水了,地面恢复了干燥,就像外面没有下过雨一样。难道此地真是一个心想事成的地方?

现在隔几天就要去砍柴。老赵很愿意砍柴,这种生活很合他的意。休息的时候,他将柴刀放在脚旁,回忆起同欢的关系。他们之间的关系特别单纯,因为他们是两个没有过去的人。老赵是从欢的眼神里发现这一点的。欢的目光在绝大部分时间里都十分空洞,老赵将她的目光称为"失落的目光",他觉得女人从来没有正眼看过他。而他自己，虽不及她那么绝对，却也从未仔细打量过她。这样两个不怎么在乎对方的人，生活在同一屋檐下，互助互利，应该不会产生矛盾吧？老赵在自己这脆弱的余生中，很怕同人发生矛盾，但他凭直觉感到欢这个人有可能符合他的需要。他刚来的那天，可以说是侵占了欢的住处，可她一点反感都没有，还将两套铺盖铺在同一张床上，简直太了不起了。

挑着那担柴往回走，老赵又遇到了那位戴头巾的老妇人。

"好啊好啊，劳动光荣！"她那没牙的嘴说话漏风。

"请问，老妈妈住在这附近吗？"

"不，不住这里。我四海为家。你到沟里捞东西吃，你吃的可是山珍啊。"

"是啊，老妈妈，我特别感恩，我……我……"他结巴得说不下去了。

老妇人又哈哈大笑，笑着走远了。这时老赵才担起那担柴继续赶路。他一边走一边迷惑不已地想，为什么在他的前半生中，他从未遇见过类似这山里发生的事？有没有可能是他的心理发生了变化？还有眼光也改变了？他又想到欢，有好几次，他分明感到欢所身处的世界同他的完全不一样。在那种时候，她总是答非所问。

当老赵将柴捆放进柴棚，出来透口气时，竟然看到老妇人坐在厨房里同欢说话！欢安详地剥着芋头，脸上没有表情，只是不时点点头赞同老妇人的话。老妇人看见老赵站在外边，就起身走出来。

"您好，老妈妈。"老赵大声问候。

"好啊好啊!"她爽快地说。

"您同她很熟?"

"当然啦。你们住的这棚子是我从前盖的。"

"啊,真没想到,太感谢您啦!"

他看见她朝下山的那条路走去。

欢已经从厨房里出来了,也在看着老妇人的背影,脸上仍然没有表情。

老赵打着手势问欢,这个人是谁,欢是否早就认识她?欢不住地摇头否认,又做了好些意思含糊的手势。老赵琢磨了一会儿,觉得她说的是,老妇人是一只猛虎,是这里的山大王,他们得小心她,尤其在夜间入睡之际。她做出惊恐的表情,不住地用手打自己的脸,到后来竟哭了起来。老赵抬起手来轻拍她的背,想安慰她,可她如惊弓之鸟一般往旁边一跳,离开老赵。后来她就进厨房去了。

"怎么回事呢?"老赵问自己。他不能确定这两个人谁说的是真情,也许是老妈妈吧。那么,欢眼里的老妈妈就不是他眼里的老妈妈,可能是某个幻象。种种迹象表明,欢的确生活在一个他所不知道的世界里。他觉得这倒也没什么,他可以习惯。可她为什么哭?她哭,是因为老妇人要将她逼上绝路,不让她像现在这样生活吗?那么,"像现在这样生活"又是怎样的呢?

因为焦虑,老赵饭也不吃了,就在柴棚里躺着。而欢呢,也好像忘了做饭,因为厨房里没有任何动静。他一直躺到太阳快落山时才起来,他之所以起来,是因为听见有人在山顶发出呼唤,那声音传了下来。他走出柴棚,那声音就变得清晰起来,有点像老妇人发出的，又不太像，那声音比她年轻，也比她暴烈。老赵一回头，看见欢也坐在厨房里倾听，很专注又很沉痛的样子。来了这些天，老赵还从未见到欢像今天这样情绪激动。

老赵走进厨房，用食指指着上方。欢起先痴痴地瞪着前方，然后突然跳起来，拿起菜刀，狠狠地剁在木板上。那菜刀竟在切菜用的木板上剁出了一条口子，可见欢的力气有多么大。老赵在心里惊叹："这女人可以上山打虎啊！"

"您，快回答山顶那个人……"老赵慌乱地比画着对欢说。

欢又忽地一下站起来，很快地往外走，一会儿就到上面那条路上去了。老赵看着她的背影说："维吾尔族女人啊，维吾尔族女人……"他的话音一落，屋前就有巨石滚落下来砸在泥地上。他奔到前面去查看，看见两块巨石，像孪生兄弟一样立在屋前，将屋里的光线都挡住了一部分。他用手摸了摸石头，石头发烫，还有硝烟的气味。

老赵感到发生的一切都同那老妇人有关，他猜不出这两位女性演的是一出什么戏。尽管猜不出，他心里还是有种紧迫感，隐隐地又有点恐怖感。莫非欢和他两个人都中了老妇人的圈套？老妇人到底在逼迫欢干什么？他紧张地思索，但并没有想出一个头绪来。于沮丧中，他胡乱吃了两个冷馒头，然后换了双结实的跑鞋——他打算去山顶看个究竟。

他没走多远就碰见了一个熟人。这个人是他从前的同事，一个满腹心事的人，眼睛长年肿得像蒜头，说话东张西望。现在这个姓朱的男子正从山上往下走。

"老朱，你怎么也来这里了？"

"我怎么不能来？没想到吧？同你一样，我也是来寻找刺激的。"

老朱的眼睛根本就不看他，目光在树林里扫来扫去，像在找什么东西。

"那么，你找到了吗？"

"找到什么？我告诉你啊，我要找的东西是找不到的。你也一样。那种东西太稀少了。瞧，你不是为那东西命都不要了吗？"他嘲弄地笑起来。

老赵感到自己脸红了。同时他也感到奇怪：为什么见到老家的熟人，却一点也没回想起自己家中的那些事？也许他同家人已经是阴阳两隔，进入了真正的忘却的阶段？

"我不耽误你了，你上去吧，那上面有精彩的好戏。"老朱指了指山顶。

老朱像猴子一样爬到一棵小树上，然后又跳下来，一会儿就消失得无影无踪了。

老赵发了一会儿愣，一阵乡愁向他袭来。不过这种情绪很快就过去了。不知为什么他突然记起这老朱还欠了他八十元钱没有还。

山顶看着很近，爬起来却很远。但他必须爬上去，不是连这位同事都暗示了上面有情况吗？再说欢也应该在那上面，他亲眼看见她朝那上面走去。幸亏出来前吃了冷馒头，不然他早就没力气再爬了。想着这些事，老赵又觉得自己很幸运——仅仅过了这么短的时间，他就不再被从前的事打扰了。那个时候他刚逃出来，跑到荒芜的田野里，真是痛不欲生啊。他还记得他朝城墙上撞了几次，撞得血肉模糊。可他并不真的想死……后来在B城遇到从前的熟人，那熟人说："老赵，你可真是特殊材料做成的啊。你加入过什么党派吗？"他觉得那人在讥笑他，就板着脸一声不吭。

终于爬到山顶了。放眼望去根本没看到人影。到处静悄悄的，就连鸟儿也不叫了。

老赵突然就叫起了儿子的小名，一共叫了三遍。他对自己的举动感到很意外，因为他并不想念儿子——凡是从前世界里的事物他都忘记了。他叫儿子的时候，欢就从树林里出来了。她奔向他，惊异地打着手势，口里嚷嚷着，那意思是说老虎要来了，快跑。

他俩跑了一会儿，欢停下了，让他听虎啸。他侧着头听，果然就听到了，不过不能确定是不是虎啸。后来他又觉得不是虎啸，是一名男孩在哭。他俩慢慢地下山时，欢又变得闷闷不乐了，好像因为虎没来，反而很失望似的。后来她又要老赵先回去，说她要在林子里的落叶上睡一觉。老赵说太阳已经落山了，睡在林子里很危险。这时欢就朝老赵做出一个残忍的表情，还龇出她的白牙。她的样子有点像一条母狼，老赵害怕地后退了几步。

老赵一个人回到了住处。打量着黑下来的天空，回忆起下午的遭遇，他心里很乱。

老赵在厨房做了菌子汤，然后吃了一大碗面条。这时他又想到了欢，欢从早上到现在什么都没吃，怎么还没饿昏过去？于是他又后悔不该一个人回来。他一个男人，怎么会那么怕她？

她能吃了自己吗？真是可耻啊。想到这里，他就用毛巾包了几个热馒头，提着那盏马灯向山上走去。

他没有料到的是，一到夜里，山路就完全变了样，周围的树林也与白天看到的不同了。树林很快从两边挤过来，将那条很宽的路挤得看不见了。他磕磕绊绊地往前走，树枝不断地戳在他的脸上。有时候，他觉得那条路在脚下，有时候，又觉得根本没有路。即使用马灯照了又照，努力辨认，仍是模棱两可。走了好一会儿他还是被困在密林中。既然无路可走，也无路可择，他就放弃了去寻找欢的想法。他掉转身往山下走，只想快点回到住处。说不定欢已经回去了呢。奇怪，一往山下走，他立刻就回到了那条路上。他甚至看见了那条熟悉的水沟，溪水闪着阴险的白光。他急匆匆地回到了住处。

欢果然已经回来了，坐在屋前那巨石旁想心事呢。

老赵将馒头递给她，她抓起就咬，像野人一样。她飞快地吃完馒头，走进屋，衣服也不脱，就躺到床上睡了。

老赵既猜不透欢的心思，也想不透之前所发生的一连串事情。他感到自己好像还在那密林中摸索，满心都是沮丧。他在厨房里收拾的时候，天上又劈下来一个炸雷，剧烈的震动让他跌倒在地。爬起来之后，他立刻冲向柴棚，将门闩上。

关了门，柴棚里伸手不见五指了。可是他感觉柴棚里还有一个人，就站在他刚刚关上的门那里，连那人的呼吸都可以听到。

"老兄，你躲在这里干什么？"老赵问道。

"来找住宿，我俩可以睡一张床。我向你保证，我不会占地方。"是老朱发出的声音。

"你倒是说说看，你怎么能不占地方。我这床很窄。"老赵笑起来。

老赵脱了衣躺下了。他听见老朱也在脱衣，然后又听见他躺下。他伸手去触老朱，没触到，却听到他的声音响起来："我早说了我不占地方。"

"你出来时，家乡的情况如何？"老赵平静下来了，觉得很困。

"家乡今年收成很好，风调雨顺。大家都盼你回去，尤其是研究所的领导。"

"有这事吗？那你干吗跑出来？"

"同你一样的原因啊！"轮到老朱笑了。他笑完了又说："你的女人在赶那些山螃蟹回家，它们一群一群地往屋里爬。它们看上你家了。"

"那不是我女人，那也是一位苦命人。我们相互鼓励……"

老赵的眼睁不开了，他入梦前听到老朱说的话是：

"苦命？我看她一点都不苦。我们这类人都想为所欲为，你说是吗？啊？啊？"

有一天，欢坐在家里织棉纱手套时，她的一个熟人，是汉人，来找她了。

老赵看到一名年轻女子大大咧咧地躺在欢的床上，连忙往后退，想退出房间。不料那女子高声招呼他：

"老赵，您别不好意思啊，我在灰城的桥上等候过您呢！"

虽然她的声音很刺耳，老赵还是停住脚步转过身来了。

"灰城？我在那里只待了一天……您为什么要等候我？"

"因为我对您的案子有兴趣啊!"

这时欢就拍起手来,蓝眼睛也变得十分生动了。仿佛她听懂了女子的话似的。

"什么案子?"老赵沉着脸问。

"不,没有什么案件。我说错了,我是想说我对您那种外乡人的打扮好奇。我没料到我同您还会在这里重逢,可见物以类聚啊!"

老赵一转背就冲出去了。他在柴棚里坐了好一会儿,身上还在发抖。他在心里嘀咕:"这个女的简直是个魔鬼……"

又过了一会儿,他便听到两个女人在厨房里说话,欢说维吾尔语,那女子说汉语,两人却可以交谈。这样看来,两人都懂两种语言。那么欢为什么平时装出不懂汉语的样子?而且她装得多像啊,她天生是个演员。老赵捂住耳朵不想听,可是那人的声音还是钻进了他的体内。

"你们应该开源节流,改掉这坐吃山空的老习惯……我看老赵不是什么好人,你太忠厚,不要迁就这种人……你问我什么叫开源节流?比如说你们可以打些野物来吃啊……向谁学习打猎的技术?去找你那位老姑妈啊。"

她还说了些别的。老赵听得怒火直冒,就起身走到外面,站在厨房门口。

"哈,老赵!"年轻女人迎向他,"我们都在夸奖您!"她脸上喜气洋洋。

"我可是承受不起您的夸奖啊!我是个弱小的人。"老赵的目光看着屋顶。

"呸！别装了。您才不弱小呢。我看见过您飞上蓝天！"

女人说"蓝天"两个字时，欢又拍起手来，激动地向老赵凑近。

老赵脸上红一块白一块，心里恨透了这女人。

"我叫傻姑。这名字好听吧？"她又说。

老赵没料到她朝他伸出了手，于是只好握了一下。那只手像铁一样硬，他吃惊得差点用力甩开它。他看见欢捂着嘴在笑。

傻姑说她有急事，得赶快下山。她同欢拥抱告别时，黑眼睛直勾勾地看着老赵，似乎在警告他什么事。然后她就头也不回地走了。

"她是你的老朋友？"老赵用汉语问欢。

欢脸上没有任何表情，好像她又听不懂汉语了。老赵觉得很没趣，就想离开厨房。没想到欢又哇啦哇啦说起维吾尔语来，双手连比带画地搞了好一会儿。老赵听出她在说她的老姑妈——那只老虎，夜里真的要来了，他们必须弄一支枪来。

"你要射杀你姑妈？"老赵用手势问她。

欢拼命摇头，似乎要分辩，又似乎在说自己必须杀了姑妈这只老虎。老赵不解地问她为什么要杀人，她就斩钉截铁地用手势表明：她是老虎，必须杀掉。她还用含糊的汉语吼出了一个"虎"字。老赵暗想，这个女人大概是能杀人的。可是老赵不想去弄枪，他自己并不是能杀人的那种人，上一次只是误伤了人而已，他没胆量杀人。于是他向欢表示，他不会去买枪，她要买就自己去买，与他老赵无关。他表示了自己的意图之后就转身回柴棚去了。他走到外面时便听见欢发出了奇怪的尖叫声，像一只猪被宰杀时的惨叫一般。

老赵脸色惨白地在柴棚里躺下了。那之后便没再听到欢的动静，大概她下山买枪去了。

他一直躺到下午才去厨房做饭吃。他边做饭边考虑欢的事。她为什么要除掉老妇人？在老赵的印象中，老姑妈是很好的人，只是性格怪怪的而已。在这山上，谁又不是怪怪的？他的同事老朱，还有他自己，不是都在做匪夷所思的行为吗？然而老赵又觉得那姑妈似乎在引诱欢，而欢也心甘情愿地受她引诱，甚至还有些尊敬这位长辈。不知她们之间到底是一种什么关系，他想破了脑袋也想不出。如果老朱在这里就好了，他显然是能看透欢的那种人，至少不像他老赵一样蒙在鼓里。那一夜在柴棚里，老朱已经说出了他对欢的看法，说她，还有所有来山上的人都想"为所欲为"。可惜他当时太困，没有追问老朱。不知为什么，老赵觉得老朱并没有走远，还在这山上，就像那老姑妈一样。还有那傻姑，也在这山上。老赵的脑海里浮出"靠山吃山"这几个字，他感到特别好笑，就笑出了声。

站在灶边吃完了饭，正要刷锅洗碗时，老赵听到了两声清脆的枪响。枪响之后又传来欢的笑声。老赵没出去，还是洗他的碗。后来他终于忍不住了，就将门打开一点，伸出头去。他看见欢站在那条路上，欢的旁边是老朱。欢举起枪来瞄准老赵，老赵头一缩，那子弹打在门框上了。"这玩笑开得大了。"老赵心里闪过这个念头。

他怀着一颗怦怦直跳的心，将那些碗筷摆整齐，将灶头抹干净。他正想回柴棚去时，欢推开门进来了。欢拉着他要他欣赏她那铮亮的猎枪。那真是一支高质量的好猎枪，但老赵不愿多看，他对武器有种天生的反感。见老赵沉着脸不高兴，欢就比画着向他解释说，刚才她开枪，射杀了一只老虎，那只老虎已经被老朱拖走了。老赵愤怒地瞪着她，走过去打开门，将那颗子弹从门框上取出，举到她眼前，但欢还是拼命摇头否认。然后她也从枪膛里取出子弹，同老赵手里的进行对比。老赵不得不承认，它们的确是不同的型号。那么，究竟是谁在朝他开枪？一切都变得扑朔迷离起来了。

有人要害他。老赵在心里确定了这件事。他必须多加小心。现在他对欢的印象也变坏了，他不能习惯成日里背着猎枪的女人同他住在一起。他还能找到另外的住处吗？他觉得不太可能，再说寻找住处对于体力的耗费也是可怕的，还是将就过下去吧。

现在欢一闲下来就擦那支枪。老赵一见她擦枪就躲得远远的，生怕她走火。再说欢也变得很怪，总是端起枪瞄准老赵。不过还好，她并没有扣扳机。老赵觉得她是在练习打老虎。这样一想，又感到自己真的有几分像老虎了。他，一个胆小鬼，成了老虎？

好几天过去了，老朱还是没有出现。他问欢，欢告诉他说，老朱已经回家乡去了。老赵心里想，原来家乡是可以随时回去的啊。当然就他自己来说是不能回去的，万万不能，回去了就是死路，他确信这一点。欢为什么也不能回家乡呢？他向欢提出这个问题时，欢就激动地站起来，口里叽里呱啦，打了一大通手势，还反复地做一个杀头的动作，甚至起身去拿那支猎枪。老赵一见她要拿枪，立刻就逃跑了。

就这样,通过反复的试探,老赵觉得还是只有待在此地是最好的选择。不是连欢都这样认为吗?这种女人的直觉应是最为可靠的。现在他和欢两人手里都还有钱,还可以维持很长一段时间。等到他们的钱都用得差不多了再另想办法也不迟。先前那么苦的流浪生活都已经挺过来了,现在的生活已经算是很好了。实际上,老赵现在每天对生活都怀着一种期待。他是个好奇的人,而住在山里每天都有怪事发生,使得他一天到晚都在琢磨来琢磨去的。可以说他有点喜欢上了这种生活。最近欢虽然在他俩之间制造了一些紧张气氛,可他不是还好好地活着吗?那支猎枪是她个人的特殊爱好,并没要了他的命,而且欢也并不是为了射杀他而去买的那支枪,那种假设太荒唐了。欢的目标是老虎。

"欢!欢!"老赵听见傻姑在外面大喊大叫。

欢立刻背着猎枪出去了。老赵看见两个女子相互搂着在那条路上慢慢走,好像在说着话。那傻姑居然也背了一支猎枪。老赵想,他这样一个不三不四的人,夹在这些女英雄当中算个什么玩意儿?当他想到"女英雄"这三个字时,脑海里还浮现出了老姑妈的形象。那位老妇人,已经老得嘴里没牙了,身上却隐隐地透出一股杀气。当然老赵是在回忆时才感到那股杀气的,当时他并没感到。

老赵一低头,看见一个闪闪发光的东西,应该是欢刚才掉落在地上的。这是一个黄金打成的老虎头,凶恶地张着大嘴,被一串金链子穿着。看来这东西一直挂在欢的脖子上,为什么这么久了他都没注意到?天天伴虎而眠的女人是什么材料做成的?他将沉甸甸的老虎头捡起来,走进屋里,放在小方桌上。他在桌旁坐下时，又想起了同事老朱。在山上失去了躯体的这个人，现在应该已经恢复了原形吧？他努力地想回忆起老朱过去在单位上工作时给他的印象，但就是一点都想不起来。他的确不是一个假人，因为他一见到老朱就认出了他是家乡的老朱。但是关于老朱的记忆到哪里去了呢？他同老朱是什么样的一种关系？朋友？还是只是不太熟的同事？或者上下级关系？好像都不是，完全不能确定。"必须斩断记忆。"他自言自语道。不过并不是他斩断了记忆，是记忆从他脑海里消失了。看着桌上这凶恶的黄金老虎头，老赵更加相信欢是能够打虎的英雄了。难怪她让自己与她同睡一床，一点都不害怕他这个男人啊。想到这一点，老赵顿时觉得自己猥琐不堪。

欢晒在门外大石头上的豆角已经干了，老赵将它们收起来。这时他听到了子弹的呼啸声，从他耳边擦过。他连忙猫着腰冲回房里。天哪，难道又是欢在朝他射击？

他坐在那里，又气又急。有一瞬间，那老虎头变成了欢的冷笑着的脸。

老赵在柴棚里躺下，他赌气不做饭了，打算一直躺到天黑。由于横下了一条心，他居然安静地入睡了。这一觉睡了很长时间，他醒来时天已经黑了。厨房那边传来笑声，是欢和傻姑在里面。老赵皱了皱眉，翻了个身继续睡。

"老赵！老赵！您好一些了吗？"傻姑敲着门问他。

"我好得很啊，谁说我病了？"老赵一边起床一边应道。

"欢说您病了。您对自己的性命感到忧虑吗？"傻姑的声音低了下去。

"不！我才不会为这事忧虑呢！"老赵愤怒地大声说。

他一把将木门推开，却看见门外空无一人。厨房里，那两个女人还在说笑。难道傻姑有分身术？老赵气哼哼地走进厨房，那两人见到他立刻住了口。

"傻姑，刚才是您在门外叫我吗？"

"我刚才叫您？"傻姑瞪大了眼，然后转向欢说，"他说我刚才叫他了，你看他有多么敏感！欢，他是我们的无价之宝啊！你说是不是？"

欢连连点头表示赞同，又过来拉老赵坐下，将一盘香喷喷的煎饼放在他面前。老赵先是一愣，然后忽然内心感到释然了，就坐下和她俩一块吃饭。

"老赵啊，我看您已经适应了这里的生活，是吧？"傻姑笑眯眯地望着他说。

"并没有适应，只是得过且过吧。"老赵随口说。

"啊，啊……"欢眼泪汪汪地发出感叹。

老赵不知道欢感叹什么，是感叹她自己的冒险生活吗？他想了又想，思想进入了一个黑洞。

"你瞧，你瞧，这个人连饭也忘了吃！他对待生活该多认真啊。"傻姑对欢说，"那一次，我在灰城的桥上看着他时，我就记住了这个人。"

她俩先吃完，于是拿出各自的猎枪来擦，就好像只有这事是她们最感兴趣的一样。她们一边擦枪一边窃窃私语，老赵听见傻姑在说："为什么不？为什么不……都可以尝试的。"她说这话时，欢又变得眼泪汪汪了，满脸都写着对傻姑的感激。

065

老赵的愤怒已经消失了。他一边洗碗一边倾听这两个女人相互诉说心里话。他听出来欢要干一件大事,又还没有打定主意。欢并不是要征求傻姑的意见,但傻姑一直在鼓励她。听着这种对话,老赵感到,相互倾诉是多么美妙的一件事啊!似乎他自己从前没有过这种幸福,为什么呢?他不知道,因为往事都回忆不起来了。他觉得自己在旁边偷听不太合适,可又觉得女人们是故意说给自己听的。尤其是傻姑,话里面总是出现他的名字,老赵这,老赵那,仿佛他在同她们一道策划那件事一样。

老赵终于收拾好厨房,起身向外走了。但傻姑叫住了他。

她将老赵拉到角落里,很严肃地问他:

"您爱欢吗?"

"不,一点都不。您误会了!"

"我没误会,我要听您亲口说出来才放心。太好了,您可以在这里有真正的生活。"

"我也是这样想的。"老赵一本正经地说。

"您不要油嘴滑舌。您这就走了?不陪我们了?"傻姑冲着老赵的背影喊道。

坐在柴棚里,老赵一直在想,那是一件什么样的大事?欢到底是要瞒着他,还是要通过暗示的方法告诉他?他已经来山上这么久了,和欢的交流也不算少,他记得欢有一次告诉他,她在她的家乡时,常常会"失重",也就是双脚踩不到地面,在那种情况下,她也没法像鸟儿一样飞起来,这件事是她从家乡出走的主要原因。欢说她的病到了山上就好了。当欢在描述这种情况时,她的嘴里就发出难听的喜鹊的叫声,就像被喜鹊附体了一样,也不管老赵爱不爱听,就那样一直叫下去。老赵听得心里难受,就起身走掉了。现在想起这事,老赵觉得自己太冷酷。或者是他体会不到欢的痛苦?既然过去体会不到欢的情感,现在当然也难以捉摸出这个女人究竟要干什么。

老赵偷偷地走出柴棚,他想到周围到处看看。他朝着白天里发出枪声的那个方向走。走了不远,转进一条树林间的小路。这时他忽然扑倒在一大堆软软的东西上面,还闻到了浓烈的兽皮的气味。他猛地爬起来,发了疯一样往回跑。跑出树林后,他不知道自己该往哪个方向跑了,因为他面前突然出现了四条路。他当然也不能站着等死,就胡乱朝边上那条上山的路跑过去。到处都是朦朦胧胧的一些树,他也顾不上去分辨了,只一个劲地跑。又跑了一会儿,便听到有人在前面树林边说话。

"妈妈,您别担心,他呀,老奸巨猾……"

"担心总是免不了的,他住了我的房子,就是我的客人了。"

老赵的脚步慢下来了,因为他听出来是傻姑和老姑妈在说话。可是她们在哪里呢?老赵用手电向那边照,却没看到有人。"欢!欢!"他大声喊,也没人回应他。与此同时,他认出了回家的那条路。

茅棚里,欢正在煤油灯下玩扑克牌的游戏。

老赵比画着告诉她自己遇见死老虎的事,他确信那是一只老虎。欢用力摇头,说那不是死老虎,是活老虎。活老虎怎么会一动不动?怎么没来咬他?老赵认为欢是信口开河。但欢固执地坚持自己的意见。老赵又告诉欢,他在外面时,听到老姑妈说话的声音了。欢站起来,惊恐地走向屋角去拿那支猎枪。拿了枪之后,她就将门打开一点,朝着天上放空枪。她一开枪,老赵就捂住耳朵往柴棚里跑。

过了好一会儿,老赵还听见欢在前面房门口开枪。她怎么会有那么多子弹?不可能啊。老赵既厌恶又胆战心惊,他拿不准动了杀机的女人会不会来杀他。或许她放枪是想将她的老姑妈引出来?她俩之间要来一场较量?维吾尔族女人啊,成天想些什么呢?一想这些事,老赵就感到困得不行,眼睛都睁不开了,尽管害怕,还是睡着了。

好长一段时间之后,老赵与欢的关系才变得融洽起来。不过老赵并没有彻底消除疑虑——谁知道她会不会一时兴起杀他?她太随心所欲、反复无常了,像一颗定时炸弹。当然老赵也承认,同这个女人在一起的日子一点都不无聊。不但没机会感到无聊,他还要将神经绷得紧紧的,还要训练凡事做出快速反应。

那位傻姑也从未离开,总在这山上转。她有一天告诉老赵说,欢不会在这山上久待,因为她梦见过一个理想之地,那个地方才是她真正想去的。欢已经寻找它好些年了,老姑妈也给了她一些线索,却还是没找到。欢认为既然理想之地没找到,暂且住在老姑妈这里也不错。

"是老姑妈邀请欢来她的茅棚居住的吗?"老赵忍不住发问。

"当然不是。"傻姑冷笑一声,"欢占据这茅棚时,根本还不认识她的老姑妈呢!欢这个人啊,从不接受任何人的邀请——谁敢邀请她?您敢吗?"

"我也不敢。"老赵沮丧地说,"当然我来住的时候,也没人邀请我。"

"那说明您也是占据。您和欢是一类人，我那时就看出来了。您表面上胆小，实际上无法无天。喂，老赵，我问您，您成天在山上找那只虎，是不是想弄清欢的历史？"

"我没有找那只虎啊，我一次都没见过虎的身影，我连它是不是存在都……"

"得了得了，您别辩解了。我要说，您比谁都胆大！"

傻姑说最后那句话时提高了嗓门，老赵愣住了。

她趁着老赵还没回过神来，从旁边那条小路跑掉了。

"我胆大？"老赵自言自语道，"胡说八道……她这种人来欢这里，就是来挑拨是非的。从前我熟悉她这种人，只不过后来我忘记了……"

他背着那捆柴回去时，心里有点乱，他担心欢也认为他在山上转是为了找老虎，尤其是找活的老虎。他也不愿欢认为他胆大包天，因为那并不是真的。他在心里埋怨傻姑，觉得这年轻女子正在将他的生活搅得越来越复杂。经过那条水沟时，他坐下来休息一会儿。溪水还是原来的溪水，但是山螃蟹已经长大了很多，其中一只竟有巴掌大，令老赵十分诧异。这会是什么品种？简直像怪物。那只巴掌大的家伙朝他举起大螯，样子特别可笑，引得老赵笑出了声。它是不是从前被他抓回去的那些当中的一只？他捧了一捧水朝那家伙淋过去，它才缓慢地缩回石头底下去了。老赵的心境变得开朗起来了。

老赵回到茅棚时，欢还没回来，她下山买面和米去了。有一个中年女人坐在房里玩扑克牌。老赵觉得她也像维吾尔族人。

"您是她的老乡吗？"

"不，我是她的老姑妈呀。"

"是另外一位老姑妈？但您一点都不老嘛。"老赵吃惊地说。

"她只有一位老姑妈。您看人不要只看外表。"女人严肃地说道。

"啊，现在我看出来了，您正是老姑妈。我的反应太慢了，请您原谅。"

"哈哈哈哈，我没生气！看来水沟里的山珍一直在滋养着您。我得走了，因为我不想同她碰面，我宁愿同她明争暗斗……"

她说着就出了门，老赵一眨眼就看不见她的身影了。

扑克牌中的一张居然是一只虎头，很像欢的黄金项链上的那只虎。这张牌应该不是这一副里面的，但为什么背面又都一模一样呢？老姑妈将这张老虎牌放进欢的扑克牌里面，这也属于"明争暗斗"的一部分吗？深夜里，欢在山里到处寻找老虎，枪膛里的子弹都被她射完了，可老虎却跑到了她的扑克牌里。有多少个那样的夜晚？老赵想起这件事就嘿嘿地笑起来。不，他不应该笑，他怎么能讥笑好朋友心灵深处的痛苦呢？欢快要回来了，他得赶紧去做饭。他起身时望了老虎王牌一眼，奇怪，老虎王牌又变成了原来的恶鬼王牌。

老赵蒸好饭，做了三个小菜，煮了两个玉米。这时欢就回来了。

欢一进厨房就向他比画着说："老虎来过了。"

老赵也比画着，还伸出大拇指夸奖道："她很好。我爱她。"

他还问欢："如果她再来，你会同她说话吗？"

这时欢就跑到屋角拿来那支枪，朝着门外一边放了三枪。欢脸上现出冷酷的表情。

吃饭时欢又告诉老赵：有一个人正在往他们这边走，明天晚上可以到达他们的茅棚，不过她不能确定那是不是一个敌人。欢问老赵，如果是敌人，他害不害怕？老赵回答说不会害怕，他这辈子遇到过很多敌人了，他们也没把他怎么样，他不是还活着吗？他这样一说，欢的脸上就露出了笑容。她还夸老赵的菜做得很好吃。

一直过了好久，老赵还在想关于那个敌人的事。那人怎么总也走不到他们的茅棚？

他没有料到，那人到达之日，就是他和欢的生活发生转折之时。

他们搬迁的预告竟是门口那块大石头——飞来之石。

那天夜里，本来老赵睡得很香。到了半夜，他被欢发出的凄厉的尖叫声吵醒了。那叫声是他从未听到过的，有种骨子里头的绝望。老赵跳起来，赤着双脚就往茅棚前面跑去。月光下，他只看见那块大石头，却没看到刚才发出叫声的欢。

"欢！欢！"老赵声嘶力竭地叫着。

他朝屋里望去，那床上空空的。

老赵窜到屋后，又窜到屋前，不断地叫喊。他窜了好几轮，直到被那块石头绊倒。

他倒在石头上，但那石头并非坚硬的岩石，却是软软的、毛茸茸的一大堆。他又闻到了熟悉的兽皮气味，于是弹了起来，口中吼道:"虎!虎啊……"

他觉得自己完全疯了。朦胧中看见巨大的黑影朝他扑过来,他被扑倒在地,在窒息中不省人事了。不过他很快又醒了,感觉周围很寒冷。

有一个提着马灯的黑衣人在他上方,似乎想用那盏灯来照他。

"你是欢吗?你能扶我起来吗?"老赵虚弱地说。

"您刚才为什么要污蔑我,说我是虎?"说话的居然是傻姑。

"我……我不是说您……我说那石头。"

"石头不就是虎吗?千年的磨炼啊!"傻姑大声笑着说。

她将马灯举得高高的,老赵骇然看见她的肩膀上是一个老虎头。

就在同一瞬间,老赵被她有力的手抓着胸口的衣襟,猛地一下从地上提起来了。

"您真是力大无穷,我没想到……"老赵羞愧地说。

"您没想到的事还多着呢!您听,欢又在射击,您得赶紧躲进屋里去,不然要出事的。这是个多事之夜,只有我和欢这样的人可以留在外面——不是连千年岩石都被注入了活力吗?什么可怕的事都有可能发生。"傻姑恶狠狠地瞪着老赵。

于是老赵躲进了他的柴棚。

第三章

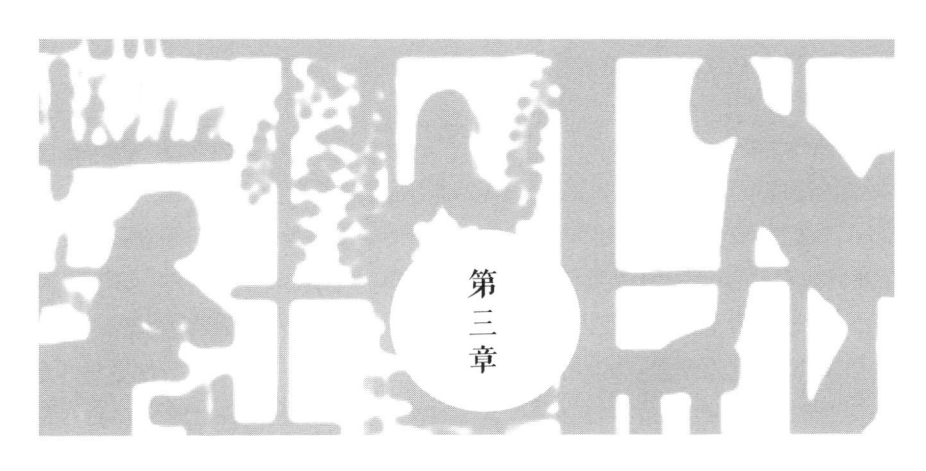

南的城市生活

南是一名单身汉，住在雁城梅花小区的三十七楼。南住在这套公寓房里已经有二十多年，他刚满四十六岁，在一家事务所做审计工作也做了二十多年了。做审计工作工资比较高，但经常要去外地出差。南喜欢他的工作，也喜欢出差，因为出差就会有艳遇——南相貌堂堂。不过南在业务上并不出色，他的心思也不完全在业务上。他的心思也不在组建家庭上，他集中不了注意力去组建家庭，因为一些模模糊糊的紧迫的事萦绕在他的脑际。近两年来，那些紧迫的事越来越紧迫了，甚至到了这样的程度，使得他在同某个女友在大街上走时突然一愣，让女友到对面商店里等他，而他自己则跑得不见踪影了。由于已经有了两次这种可耻的行为，南决定不再找女友了。他这种行为令自己痛苦。既然不找女友了，南对出差也就失去了乐趣。很快，审计工作对他来说也成了负担。

南一回到三十七楼的公寓里，那些模模糊糊的紧迫的事就令他坐立不安。他一直想弄清那是什么事，但一直没有成功。现在他的最大兴趣，就是想通过回忆来弄清这些事。

通常他是这样做的：喝一杯清茶，然后去洗一个澡，换上睡衣，神清气爽地走到阳台上，坐在藤椅里，半闭着眼开始回忆。上面是不太干净的城市的夜空，底下是离得较远的人间生活的噪声，南的回忆就在这二者之间发酵。经过半年的努力之后，他发现自己的进展还是不大。他的确记起了某些标志性的事物，比如新铺的草坪里的一行脚印；从前父母家中的一张樟木板凳；初学游泳时差点被淹死时看见的那棵树；刚买到这套公寓房时所发现的挂在厨房墙上的陌生老人的肖像；吃大米饭时埋伏在碗底的毒蜈蚣；永远只说半句话的猴脸邻居；事务所大门上那个别人看不见的脸谱；等等。可是记起这些又有什么用呢？他并不能因此就挖出他想要知道的那件紧迫的事，他只能在外围绕圈子，甚至连外围都不是，只是在胡思乱想罢了。唉，只是到了这时，南才发现自己完全不能随心所欲地生活。他有一件紧迫的事要办，却想不出那是什么事，当然也就不知道从何着手。

有一天，南在刮完胡子之后仔细看了看自己在镜中的脸。老天爷，才过了两年，他怎么就已经老成这副模样了？镜子里活脱脱是一个"大伯"型的、正迈向老年的男子，可他才四十六。不说别的，单看这眼袋，两个大蒜头，正是夜间失眠又爱鬼混的那类人的模样……他已经到了这个地步了吗？沮丧之余，他又退一步想，如果他碰巧破解了他的生活之谜，也就是想起了他应该马上着手的那件紧迫的事，他会不会重返自己的青壮年？或至少生出一种强烈的兴趣，就像从前追女人的兴趣那么强烈？南不知道，他只知道自己现在很烦恼、很空虚，就好像要出什么事似的。

　　休息日那天，南决心清理一下旧东西，将能扔的都扔掉，不要留下太多的从前生活的痕迹。其实他在青年时代就有这种"清理"的冲动，但那时他注意力不集中，总是隔一阵就将这种想法忘得干干净净了。他有两个精致的大樟木箱，是用来装这种旧东西的。他首先想到的是他从高小到高中毕业写下的四大本日记。那时他并不天天记日记，但四大本也不算少了。可要处理这类文字，他还得去买台碎纸机来。日记本躺在箱底，南却不想看一眼里面的内容了。他抓起那两双从前心爱的足球鞋，还有一本集邮册，嗵嗵嗵地扔到垃圾桶里。接下来，他的目光落在了一条灰蓝相间的羊毛围巾上，那是他的前女友送给他的。既然他连她的模样都记不太清了，这条围巾也应该消失——这围巾不是女友，而是他自己。扔了羊毛围巾后，他又看到了一件躺在旧物当中特别扎眼的东西——他的大学毕业证书。那是京城的一所特别著名的大学。他毫不犹豫地将毕业证书也扔进了垃圾桶，他下意识地感到这东西不会再有什么用了。

　　垃圾桶装满后，他又找出了一个很大的塑料编织袋，往里面塞了不少旧东西。这时他听到有人居然不敲门就像一只猫一样溜进屋了。是他事务所的同事小竹，脸色苍白的阴沉的青年。小竹往沙发里一坐，用明察秋毫的目光将南正在进行的清理工作扫了一遍。

　　"要帮忙吗？你请我吃饭吧。"小竹说。

"好啊，你来得正是时候。"

小竹走过去背起编织袋，南提着垃圾桶跟在他身后。在电梯里，两人都沉默着，只偶尔对视一下，两人都似乎看见了对方的内脏。

他们来到大垃圾箱跟前，将那些旧物（毕业证已被南撕得粉碎）一股脑倒进去，然后拎着编织袋和垃圾桶上楼去了。

坐在沙发里，喝着咖啡，小竹慢条斯理地说：

"南哥，我发觉你挺在乎自己的形象，对吧？"

"我这臭脾气改不了了，要不何必费这心思来扔东西。你可别学我。"

"我就是想学，也学不像啊。"小竹做了个鬼脸。

"你啊，人虽小，实际上是我的老师。"南诚恳地说。

"你把我拔得太高了，南哥。"

那一天，他俩在饭店里待了很长时间。在旁人看来，两个人是在打哑谜，没人听得懂他们在说什么，而且一来一往之间停顿的时间也太久，有时连他们自己也弄不清是谁在提问，谁又在回答了。他们甚至觉得提问就是回答，回答就是提问。到后来两人都喝醉了，一齐倒在餐桌上呼呼大睡。

南醒来时，小竹已经不见了，整个饭店里只有他一个顾客，那位保洁员好奇地看着他。

"他扔下我走了。"南自言自语道，一股凄凉之情从心底升起。

南仍然每天上班，出差。要是丢了工作，他不知道如何体面地养活自己——他暂时还改不了注重自己形象的"恶习"。于是过了不久，南又出差到了内蒙古的包头市。

包头是一个奇怪的城市，城里高楼大厦不少，但到了夜里，城里看不到几个人。

南待在高层楼房的房间里，不知怎么的心里有点发慌，一时竟忘了自己身处何处。他用窗帘挡住那青色的夜空，盯着那盏台灯口中念念有词："审计……包头市，香格里拉饭店！"这样念了三遍之后，却并没有给他带来多少现实感，就连白天同小组成员一块完成的工作他也忘记了。一会儿同事小伍就敲门进来了，他是来向南汇报工作的。南瞪着眼看着小伙子的嘴唇在嚅动，完全听不懂他在说些什么。小伍汇报完就走了，关门的声音让南的身体颤抖不已。他听见自己在说："这个人，真可怕。"为了防止别的人进来，他将门闩上了。

"要不要记下来？"他问自己。这个念头是出其不意地来到他的脑海里的。虽然不久前他扔掉了四大本日记，这个念头却又像鬼怪一样出现了，挡也挡不住。他有一个工作笔记本，他就在那本子上写下了几个莫名其妙的句子，那句子只有他自己懂。合上笔记本之后，南的心里踏实了很多，他觉得可以入睡了，但时间还太早。有人来电话了。

"南哥，你听到了吗？"是好久不见的小竹。

"听到什么？喂，小竹，你说听到什么？"

"就是水的声音啊。你一点都没听到？奇怪，奇怪。"

"我什么都听不到，除了你的声音！你能不能说清楚点？"南对着话筒发怒了。

但电话线的那头一阵沉默。南等了将近五分钟后便不耐烦地挂上了话筒。

南洗完澡打算上床睡觉时,电话铃又响起来了。

"谁?"他问,同时感到毛骨悚然。

"没有谁,是我啊。"小竹的声音又响起了,"南哥,我已经潜水一天一夜了,在一个封闭的大塑料薄膜罩里头。这里很热闹,你听到水在流动吗?"

"没听到。你去水里干什么?"

"还不是为了我和你的事业。我们离开事务所之后,总得有所追求吧?"

"你这个小鬼头,什么叫'我们离开事务所之后'?我并没离开啊。你说实话吧,你到底怎么啦?在干什么?"南急躁起来。

"你会离开的。我这里非常热闹,居然还有人玩水球,他们都不露出水面,像水中幽灵一样,你相信这种事吗?现在我要睡了。"

接了小竹打来的电话之后,南的瞌睡全消失了。他关了灯躺在床上,想要设想一下小竹话里头的暗示,但什么也想不出来。其间他又起来两次,在房里走来走去,做出用手臂划水的姿势,注意聆听,看有没有水流的声音响起。当然没有。小竹是生活在一种什么样的幻境里面?他还说是为了两人的事业,他是从什么时候开始将自己和他绑在一块的?

小竹常常令南感到隐隐的尴尬。他很安静,说话慢条斯理的,南常常不知道他在说谁,说什么事。南很欣赏小竹这种时刻能从事务中抽身的本领,可是以前他并未同他有过深交。

回到家中,南照旧忙忙碌碌。每天晚上他都要问自己:某件重大事情、某个转机要发生了吗?他掀起窗帘,看向那青色的天空。隔壁有一个男人将上半身伸出窗外，发出狞笑。南立刻放下了窗帘。

包头那个夜晚发生的怪事又过去了一段时间。南在事务所里遇见过小竹两次，但那两次他们都没有主动谈那天夜里的事。南感到自己是在等待，他觉得小竹也是。

当南在雁城时，表面上，一切都未变——他白天上班，晚上坐在阳台上发呆两三个小时，然后去睡觉。不过现在这种发呆已经不再是回忆了，南觉得自己已经无事可回忆，他的脑海里空空荡荡的，用力去想也想不起过去的什么事情。所以他就放弃了回忆。那么他坐在阳台上干什么呢？他仔细想了一下，觉得还是只有一件事：等，等待魂牵梦萦的那件事发生。他又见到过一次隔壁的男人，那人也坐在阳台上，不过却没有发出狞笑，而是一会儿消失一会儿又现身。南看得十分清楚，几乎是目不转睛，而且邻居的阳台上开着灯，那人离他也不远。南不能解释这件诡异的事。他又想，也许诡异的是自己，而不是邻居？

有人从外面用钥匙开他门上的锁。南听见那钥匙在锁孔里转了两圈，门居然开了。这一下南可吃惊不小。出现在面前的居然正是那位大胡子邻居。

"您给我的这把钥匙还挺好。"他笑嘻嘻地说，"南先生啊，今后您有什么事需要我关照，只要向我开口就可以了，免得您去麻烦别人，我尤其担心您被人利用。比如上次同您搬垃圾下楼的那人。还是邻居靠得住，'远亲不如近邻'嘛。"

"上次那人是我的同事加朋友。"南说。

邻居老符站在房间中央不肯坐下，南觉得他有什么事要对自己说，还觉得他会将钥匙的事对自己解释一下。

"南先生啊，您还有什么需要扔掉的吗？"

他说的却是这件事，南的脸愤怒地涨红了。

"暂时没有？再想想看？那我先回去，等您想起来了就叫我。"

老符一转身就大踏步地走掉了，他的动作那么利落，竟然将南镇住了，南一时哑口无言、羞愧不已。忽然，他想起了他向这个人求救的事，也记起了钥匙是怎么到他手上去的。前天深夜他被莫名的恐惧摄住，一下子惊醒了。一条长长的黑影从天花板那里垂下来，晃荡着。南跳起来向外跑，却发现房门已经被闩住了，怎么也打不开。他跑到阳台上大喊救命。当时老符在那边阳台上出现了。老符命令他将房门钥匙扔过去，南往睡衣口袋里一摸，果然摸到了钥匙，于是他将钥匙扔给了老符。南听到老符又发出了那种狞笑，他两腿哆嗦着回到房里，摸黑爬到床上，将屋里有黑影的事忘记了。老符的狞笑还在外面响着，南却感到昏昏欲睡，就睡过去了。第二天早上他找不到房门钥匙，就用起了备用钥匙。果然是南自己给了老符房门钥匙，可老符为什么要他的钥匙？为了向他表明他是受到老符控制的吗？

他在停车场遇见老符，便向老符讨要钥匙。

"不，我现在还不能还给您，因为您还会需要我。"他说，"有什么人能比邻居可靠？外人能够天天陪伴您，随叫随到吗？"

南看到了老符脸上邪恶的表情，于是凭直觉预感到，自己的这个家恐怕真的不是久留之地了。可他能上哪儿去？

"到露天广场来吧,那里夜夜莺歌燕舞,单腿的老光棍举着酒杯跳舞。当您同这种人面对面了,他们就不会再钻进您的卧室,他们甚至还会敬您一杯酒。"老符又说。

他似乎给南指出了出路。可这叫什么出路?他知道那个露天广场,甚至偷偷地溜去看过一次(像贼一样)。黑夜里,水泥场内一个人影都没有,几根莫名其妙的水泥柱子立在广场中央。他鼓起勇气在场内走了一圈,老是听到有人在嘿嘿地笑。

南在事务所里遇见小竹,就将钥匙的事告诉了他。奇怪的是小竹很感兴趣,也很想打听老符这位邻居的情况。可是关于老符其他方面的情况,南一无所知。他仅仅知道老符是隔壁邻居,还有老符在阳台上和窗前的那些奇怪表现。

"有些事快要发生了……"小竹说。

南心领神会地点了点头。

"小竹,你待在水下时,通体都很痛快吗?"南看着小竹的眼睛说。

"对。"小竹点了点头说,"可是怎能一走了之?你先得将你那位邻居的事处理好。"

"你说起话来像我的上级领导。小竹,你是如何将自己磨炼成今天这个样子的?"

"我没有刻意去磨炼自己,也就是凑合着过吧。"小竹轻描淡写地说。

后来南暗想,也许小竹的意思是说,要等到他从老符手里要回钥匙,他才会同他一块去一个什么地方。不管去哪里,小竹是不是指从此远走高飞?这个小青年可真是深谋远虑!但是老符已经说了他要留着那把钥匙啊。南觉得自己太不像话了,他得去要回钥匙,抢也要抢回来!他下定了决心。

南在电梯里碰见了老符,电梯里还有另外两位女清洁工。南侧身移到老符后背那里,凑近他的耳边说:"请将房门钥匙还给我。"

"什么?"老符大叫。

"把钥匙交出来!不然我要打人了!"南也大声叫嚷,比老符的声音更大。

那两位女清洁工笑嘻嘻地在旁边看热闹。

老符反而沉默了。电梯门一开,老符和南相继走出去。老符做了个手势,让南上他家里去。南故作镇定,其实心里忐忑不安。

南一进到老符家里就紧张起来。他房间里的窗户全部用黑布蒙上了,门一关上,里面什么都看不见。老符伸出大手一把将南按在椅子上。"要干什么,你?"南把声音放得很低,他真的害怕起来。但接下来并没发生什么。过了好久,南的眼睛才辨认出一团亮光。发光体是一个巨大的玻璃金鱼缸,鱼缸靠窗而放,几乎占了房间的一半,它的高度直冲天花板。一条大鳗鱼躺在水中一动不动。南感到窒息,他嘴里咕哝道:"又是水乡……"

"对啊,正是水乡!"老符热切地冲着他说,"您瞧,您的钥匙在它肚子里……还有什么更好的保管处?"

南朝着那一团黑东西用力看,果然看见了一点银色的闪光,像星星一样地眨眼。南感到自己心里腾起了一朵火花,他变得犹豫不决了。

"啊，对不起，老符。我觉得，你和我要去的是一个地方。那么你……能给我讲讲水乡的情况吗？我完全没有这方面的知识。"

"水乡的情况？那是不可言传的，我怎么能够讲述这种事？您不是都看见了吗？当然，看见了并不等于就懂得了……我白天黑夜都在观察。现在您也来加入了，真好！"

"我要回去了，谢谢你。"

"不，您不要急着走，再等等。我的朋友还要翻身呢，它一翻身啊，说不定我们可以看到水乡的真面貌。哈，它翻身了！"

南看见巨型玻璃缸变得一片昏暗，上面和侧面的小灯全都灭掉了，只有窗外射进来的微光勾出那庞然大物的轮廓，它正在水中翻腾。南移动了一下身体，老符立刻抓住了他的肩膀，热切地说：

"快走吧，老邻居，我要同您说再见了，我们还会重逢的……"

老符用力推着南，将他推到门口。

南转身一看，发现老符已经砰的一声跳进了水中，也不知他从哪里爬上去的。那水里面的两个身体扭打成一团。南不敢看下去，连忙进了自家的房间。

他坐在沙发上喘气，好像刚做了剧烈运动一样。原来隔壁就是水乡啊，那么，小竹说的水乡也是在他自己家里吗？

他的疑问很快有了答案。小竹说那个地方肯定不在他家里，到底在哪里，目前他也不知道。小竹又说这种事用不着老去想，还说南已经清理干净了自己先前的记录，现在凑合着过就可以了。"我可没有像你这样一身清爽。"小竹说这话时满脸忧虑。小竹没有再问起南关于钥匙的事,当南向他描述老符家那个可怕的鱼缸时,他心不在焉地听着,仿佛不再对老符这种人感兴趣了似的。于是南在心里判断:小竹感兴趣的不是老符这种守株待兔似的冒险家,他想独辟蹊径……

"南哥,你还有什么要我帮忙的吗?"他的语气像公事公办。

"暂时没有。"南沉痛地说。

南觉得自己同这位年轻同事之间的默契已消失了,看着他远去的身影,南一时感到不知所措。他想,他们都说要帮自己,可到头来谁也不帮自己。

"主任,他们说您要休长假了,这是真的吗?"同事小洛姑娘问他。

"真奇怪,我并没有同人说过这事,你这小鬼头怎么知道的?"

"我们都知道了。您的邻居老符请大家喝茶了。"

南吃惊得合不拢嘴,那姑娘却哈哈笑着走掉了。

南独自站在办公室里自言自语道:"真是不择手段地逼迫啊。"他有点后悔将钥匙给了这个人,当时他是病急乱投医,昏了头了。不过也很难说,也许那时他是想同老符拉上关系,弄出点什么事来?也许那时老符就看透了他?要不老符怎么会请他的同事喝茶?应该是,他和他的年轻同事之间早有联系。南有种被算计了的感觉,可他又并不怎么生气,只是惶惑的情绪更浓了。

那天下班后他没有回公寓。他怕经过老符家的门口。

南现在住在靠城郊的一家高级宾馆里。他已将公寓的房子卖掉，过几天，那买主就要来收房了。买主是一位小学教师，两只眼睛贼溜溜的，不像个正经人。不过他出钱倒十分爽快，这一点令南十分惊讶。

"这房子值这个价钱。有一位贤明的邻居比那些日常方便对自己更有益，您说对不对，南先生？我先前有一位导师……"他翻着眼不往下说了。

南暗想，原来这家伙已经打听过了，他是看上了他的邻居才出手买这套房的。他又想象这位小学教师同邻居老符一块在巨型鱼缸里游动的情形，不由得背上冒冷汗。唉，这世界上的人无奇不有，特殊爱好也是五花八门！

南就这样搬走了。他让人将他的那些旧东西搬上垃圾车，全部运走了。提着两个箱子，他来到了这家熟悉的宾馆。他被安排在八楼的一间舒适的房间里。

然而到了夜里，当他坐在临护城河的阳台上，望着昏暗的天空发呆之际，他又听到了狞笑声。这一次不是老符，是一个年轻得多的嗓音。那人在上面的阳台上朝着空中笑了又笑，南连忙进房，关上了门。

南下楼来到了前台，那位孙小姐在值班。她是一个很漂亮的年轻女人。

"请问我楼上住的是什么人？"他沉着脸问道。

"你的楼上？那可是位有身份的先生！他是京城有名的歌唱家。"

"能不能给我换个房间？"

"可以啊。但这位先生住了整整一层。现在别的房间也客满了，您如果要换，只有底层的一楼还有房间。"

南在心里咒骂着，愤恨地离开了前台。

在电梯里面，南按下了九楼的按钮。他打算如果撞见了那歌唱家，就说自己走错了门。他倒要看看那人是个什么货色。

九楼走廊里的羊毛地毯特别厚实，脚踩在上面一点声响都没有。南觉得自己正走进巨大的棺材，他有种身体在消失的感觉，这种感觉是如此强烈，以至于他不敢往前迈步了，只想马上回到电梯。他刚一转身，背后就响起了一个低沉的声音。

"南先生怎么舍得卖掉唯一的住房？真是孤注一掷啊。"

南立刻回转身去，他看到了一个戴京剧脸谱的高个子，比他还高很多，高得超出了门框。他全身挺直地站在南面前。

"啊，原来您认识我！可是我看不见您，我不敢确定……"

"没关系，我就是取下脸谱您也认不出。我是您忘记了的那一位。您愿意同我去房间里坐一坐吗？就在那边，过去三个房间。"

南不由自主地跟着他走，一边在心里嘀咕："原来那可恶的孙小姐在骗我！"

一进屋南就明白了，这间房正是他自己头顶的那间。屋里的设施比南的房间豪华多了，是有钱人住的那种档次。单人沙发的形态有点奇怪，他一坐下去身体就陷下去了，只剩下一张脸露在外面，这令他感到恐怖。歌唱家仍然戴着黑包公的脸谱，那张脸正在一点一点地朝南靠近，终于贴在南的脸上了。南感到了刺骨的寒冷，不由得叫了起来。

"别叫，过一会儿您就习惯了。"他说，"那时我和您去捡螺蛳，一起掉进池塘，您是先掉下去的，用手乱抓，将我也拖下去了……您想起来了吗？"

"我有点想起来了。可那不是您，是我妹妹啊。"

歌唱家猛地一下脱离了南，走到窗前去了。南感到他生气了。他想从这柔软的沙发里爬出来，努力了几次，没有成功。他从后面看着那人瘦高的背影，猜测那人正冲窗外的天空发出那种狞笑。难道那人是他那位失踪的妹夫？南从来没有见过那位妹夫，但据妹妹的几次描述，他并不是这位歌唱家这个样子。他住在外地，南的妹妹定期去看他。南觉得他是个不好对付的男人，但他妹妹说同这人在一起"很幸福"。

南定睛看着窗前的男人，他将自己设想成妹妹，想象着她的切身体验。忽然，那狭长的背影让南产生一种想去同他接近的冲动。也许，这就是妹妹说的"幸福"？

"伟民，伟民……"他用窒息的声音叫着妹夫的名字。

那人立刻转过身朝南走来。

"您想起来了，太好了。这沙发太奢侈了，磨损意志……"

他伸出手，一把将南从沙发里提出来。

"我是个苦行者，我将这里所有的舒适都看作陷阱。"

"我也是。"南沮丧地说，"刚才已经证实了。"

"我们去走廊里散散心好吗？"他昂着头挑衅地说。

"不，我们就在房里谈话吧。"南用手扶住墙，他有点头晕。他记得走廊给他的感觉。

"您的妹妹同您的样子真像啊。"他笑起来，"早几天，她就告诉我您会来。她说您来这里是因为您的生活发生了转折,我嘛,一直住在这里。"

"真巧啊。妹妹会来吗?"

"她这几天有工作要做。并不是碰巧,我等您好久了。"

说话间妹夫已烧好了一壶茶,他搬来硬椅子让南坐下,他自己则喝着茶,站着说话。在南的眼里,妹夫已经变得很有魅力了。

"还有什么是比等待一位志同道合者更美妙的事呢?当我看见您在走廊里寻寻觅觅时,我的心就猛地跳个不停了。您现在感觉如何?"他弯下腰凑近南说。

"这茶真高级啊……现在是夜里几点了?"南心里生出无端的感动。

"凌晨两点。您听到水流声了吗?是令妹啊。她总是选择正确的通道来我这里。有多少年了,您说说看?"

"有八年了吧。真为你们高兴啊。"

"您再尝尝这种茶。"

"啊,好喝极了。时间确实在倒流。"南由衷地感叹道。

喝完茶,南变得精神抖擞了。他主动提出到走廊里去散散心,因为房里有点闷。

妹夫的脚步十分谨慎,似乎不是在走,而是在将穿着皮鞋的脚一下一下地放到地毯上。走廊很长,他们从东头踱到西头,又从西头踱到东头。那是静悄悄地散步,一点动静都听不到。奇怪的是,现在南清晰地感觉到了自己的身体。他不由自主地将手掌放到鼻孔前,立刻就闻到了茉莉花的清香味儿。他将脸转向妹夫，又闻到一股琥珀味儿从妹夫朴素的帆布衣服里散发出来。喝茶时妹夫取下了面具，现在在微弱的灯光下，他的侧面看上去有点吓人，又有点熟悉——他在哪里见过他？南想，自己肯定没有见过他。那么，会不会自己的父亲见过他？他不是一直在等自己吗？还说同自己志同道合？

有人从西头上楼来了。啊，居然是孙小姐！孙小姐站在楼梯口，目瞪口呆地望着他们俩。南听到砰的一声巨响，是她将一个热水瓶掉在楼梯上了。她转身往下面走时，发出令人恐怖的尖叫声，大概是踩在碎玻璃上面了。

"啊，啊！她被我们吓着了。"伟民说。

伟民的头部侧影现在看上去裂成了好几瓣。南暗想，自己大概也是这个样子，所以孙小姐被吓破了胆。不知为什么，南打量着破碎了的妹夫，心里反而很镇定了。他俩之间并没有很多交流，但在这样的夜晚，南感到他俩已身心相通。脚下柔软奢华的地毯令他产生幻觉，仿佛他同妹夫行走时有阻力。"这就是水乡？啊……"他喃喃地说。

"我明天要走了。"伟民的声音轻轻地响起，"您将留在这里等一个人，就像我等您一样。您现在已经想到他了，对吧？我不知道他什么时候来，当初我也不知道您什么时候来。"

他随手打开旁边的一扇门就进去了，将南关在门外。

南茫然地看着每一扇门，踌躇着。他走到西头，想从那里下楼。但他发现楼梯已经消失了。他又走到东头，也没找到楼梯口。那么乘电梯吧，电梯并不可怕。

电梯里没人。他按下八楼，但门一打开，却又是妹夫所在的九楼。真是在劫难逃。他看到有一扇门开着,是他待过的那间房,也就是妹夫的房间。灯已经熄了,也不知道开关在哪里,只有窗户上反射的微光让他隐隐约约地看到家具的轮廓。他用手摸到了宽大的床。

床上居然有个人睡在那里。

"你是谁?"南一发声就出冷汗了。

"不要紧张,我也是客人,每天都来这里睡。我占了您的床?您只好在沙发上对付一夜了。要不您到隔壁房里去睡吧。这家旅馆太受欢迎了,心中有渴望的人都来这里住。"

"真不可思议。"南说,他退到了窗前,站在那里不敢乱走,怕碰倒什么东西。

"为什么偏偏来这里?"南又高声说。

"这里很滋润,同湖啊,河流啊有些关系。"那人回答。

"您是说同水乡有关系?"南的身体开始颤抖了。

"您不是已经来了吗?您上路了。"

有人在窗户底下叫南。啊,原来是竹!南鼓起勇气沿着墙壁往门口走。他用手扶着墙,墙似乎在浮动,还发出咕噜咕噜的水响。

"瞧您有多么走运,一点弯路都没走。"那人在黑暗中说。

他拉开门来到走廊上,他打算从电梯下楼去迎接竹。可是妹夫伟民又出现了。他站在那里,身上湿漉漉的,用力在咳嗽。

"伟民,您身上这么湿,快去换衣服吧。"南说。

"哈,我不过做了个实验,我还沉浸在实验里头,不想马上换衣服。这里啊,应有尽有,只要您不害怕。您同我去玩玩吗?"

他拍拍南的肩膀。

"我的老朋友在楼下叫我呢。"

"您以为是他？不，不是他，是我模仿他的声音在叫您。您觉得奇怪？都是常在一起玩的人嘛，志同道合者。他现在还不会来。外面天亮了，我们到屋里去吧。"

南和伟民一块走进那间房时，他又听见竹在外面叫他。他忍不住答应了一声。

"时间还没到呢。"伟民笑起来。

房里亮着灯，侧面有扇门。伟民说那扇门通到顶楼游泳池，刚才他跳进游泳池，在里面站了十分钟。他说着就去卫生间换衣服了。

南推开那扇门往外一瞧，又吓得赶忙关上，退回来。门外是一米多宽的裂口，把一个房间劈为两半，裂口下面黑森森的，冷气往上直冒。南腿发软，坐在沙发上直喘气。

"这里真是应有尽有……我以前完全不知道。"他对走出卫生间的妹夫说。

"我们在这里是受控制的，虽然随时可以演习。您要去的那个地方啊，太不一样了，一个梦都梦不到的地方。"

"伟民，您能说说看吗？"

"不能。怎能说得出来？一个能让您心花怒放的地方。真为您高兴啊。"

南看见妹夫在用毛巾擦头发，擦着擦着他的头部就变得很小了。他坐在床沿上，那脑袋像鸟儿的脑袋一样灵活地转动着，似乎充满了警觉。

"伟民，这扇门外面是怎么回事？"南费力地说了出来。

"嘿嘿，那条通道属于您，祝您好运。您的妹妹早就和我谈论过您的个性，她对您的深情让我和您走到了一起……黑夜啊，深水区啊，永不消失的影子啊……"

南发现妹夫的脑袋从肩膀上消失了，他的声音也消失了。

他又听到竹在楼下叫他，的确是竹！南跑到走廊上，乘电梯下楼。

下到大堂他就往外走，却被孙小姐叫住了。

"南先生！南先生！您不能出去！"

"为什么？"

"外面有危险！难道您不知道？住在这里的客人都知道不能乱跑。"

"胡说八道。我的朋友在外面叫我。"

"您瞧，外面一个人都没有，对吧？"孙小姐朝空空荡荡的街上一挥手。

南站在门口左看右看，看了好一会儿，果真一个人都没有。

"那会有什么危险？"他沉着脸问孙小姐。

"我也不清楚，"孙小姐忸忸怩怩起来，脸都红了，"这是旅馆的秘密啊，南先生。以后您就会知道了，在这种地方谁会叫您？没有谁。"

孙小姐的话让南听得心烦，他忍着怒气，一个字一个字地说：

"我在房间里的时候，的确有人叫我。"

"为什么您要相信自己的感觉呢？"孙小姐看着南，似乎很惶惑,"我在这里待了十多年了,从来不相信自己的感觉。我们习惯于一个静悄悄的世界。"

"啊,对不起,孙小姐。"南的口气缓和下来,"看来事情确实如您所说,我太浮躁了,我耳听八方,脑袋里成天轰轰作响。您觉得我该回房间去吗?"

"为什么来问我呢?我不知道。"她又忸怩起来,"同我一点关系都没有。自从我在楼梯口那里看到您和……啊,不要说那件事了,我什么都没看见。"

"难道我们当时在做坏事?"南吃了一惊,厉声问她。

"现在是大白天。人在夜间做的事难以理解。"孙小姐的脸又红了。

"这就是说,您看见了我和他在做见不得人的事。您知道我和他是亲戚吗?"

"不,我什么都没看见,什么都不知道。"

南不再理会孙小姐,愤愤地进了电梯。他回到了自己的房间。

不知为什么,他感到羞辱。也许真的没人叫他,是他自作多情。因为妹夫说了他在等一个人,他就将小竹扯到自己的生活中来了。小竹是有理想有目标的小伙子,说不定早就将他这个飘忽的"南哥"忘记了。当然如果说他在等什么人的话,那也只能是小竹。小竹不是陪伴自己度过了那么多冗长无聊的日子吗?关于水乡的事也是小竹最早告诉他的。小竹还同他一道完成了扔掉生活垃圾的工作。"啊,小竹……"他自语道。不,他忘不了小竹,因为只有小竹知道他心里的想法。

南和衣躺在床上,鞋也懒得脱。他聆听了一会儿,却没听到小竹的声音再响起了。孙小姐的话是什么意思？他同妹夫在走廊里散步，这难道是一种见不得人的活动？走廊里安着什么隐秘的装置吗？该死的旅馆，为什么他以前一点都没觉察到这家旅馆有什么异样？他再仔细回忆走廊给他的感觉，便有一件事让他想起来了：第一次在走廊里走时，他的身体像消失在一口巨大的棺材里面了一样；第二次同伟民一块走，他却感觉到了自己的身体，还闻到了茉莉花香，也闻到了妹夫身上的琥珀味儿，真是无比惬意。孙小姐的意思是不是说，那种美妙的活动不应该被外人看到？这是旅馆的规则吗？啊，现在他对这位孙小姐有了新的看法——她是多么体贴客人啊！"那么，我要在这里住下去了。"他说出了声。

有人敲门，是服务员，给他送饭到房间里来了。

"先生，请用餐吧。随时为您效劳。"他垂着眼皮说。

"谢谢。你们这里有第一流的服务。"

南立刻去卫生间洗脸刷牙。他往镜子里一瞧，看见自己神采奕奕，简直像年轻了十岁。

他坐在小圆桌旁吃着可口的饭菜，思维和感官变得无比活跃。有个声音在他心里说："这里就是水乡，你就在这里游泳吧。"

他又喝了一杯清茶。忽然一阵睡意袭来，他立刻上床。他的头一碰到枕头就睡着了。

南醒来时已经是夜里。他打算下楼去找饭吃。

他经过前台时，向一位熟悉的服务员打招呼。

"孙小姐换班了吗？"

"孙小姐不是换班了,是走运了。她得到表彰,拿了奖金,去了她梦寐以求的地方。"

南的心跳加快了。他一边向外走,一边在心里叨念:"她是去了水乡……"

他来到了空旷的街上。他记起来这条街一贯很空旷,行人稀少。他快走到街尾了才看到从前来过的小面馆。

"来碗牛肉拉面吧。"他说着坐了下来。

大堂里稀稀拉拉地有六七个顾客。

"不要辣油,多放葱花,对吧?"服务生问他。

"啊,我五年没来过了,你还记得我!"南惊叹道。

"我们的面馆,顾客们没有不回头的。"服务生自豪地宣称。

热气腾腾的拉面一会儿就端上来了,还有一个香味四溢的烧饼,是他从前的爱好。南埋头吃着,心里很满足。面还没吃完,他就发现了那些顾客的异样。他们并没有吃面,他们坐在桌旁什么都没吃,而是一致地将目光看向对面的旅馆,分明在期盼着什么。

"他们在等谁?"南轻声问服务生。

"等那位杂技演员表演。"服务生也压低了声音,"他今晚可能出来得晚一点。您同他住在一起吧?凡是去旅馆住宿的人都被邀请同他住在一块。"

"他在阳台上表演。"南说。

"他表演飞向夜空。今天大家等候多时了,他还没有出来,他一定是累了。"

"我也是这样想的。他从事着一种艰辛的劳作。"南神往地说。

服务生似乎对于南这样形容那位英雄很不满，他将南吃面的碗砰的一声扔在盘子里，气匆匆地端走了。本来南还想在这里多待一会儿观看表演，可是他感到了周围的敌意。他听到有人在暗处说："难道您是一名观众？"南暗想，不，他不是一名观众，所以他必须离开。于是他走出面馆来到大街上。他的眼睛一直没离开旅馆的九楼。九楼灯火辉煌，其他楼层却黑洞洞的。他的妹夫会从哪一个阳台上跳出？或许并无此事，只不过是一种比喻？

他一回头，看到面馆里的客人们都出来了，他们站在街边，现在不是在看旅馆，却是在看他。他们为什么要监视他？南面红耳赤，狼狈逃窜，躲进建筑物的阴影里，疾走。

终于到旅馆了，他冲进大堂，倒在旁边的沙发上。

那位颜小姐快步走到他身边，轻声问道：

"南先生，您有什么需要就告诉我啊。孙小姐嘱咐我说，要让您有'宾至如归'的感觉。今天夜里，您是我们旅馆的核心人物。"

"我？核心人物？什么事情的核心人物？"南吃惊地坐了起来。

"我也不清楚。只是从老板脸上的表情来看，好像有重大安排。这里的工作人员都要学会随机应变，不然就不具备在这里工作的素质。"

"这我倒是第一次听说。"南冷笑一声，心里却有点不安。

他不想同颜小姐多说，站起身就往电梯那里走。电梯里有一位穿礼服的男子，他是要去顶楼，也就是十二楼。门关上了，两人隔得很开。

"您就是九楼的歌唱家的亲戚?"他突然开口说。

"是的。可我并不知道他是歌唱家。"南耸了耸肩。

"职业并不说明什么。今夜旅馆里真是沸腾起来了。"

"您也是住在这里等人,对吧?"南鼓起勇气说。

"嗯,没错。"

门开了,南走出电梯,回到他的房间里。他有点头晕,就洗了澡,到床上躺着。

这时头顶上响起三声巨响。是九楼还是顶楼?电梯里的穿礼服的男子同妹夫是一类人吗?他们在上面表演吗?

他不愿意开灯,他在静候。不知过了多久,他感到钥匙在门上一转,有一个人进来了,也许是服务员?南轻轻地说:

"您好。"

"您好。"他也说。

南听出来他是电梯里遇到的住在顶层的客人。他居然有钥匙!

"您的内心是多么宁静啊!"他感叹道,"今夜这里吵翻了天。您见过那沟壑了,是吗?不,不要回答。凡是见过沟壑的人,都会有腾空的冲动。您的妹夫,也就是我的上司,他一直守在这里,我知道他永远也不会离开了。您睡在这里,可心里想着那条深沟,您才是那掉下去的一位……我上司不会掉下去,他太清醒了,这是他的缺陷。我的名字叫尤。"

"您有每个房间的钥匙?"

"我只有一把,是万能钥匙。"

"多么古怪的旅馆！您的钥匙打开了我的心扉……尤，您为什么不坐下？"

"我要随时准备跑开。"

南感到尤愿意隐没在黑暗里，就没开灯。他看见尤紧紧地贴着墙，贴得那么紧，好像陷入墙壁里面去了一样。微光照在尤身上，一开始南还可以分辨出他的身影，一会儿就完全看不见他了。南焦虑地唤他：

"尤先生，尤先生！您在哪儿……"

"不要叫唤，不要……"他含糊地咕哝，很不高兴。

南在黑暗中思索。也许尤在演习坠入深沟？他可能要做他的上司没做过的事情，他野心勃勃。南盖好被子，想着刚才在面馆里的遭遇，心境渐渐开阔起来。在街上往这旅馆看过来时，灯火辉煌的九楼是多么诱人啊！现在，他就睡在诱惑下面，他要好好地睡一觉，然后将自己在这旅馆里担任的角色的含义弄个清楚。

他记得他是醒来了，不知为什么却站在走廊里。有一个人朝他走来，那人的帽子遮住了一边脸。那人走到面前南才看清了他。于是两人拥抱。

"小竹，真是你啊！"南百感交集地说，"你在下面喊过我吗？"

"我刚来，我把事务所的工作交代完就来了。我的房间在你的对面，可我不愿待在里面，因为老有人进来又出去。这家旅馆怎么这么邪恶？"竹愤愤地说。

"我倒不觉得他们邪恶，都是些热心肠的人。"

"哈，南哥，你的性格变了啊。以前你是喜欢独处的人。为什么呢?"

"不知为什么到了这里之后,我感到即使同这里的人打交道,也像独处。这里的人善于沟通,你同他们说话,一来一往的,自如得很。"

他俩说着话走进了竹的房间。果然,南看见沙发上坐了一个小伙子。

"我是这里的服务员。"他立刻站了起来,"经理要我问两位今夜看不看表演。"

"当然想看,我们一块去看。你能领我们去吗?"南说。

小伙子带着他俩上到九楼,南发现他们走进了妹夫的房间。

小伙子又打开侧面那扇门,要将他俩推出门外。南立刻慌了。

"不!不!"他用力反抗。

但那人力大无穷,轻轻一扫就将两人扫到了门外。

然而两人并没有掉进深沟,只不过是到了旅馆外面的街上。于是自然而然地,他俩加入了面馆那一群看客的队伍,同他们站在一块观看。南感到过的敌意完全消失了,有人热心地拍他的肩,让他看顶楼的一个窗户。那窗口飞出了一只大鸟,鸟儿发出嘶哑的叫声冲向夜空。"为什么是鸟?为什么是鸟……"南诧异地问。

"不是鸟还能是什么?"竹在南旁边大声反问。

竹的反问让南沉默了,他低下了头。他想,他是多么狭窄啊,而这位比自己小十多岁的竹,却具有广阔的思路。在他面前,南感到自己真是一个白痴。周围那些人像在进行防空演习一样,都紧紧地靠着墙,有的还用手蒙住双眼。

"你的亲戚是一只不知名的鹰,我以前观看过他的表演。"竹轻轻地说。

南仰望夜空,靠近云彩处有一个灰色的小点,不知道是不是那只鹰。可是竹对他说,不要追寻了,他已经回旅馆了。"所有的事都只能于一刹那间发生。"

竹挽着南回旅馆。先前推他们出来的服务员站在门口发呆,仿佛不认识他们一样。南经过前台时又看见了颜小姐。她凑近南对他说:

"南先生,我真渴望去孙小姐去的地方啊!"

"您会有机会的。"南随口回答,心里觉得怪怪的,脚步也停下来。

竹用力拖着南走,他们进了电梯。

"那女人是个妖怪。"竹笑嘻嘻地说,"她能一眼将你看穿,这种人不是妖怪是什么?你不要让她接近你!"

"原来前台有位孙小姐,可能也是妖怪……"南若有所思地说。

"那倒不一定!"竹又笑起来,说,"这世上妖怪并不多。"

上到八楼,南看了看走廊,空无一人,于是说:"我们分头休息吧。"

南躺下时,觉得自己好像没睡过觉似的,这让他惊讶,但他马上睡着了。开始时他睡得很沉,没多久又变成了半睡半醒。有个人拉着他的手,要同他一块跳进深沟,那人不住地说:"同归于尽,同归于尽……"南用力甩脱他,喊道:"我还没想好!"南一听见自己的声音,眼前就出现了烟雾,那人就消失了。于是他进入睡眠。睡了一小会儿，那人又来了，又上演同样的戏。这样反复了几次后，突然一个念头钻进南的脑海："是我自己要？"这念头有点吓人，于是南彻底醒来了。他脑海里有些乱糟糟的东西。

他走到阳台上，刚一抬头看楼上，就听到了妹夫的狞笑声。不知为什么，那笑声和那只大鸟的叫声很相像，但因离得近听起来格外可怕。南吓得跑回了房里。

他打开房门，冲着走廊上大声叫喊：

"小竹！小竹！"

竹揉着眼走出来了，他还穿着睡衣。

"南哥，多么美好的夜晚啊！我全都听到了，这种吵闹是非常有益的。为什么你不愿多睡一会儿？既然我们……"他没往下说。

"我们怎么啦？小竹有一个计划吗？"南追问道。

"就是以前说过的计划，远足……难道你忘了？"

南想不起来竹对他说过什么计划，使劲想也想不起来。他发现竹的衣袖湿漉漉的。

"小竹，你快换掉湿衣服吧。"

"我刚才掉到游泳池里面了，这种感觉挺好的。"

"啊，又一个！"

"南哥，你在说谁？不，不用回答，我知道是谁了。这旅馆里的设备大家都可以用，就看你有没有兴趣。啊，沸腾的夜晚，我感觉到了那么多好的事物！"

"小竹，你愿意同他交谈吗？"

"太愿意了。"

他们俩一块到了阳台上。当楼上的妹夫发出笑声时,竹也发出了同样的狞笑。现在南不害怕了。在他听来,这两位的确像在交谈,只是他听不懂而已。后来两人都沉默了,竹拉着南回到房里。

南问竹是从哪里学会这种口技的,竹回答说他生来就会。

天还没亮,两人坐在房里喝茶。

"我有点伤感。"南困惑地说。

"我可没时间伤感,因为我得考虑我们即将面临的很多问题。这个旅馆是个竞技场,很不错,不过我和你,终究要去某个广阔的地方打拼,你说对吗?"

"我隐隐约约地感到是这样。我们会去什么地方呢?会不会又陷入事务所的那种无聊的生活中呢?"南有点愁闷了。

竹站起来在房里踱步。南倾听着竹那轻柔的脚步,觉得自己正同他一块走进古代的一座城门,虽不知道那座城里面有什么在等待他们,愁闷却一点一点地消失,好奇心又一点一点地升起。南想到,原来他后半辈子的生活是同小竹捆在一起的啊。生活就是这样奇妙,他同小竹在一个事务所里待了那么多年,一直保持较平淡的关系,直到近两年,才没来由地接近起来。这位少年老成的同事,难道竟是他的救星?

"小竹,你怎么总是这样信心十足?"南问他。

竹停在南面前,没有回答。接着他又来回踱步了。过了好一会儿,竹的声音才响了起来。那声音变得很洪亮,在房里发出回响:

"我之所以有信心,是因为我是一名实干家啊!南哥,恭喜你,你马上要成为实干家了。你所去的地方,大地会张开怀抱迎接你!"

"小竹,哎,小竹,你让我起死回生了。"

"南哥,天快亮了,我们得赶紧休息一会儿。"他说着就出去了。

但是南却没有睡意。他又泡了一杯浓茶喝了。他要让自己精神抖擞。他有种预感,天一亮,他的世界就会大变样。

门那里有响声,那服务员又进来了,居然是来送早餐。可天还没亮呢。

南刚吃完早餐,竹就敲门了。竹已经穿上了旅行的风衣,背上背着一个很大的帆布包。

"南哥,你收拾行李吧,我们的时候到了。"

南什么都没问,默默地收拾,收拾完就同竹一道进了电梯。

"我们要下到厨房里去,在地下室那一层。"竹说。

厨房里缭绕着烟雾,赤着上身的胖厨师正在做烙饼,已烙好的饼在灶台上堆得很高。

竹欢快地拉开帆布包,用食品袋将那些烙饼装好,放进帆布包。一会儿帆布包就胀得鼓鼓的了。南很纳闷:这么多烙饼,小竹打算吃一个星期吗?难道是去什么穷山恶水的荒无人烟之地,必须要带这种过去时代的旅行食品?竹仿佛听到了他心里的声音,一个劲地说:"有备无患,有备无患……"

厨师问竹还要不要,竹就点头,指着南的大箱子说:"这里头还可以装。"

于是南打开箱子,又装了些饼。

"沿途没有饭店之类的。"

竹刚说了这句话,灯就黑了。南看见厨房的中央站着一个个子很高的人。竹对南耳语道:"这就是你的妹夫,他来送行了。"

可是那位被称为妹夫的人站了几秒钟,猛地一转身又离开了。

一直立在灶台旁的厨师开口说:

"停电了,很好,什么都看不见,免得大家难为情。伟民同我们住了这么久,他可是一位真正的英雄好汉。二位对此感受颇深吧?"

"是啊。"南马上应答,又提出疑问,"我不理解他怎么能一直住这么久的。"

"他就是那种特殊材料,"厨师深情地叹了口气,"有的人就是特殊材料。怎么,你们就走吗?天还没亮啊。"

竹拖着南来到了街上。街灯已经灭了,天却还没亮,这给了南一种怪异的感觉。

"小竹,小竹,你把我带到哪里去?"

"我不知道,我也没带你走,是你自己要走。"

"也许吧。可我为什么这么昏昏沉沉?天为什么还不亮?"

"这不是很好吗?南哥,你将你的脚抬高一点。一二一!一二一……对啦对啦!我们的长途车要来了,那里头挤满了难民。"

第四章

黄土寻亲

黄土过年以后就满三十五岁了，可他依然孑然一身，而且没有成家的计划。黄土身子骨不太壮实，他给自己找的工作是在建筑工地看守建筑材料。城里到处是建筑工地，他这份工作不需要很大的体力，只需要少睡点觉。这在他没什么难的，反正他长期以来夜里就睡得少，而且容易惊醒。看起来在好多年里头，黄土都不用为自己的生计发愁了。赚的这些钱虽不能让他富裕，吃饭却是有余。但黄土却是一个不安分的乡下人，他满脑子胡思乱想，唯独没有一般正常人那种成家立业的观念。黄土的父母在他很小时就去世了，他是由他的一个舅舅抚养大的。他还没成年，舅舅又去世了。在乡下，大家都说他命硬，将亲人都克死了。不知为什么，对于这一点，黄土有自己的看法。他并不将自己的父母（只有依稀模糊的记忆），也不将驼背的老舅舅看作亲人，他认为自己的亲人或家里人是爷爷那一辈人。当然他从未见过爷爷奶奶，只是偶尔听邻居们说起过。他们说他的爷爷奶奶是乞丐，家中遇难后讨饭来到他们乡下的，来了就住下了。"乞丐"这两个字令少年的两眼发亮、热血沸腾。他们究竟从哪里来？遭遇过什么样的灾难？似乎没人答得出。爷爷和奶奶就埋在后山，黄土很喜欢去他们的坟堆旁久坐，沉浸在那种无边无际的遐想之中。去得多了，那些乌鸦都认得他了，一见他就哇哇大叫，似乎因他到来而兴奋。黄土坐在石头上发呆，心里面有很多声音在吵吵闹闹。他生出一种远游的冲动。可是他没有钱，而且他觉得自己年纪轻轻地去乞讨也讨不到饭吃。他就这样一年又一年地挨过了青年时代。

黄土的脑子比较活，有一次，他到城里转了几圈之后，就找到了看守建筑材料的工作。他在工地的食堂吃饭，平时的花费很少，所以他的工资绝大部分可以存下来。这种生活方式让黄土看到了未来的希望。他是三十一岁那年去工地的，一晃好几年过去了，远游的事仍然停留在心里。

"黄师傅啊黄师傅，"麻脸的女厨师说着就走进了工棚，坐在木板凳上，"你就打算一辈子以工地为家了吗？"她好像是在责备黄土，又好像是在探他的底。

"麻姐，你对这事如何看？"黄土谨慎地问她。

"这事有点亏啊，男子汉志在四方嘛。"

厨师仰着头，看着那只穿梁而过的小黑猫，露出迷离的眼神。

黄土感到不安，觉得厨师已在心里否定了他的可耻的生活。他对着空中，像是说给她听，又像说给自己听，说了这一通话：

"麻姐啊,我马上要开始我自己的生活了。我不是这里的人,我也不是桂县枫树村的人,我早就知道我是哪里的人,但我还没具体找到那个地方。我一直没能确定我出发的方向,这么多年了,我心里还是乱糟糟的。直到最近,事情才有了点眉目,也就是说,我离开你们大家的日子到了。即使你不来催我,我也打算等月底发了工资就启程。"

"你现在确定方向了吗?"厨师好奇地看着他,眼睛亮亮的。

"还没有最后确定。我想,一出发就会有方向的吧。你看呢,麻姐?"

"你这样想,我就放心了。到了那边,不要忘了替我向老人们问好啊。"

厨师说着就走出了工棚。如果她不走,黄土还想问问她是怎么知道"那边"的情况的呢。这位麻姐一贯说话冒失,可黄土今天对她的话还是感到很诧异。"那边"会是哪边呢?唉,还是不要胡思乱想吧。当年他的爷爷和奶奶听说也是胡乱走就走到了枫树村的。他黄土也要胡乱走,走到两老原来居住的地方去。那一定是一块辽阔之地,他在梦里已经去过好几次了。外面有个人在喊"黄师傅",黄土连忙走出去。

是工头。工头那张慈祥的脸上挂满了笑意。

"黄师傅啊,您怎么忍心离开大家?"

"啊,您是听麻姐说的吧?我当然舍不得你们。可我是我们家族的独苗,我必须回去守墓啊。"

工头听了他的话一愣,盯着他看了好一会儿,最后摆了摆手,说:

"得了,得了,人各有志,大路朝天,各走一边。"

工头很不高兴地离开了他。黄土有些惶恐,担心工头要扣他的工资。

在食堂吃饭时,他端了饭盆钻到一个角落里蹲着吃。可偏偏有人不放过他,做小工的阿四走过来和他并排蹲下了。

"黄哥,你带我一块去吧。"阿四殷切地请求他。

"去哪里?去多久?你知道吗?"黄土问他。

"我不知道。"阿四老老实实地说。

"你有钱吗?"

"没有。"

"那你怎么去?"黄土提高了嗓门,"你总不会打算吸我的血吧?你看我这个样子,能有多少血给你吸?"

阿四沮丧地站起来,走开了。黄土感到大家都在瞪着他。让他们去瞪好了,他才不怕呢。不过这些人瞪他的眼神又各不相同,有些人竟像是在鼓励他似的。

黄土回到工棚里,洗了脸洗了脚就上床休息。因为睡不着,他就不由得想起了自己打算去的那个地方。似乎是,那里细雨蒙蒙,天空下面尽是土坟,一座接一座,简直延伸到了天边。除此之外就没有什么了,既没有黄狗也没有乌鸦。很显然,那里不是一般的乡下,当然更不是城市。他不应该为难阿四,他自己不也讲不出那是什么样的一个地方吗?

门外有个人在哭。黄土起床走出去,看见了阿四。

"你哭什么?"黄土问他。

"我不想待在这里了,可我又没地方可去,我的钱也不够。"

他眼泪巴沙地说。

"那就努力挣钱!"黄土硬邦邦地说,"你看看我,已经做了这么多年。"

阿四连连点头,挤出一句话:

"黄哥,你可别忘了我啊。"

"不会的。我将在那边等你。"

阿四听了这句话,就满意地离开了。

黄土心里很纳闷:怎么大家都对我是差不多同样的看法?难道在这世上,每个人心里所向往的都是同一件事?比如麻姐,不是先于我而主动地提起了我心里朝思暮想的事吗?嘿嘿,这工地上的人们,到底是些什么人?

他耐心地等待着上路的那一天的到来,在那一天到来之前,他还得做好自己的本职工作。毕竟,工地给了他攒钱的机会,而且他在这里过得不错,他不是那种不知感恩的人。

就在黄土准备离开工地期间,有一天,从桂县枫树村来了一个人,他是枫树村的村长,专门来看他的。村长已经很老了,驼着背,目光昏暗,唉声叹气地坐在板凳上,好像心里有很多话要对黄土说,却又说不出来。黄土让村长喝茶,还给他拿来糕饼。

"村长,您是为我父母的事来的吗?"黄土主动挑起话题。

村长用力瞪了黄土一眼,点点头,咬了一口糕饼。

"坟地上出了问题?"黄土又问。

村长又点点头,然后低下头去吃糕饼。直到将一盘糕饼全

113

吃完了,他才开口。

"真是混账啊,有人怀疑里面埋的不是你父母,是另外的人。他们要将坟头挖开,找到真相后再将坟头平掉。你说说看,这世上还有天理吗?"

"真奇怪。"黄土压低了声音,跑过去关上了门,又跑回来坐下。

"没什么奇怪的,就是强权占了上风罢了。"村长说。

"我说奇怪,是因为我很小的时候,似乎常听见父母嚷嚷要出走,我有这个印象。"

"的确是这样。那时村民们不让他们走,可现在又要抹掉他们在枫树村的痕迹。如今这个年代,人心怎么变得这么放肆了……"

村长说话时翻着眼,好像在回忆某件很久远的往事。

"同爷爷奶奶有关吗?"黄土问道。

"应该有关吧。我也隐约听到有人说要挖你爷爷的坟。"

"其实我也一直怀疑,觉得爷爷奶奶没有埋在后山,那可能是假坟。我想,如果连我父母自己都有可能不躺在枫树村的坟墓中,那爷爷奶奶不是更有这个可能吗?"

"黄土,你真是个聪明的家伙。"村长说着就微笑了一下,"那么,你不回去了?"

"不回去了。人死了躺在哪里不是一样?如果他们当时没死的话,就有可能是去异地游荡了。说到我自己,我也打算去异地体验生活了,很快……"

黄土说不下去了,他盯着梁上的那只黑猫,在心里纳闷着:

小黑究竟听不听得懂人话？为什么它每次都在关键时刻出现在梁上？

当黄土低下头来时，村长已经不见了。黄土注视着桌上的茶杯，想着村长带给他的奇怪的信息。他觉得村长虽然老成了这个样子，体内仍然潜藏着巨大的威力。如果那件事属实，好多年以前，他的父母是怎样操控下葬的工作的呢？这属于一种什么样的游戏？黄土想到这里时，仿佛看见了巨大的黑洞，那黑洞却并不令他绝望，只是令他的思路产生了变化。在这种变化中，他对父母的冷漠态度甚至也发生了变化。如果父母早年抛弃他，是为了将来在某地同他会合呢？那倒也是一种目光长远的设计啊。说到爷爷奶奶的目光，那就更为长远了，大概他们的规划延伸到了一百多年以后？

"黄师傅，我听说你的工钱有可能拿不到了。"厨师站在门口说道。

"真的吗？凭什么扣我的工钱？"黄土的脸涨红了。

"就凭你这种犹犹豫豫的性格嘛。你已经准备了这么久，却还没离开。工钱算什么？难道不是小事一桩？如果我是工头，也要扣你的工钱。因为你随随便便就要离开工地。既然你说走就走，大家也为你的痛快鼓掌，可你又为什么非要等那几个小钱拿到手才走？"

厨师边说边翻眼，似乎很看不起他。

"麻姐，你看我该怎么做？"黄土问她。

"那可是你自己的事了。"

厨师离开后，黄土变得像热锅上的蚂蚁。他觉得麻姐看不起他是有道理的，麻姐一定是将他这个人看到骨头里面去了。比如那一次地震，大家都向外面奔跑，只有他坐在这棚子里没动。麻姐来了，问他怕不怕死，他说急什么啊，迟早的事。麻姐就对他的回答很不满意，骂他是"懒汉""死人"，还骂了些别的。最后她还对他大吼一声说："你怎么还没有去死？！"把他吓得心跳不已，反而地震引起的颤动算不了什么了。现在看来，麻姐并不是担心他的性命，而是担心一些另外的事。确实，他为什么没有主动去死呢？父母和爷爷不是为他做出了榜样吗？还有村长，他难道不是来提醒自己的吗？但是现在，如果连工钱都不拿就走，他实在是太亏了。他心里就这样七上八下的。他有一种预感，那就是他的命运渐渐露脸了——他得去试一试，不论那结局是什么。他不是无所事事地挨了这么多年吗？现在即使不拿工钱，他存下来的钱也够他撑上好些日子。不过既然已经等了这么久，再等几天，去同工头论理，把钱拿到手不是更好？那可是他的血汗钱啊！

黄土想得心烦了，就拿着扫帚在棚屋里扫起灰来。

"黄师傅，你改主意了吗？"工头进来了，示意他停止打扫。

"没改啊。我们村的村长来过了，我怕这次我不走的话，会有祸事发生呢。"

"哼，什么祸事，小题大做！你就是要故意同我为难，对吧？"

"不是，真的不是……"

"那是什么？"工头脸一沉。

"那是……那是我们家族的传统。"

"什么狗屁传统。我告诉你，你等我死了再来拿工钱吧！"

工头一跺脚就走了。黄土眼前一黑，陷入了绝望。他自言自语道："麻姐麻姐，你比我黄土更了解我啊。"尽管这样，黄土还是没下定决心马上动身。他还想老老实实地在这里做几天，想让工头改主意。以前他常看见工头发善心。他一直在兢兢业业地工作，从未出过错，这么多年了，没有功劳也有苦劳啊。工头怎么忍心剥夺他的工钱呢？

因为老想着工钱的事，远游的计划在黄土的脑海里也变得暗淡了。

每次到食堂吃饭，他总是用目光寻找工头，找到了之后就走过去，站在不远处用哀求的眼光望着工头。但不知怎么回事，平时通情达理的工头此时已变成了铁石心肠。他完全无视黄土的存在，甚至就当没有黄土这个人一样。黄土还看到那些站在工头身边的人捂着嘴暗笑呢！他们都知道了扣工资的事吗？多么窝囊啊！

黄土开始失眠了。以前他也常睡不好，可这一回是真正的失眠，完全不能入睡的那种。在没有办法的情况之下，他只好起来到工地附近游走。他并不离开很远，总是走到大剧院那里就往回走。就这样来来回回地走。

有一回，是在下半夜，他在去剧院的路上听到有人叫他，居然是村长。路灯的灯光里，村长的样子更衰老了，像在马路上爬动的一堆破布一样。

"村长，您怎么这么晚了还在这里？"

"为什么我不能在这里？我啊，想去哪里就去哪里！我还有很多梦想没有实现呢。我可是枫树村的首领，黄土你知道这是什么意思吗？他们说我快要死了，可是你看，我能走，我还走得很快！我要找到那个泉眼，像当年你爷爷一样。这个时辰，在剧院的座位下面，流水在哗哗作响，你站在马路上也能听到……"

村长突然开始横过马路，对黄土不理不睬了。黄土的心在胸膛里怦怦直跳，他看见村长在马路对面消失了。枫树村的形象于一瞬间在他脑海里变得清晰起来，尤其是村头的那口水塘。塘里的活水来自一条细长的小河，那条小河穿过了好几个县，它的源头在一座大山里。从来没有人告诉过黄土，水塘里的水流到哪里去了。在村里，追问这种问题也许是很愚蠢的吧？那口塘是很深很深的，没人到过塘底，黄土一直认为那口塘没有底。这个可怕的想法伴随了他的整个童年，虽然他从来没同人讨论过。刚才村长提到剧院里有流水作响，他马上想到了村头的水塘。水是奇怪的东西，谁也弄不清它要流向何方，在何处停留。他黄土的性情会不会有点像水？

黄土站在街边发了一阵愣之后就开始往回走了。这时有一辆飞驰的出租车在他面前猛地一刹车，一名大汉将半截身子探出来。

"老乡，搭车吗？免费。"

黄土不好意思拒绝，就坐到了后排。

"去哪里？"

"随便吧。"

"好！"

大汉欢快地踩了油门，发了疯似的往前冲。黄土连忙系上安全带，一动也不敢动。他也不敢看窗外，因为一看就头晕。那不是一般的头晕，而是有种死亡降临的感觉。在某个瞬间，他感到车子已经腾空了，但是后来又轻轻地落到了地上。这是什么样的车技啊！很快他们就驶出了市区，在黑暗中狂奔。不知过了多久，黄土心里想，也许已经走过几个县了？如果回到市里面，得用多少时间？他闭着眼在心里计算时间，他觉得两小时已经过去了。奇怪的是在高速行驶中他居然有了睡意！这可是个好兆头啊，他立刻就睡着了。

当他醒来时天空已经微亮，车子恢复了正常速度。黄土发现司机的一只手搭在方向盘上，他已经睡着了，还打呼噜呢。黄土不敢叫醒司机，怕出事。他决定听天由命。

后来他看见车子已驶出了大道，在油菜地里东倒西歪地前行。黄土听到了哗哗的流水声，他感觉大事不好了。在这个关头他却还在回忆自己起初是如何上车的。

"我们到了！"司机突然猛地踩了一脚油门，大声喊出来。

黄土本能地打开车门，身体向外挤了出去。外面是一口小水塘，车身没有完全冲进水塘，被塘边的一口老树卡住了。黄土和司机两人都坐在地上喘气。

"真痛快啊！"司机大汉说，又问黄土，"你感觉怎样？"

"还可以吧。这是什么地方？"

"你看呢？"司机反问黄土。

"这个地方，有点像我的家乡。天大亮了，我感觉这里真好！"

"我们去村里讨点东西吃吧。我没带钱，这个地方也用不着钱。我来过好多次了。我在夜里观察了你走路的样子，看出你是个不安分的家伙，就把你载到这里来了。我们现在就去老乡家，你可别随便说话啊。"

"可车子还卡在那里呢。"

"不要紧，那车我不要了。我早就不想开车了，我要过另一种生活。"

前面的树林里有一间土屋，土屋的门框很矮，司机弯下身钻进屋，黄土也跟着进去了。屋里面倒还宽敞，一位老者坐在破藤椅子上。

"汉明，你带谁来了？"老者嘶哑着喉咙问。

"一位失眠者。"汉明回答，"有吃的吗？我们努力工作了一夜。"

"锅里有饼，还温热，赶紧去吃吧。"

汉明和黄土坐在后面的厨房里狼吞虎咽地吃煎饼时，老者就在前面房里发出一连串的吆喝声，像是在唤一群鸭子一样。

"老伯是您的亲戚吗？"黄土终于腾出了嘴来问。

"他是一位孤老，谁也不清楚他的来历。他总是唤鸭子，他有幻觉，以为自己还住在鸭棚里。他以前是养鸭人。你听，他又跑出去了，去赶鸭子呢。"

"真好，过着自己想过的生活。大湖离这里有多远？"

"不清楚。他对我说他走了十天十夜才来到这里，那大概很远吧。"

"十天十夜！"

"现在该你走了，因为我要在这里住下来，这里住不下三个人，老头只答应了我一个人在这里住。你把这些饼都带走吧，你会有好运的。"

黄土先是吃了一惊，接着便想起，他不是总听见哗哗的水声吗？原来水流声是种信号，而他一直没留心。十天的路程不算

120

远，这些饼至少可以维持三天，可能他还会遇到好心人。就算没遇到好心人也总有别的办法。黄土对自己的变化感到奇怪——怎么刚离开工地，他就一点也不想回去了，只想在外面冒险？怎么将工头欠他一年工资的事情忘了个干干净净，而且一点也不觉得心疼了？"黄土啊黄土，你真是个没心没肺的人。"他在心里这样嘀咕。司机看着他，那目光很勾魂，黄土感到司机完全看穿了自己。

"你往西边走吧，西边的路好走。"司机说。

"你都知道？"黄土这样说的时候心里就生出了对司机的信赖。

"不，我不知道。我开车时总往西边开。"

于是黄土就挎着那一袋子煎饼上路了。

他醒来时听见身旁有各式各样的虫鸣。他记起他是在夜里走累了，就随随便便倒在那一大片草丛中睡去的事。临入睡时有人在附近不停地喊他："黄土！黄土……"但那时天已黑，他又摸不清方向，就懒得理会了。草里虫子很多，他干脆脱下上衣包住头部，这样就能睡得很熟了。他果然一觉睡到天亮。

坐起来，便看见远方闪闪发亮的小河。他朝那细长的河流走去，顿感神清气爽。

有一位年老的妇女在河里驾船，她慢慢地划着。

"客人，你要到哪里去？"她问黄土。

"我还没确定呢，我想去鱼米之乡，因为我没钱，也没有谋生的手艺。"

121

"哈,那你就上船吧,你运气真够好!"老妇人笑起来,露出一口雪白的牙齿。

老妇人让黄土坐在舱里破莲子。她拿起刀示范了一下,很简单,黄土立刻就学会了。她说这些莲子可以卖钱的。"你看,到处都能谋生。"她鼓励地拍了拍黄土的肩。

"老妈妈,我们是去鱼米之乡吗?"

"当然是,不然能去哪里?这条小河只能通到那里。"

"多么奇怪!"

"一点都不奇怪。我得赶紧,一刮风又走不了了。"

黄土聚精会神地破莲子,心里踏实起来。他又有了一份工作,所以吃饭不成问题了。而且他是去鱼米之乡,吃饭更不成问题。就在早几天,对于这种事他还是那么想不通!只是一个偶然的变故,他的眼界便打开了。当初麻姐一直在启发他,可他就是死不开窍。黄土想着这些灰色的往事就嘿嘿地笑起来。

"你笑什么,黄土?"老妇人在舱外大声问道。

"您怎么知道我的名字叫黄土?"

"因为我在这条河里来来去去的,见多识广。你的名字是别人告诉我的,他们还形容了你的模样,所以你一走过来我就认出来了。他们是两个人。"

"他们有多大年纪?是一男一女吗?"黄土急切地问。

"这我可不能告诉你,再说当时是夜里,我也没看清。"

"老妈妈,我们要几天才能到达鱼米之乡?"

"这很难说。没人会问这种问题的。"

黄土不说话了,握着刀的手变得有些僵硬,他开始担心砍到手上。这位老妈妈是谁？不管谁上了她的船，总是去同一个地方吗？他忍不住放下刀，朝舱外探望了一下。他看到河岸线笔直地伸向远方，那远方却是一团浓雾。

"你看不到什么的。"老妇人嘲弄的声音响起。

"您说得对，我还是安心破莲子吧，心里踏实最要紧。"

"黄土生了一个聪明的脑袋。"

"谈不上聪明，只是学会了随机应变吧。"

那天中午，两人在船舱里吃了鲜鱼，又分吃了黄土带的煎饼。老妇人问黄土还心慌吗。黄土说已经好多了，人就得工作，一停下来便胡思乱想。他们的船停在岸边时，有个人想上船，被老妇人拒绝了，她对黄土说那人时辰还未到，想超前实现他的目标，他将鱼米之乡设想得太好了。黄土就问她鱼米之乡很糟糕吗？她用力摇头，说她不是这个意思。接着她又反问黄土，问他工地的生活是不是很糟糕。黄土想了好一阵，尴尬地回答说他还真答不上来，他脑海里找不到明确的答案。也许不够好？要不他干吗要离开？他一直将工地当作一个赚钱的地方，可他不是在那里交了几个真正的朋友吗？比如厨师麻姐，比如小工阿四，甚至工头也是他的真正的朋友嘛！他又转念一想，是工头将他逼上了远游这条路吗？工头一定是在心里策划了好久，这才串通了麻姐和阿四来将他逼走的。黄土说话时，老妇人就饶有兴趣地望着他，笑眯眯地点头。她还不时地感叹道："你是个多么不安分的年轻人啊！"

吃完饭两人各干各的事。黄土收拾了碗筷，又坐下来破莲子。他回想起自己刚才对老妈妈的那一通信口开河。当然，也可能不是信口开河，而是无意中讲出了事情的真相。老妈妈不是很赞同他的判断吗？他，一个从乡下出来的人，现在居然可以判断自己的命运了！要知道，就是"判断"这个词他也是信口说出来的，他是不是属于无师自通的那类人？黄土越想越兴奋，舱里有面小破镜，他拿起来照了一下，吓了一大跳，因为镜子里照出的不是自己，而是他依稀记得的父亲的模样！他像被烙铁烙了一样一松手，小破镜掉在了桌子上，过了好一会儿，他才努力镇定下来，又开始了慢慢地破莲子。

　　黄土注意到，自从他上了这条船后，河里就只有他们这条船在行驶，一直没有别的船只出现。老妈妈究竟是怎样一个人？他不敢问她任何关于她个人的问题。她看上去确实见多识广，是黄土永远要向她学习的那种人。黄土对那位可爱的司机充满了感激。要不是碰上了司机，他也就坐不上这条船，说不定也去不了鱼米之乡了。这当然不是巧合，黄土隐隐地感到自己开始真正转运了。现在风停了，船也行得更快了，黄土边破莲子边感受老妈妈划船的节奏，打心眼里钦佩她的体力和划船的技术。

　　后来船慢慢地停下来了。老妇人对黄土说，太阳要落山了，她去附近的村里找地方过夜，让黄土自己吃晚饭，不要等她。她明天早上再返回。

　　"黄土啊，你要去的地方已经近在眼前了。你认出来了吗？"

　　黄土迷惘地朝岸的那边望去，只看到一片荒原，荒原尽头有些像棚屋一类的东西。他在心里嘀咕："这就是鱼米之乡？"

　　"老妈妈，鱼米之乡就是这个样子吗？"他指着那些像棚屋的东西问。

老妇人一愣,接着就扑哧一笑,说:

"鱼米之乡是一种高尚的比喻,你到了那边就会明白了。"

她说着就跳上了岸,轻巧得像一只山羊一样。黄土眨了一下眼她就跑得不见踪影了。四周空空荡荡的,老妈妈到哪里去了?

黄土赶紧将煤油灯点上,他有点害怕,毕竟是生地方,周围又没有一个人。他又吃了两个饼,将中午剩的鱼汤也喝光了。他收拾完了之后就坐在舱里的矮铺上休息。破过莲子的右手有点疼,但他度过的这一天给他一种满足感。也许他就要来到他爷爷的最后栖息地了?他常在冥想中将爷爷设想成一位威严的大地主,拥有山川河流的那种。他之所以要奔赴爷爷的所在地,是为了证实多年的猜想:山川河流也应该属于他黄土。

夜里起风了,他听到船在轻轻地摇摆。

"黄土,黄师傅!"

黄土从睡梦中醒来,听到了麻姐叫他的声音。麻姐站在岸上,身上沐浴着月光,有点像一只兽。黄土激动得不能自已。

"黄土,你得赶紧跑,有人要谋害你,再晚就来不及了。我问你,你一路上遇见人没有?没有吧,这就是问题了。一路上一个人都没遇见,这不是一条死路吗?"

麻姐嘶哑着嗓子厉声说出这些话,黄土一身瑟瑟发抖。

"麻……麻姐,我闯入了一条死路吗?"

"你是个呆子——赶快跑!"她的手指向荒原。

黄土背上没吃完的饼,跳上岸就跑起来。

他听见麻姐上了他坐过的船,也听见她在划船,她的声音断断续续地传来：

"黄土……黄土，不要停，不要……"

虽然有月光照在荒原和小灌木上，但黄土什么都看不清，他本来就有点近视。一路上他不断地跌倒又爬起，始终紧盯前方那黑乎乎的、被他认作棚屋的"目标"。他脑子里一闪念，记起老妈妈那山羊般轻松的步态。最后他终于喘不过气来了，胸中涌出死一般的绝望，因为他仅仅跑了小小的一段路。他放慢脚步，磕磕绊绊地前进，心里开始质疑麻姐对他的指示。并没有什么在追他，他干吗要跑？麻姐似乎认为他停下来就会死，可他并没死，倒是刚才疯跑时他感到自己快死了。讨厌的麻姐，她驾着船走了，将他留在这荒地里，分手时还不忘威胁他！黄土现在认为自己应该不管不顾、从从容容地行路，因为并没有死亡的威胁。既然看不见那种威胁，管他是死路还是活路，反正这里也没有路。当然，在工地上他就发现了，麻姐总是预先看见那些后来才发生的事，经常提醒他避开一些危险。不过他现在已经离开她了，也就没必要顾及那些危险了。大不了一死，还能怎样？不知为什么，他已经看不见那条河了，却还可以听见麻姐弄出的声音。她似乎在同某些人或动物厮打，口里喊着："让开！让开……不然我死给你们看……"黄土记起麻姐说那是死路，可她自己迫不及待地就跳上了船。

黎明时分，他渐渐神清气爽，他看到了棚屋后面那闪闪发亮的巨大的水光。啊，那好像是蓝色的湖？他从未见过这种湖，那真是湖？这么快他就来到了传说中的湖？先前坐在司机汉明的那辆车上，他们究竟跑了多少个县？后来老妈妈的那条船，又行驶了多远？于一刹那间，黄土明白了麻姐所说的"死路"这两个字的意思。

在荒原上的长途跋涉中，黄土背包里的饼已被他吃完了，水壶里的水也快没有了。太阳又快要落山了，他心里微微地感到有点焦虑。就在这时棚屋里走出来一对老年男女，像是夫妻，他们朝黄土看，等他走拢来。

"客人，您是来投宿的吗？"老头问他。

"啊……正是！正是……您怎么猜出来的？"

"这还用猜？这里除了我们，没有别人。您要走到有人的地方，还得走几百里。"

黄土朝四周一看，先前在远方看见的那一排棚屋全都不见了，只剩这一间，孤零零地立在荒原中。还有更重要的是，蓝色的大湖也不见了。

"老大爷，这附近有一个大湖吧？"

"有的，不过不在这里。"老头说，"还有几百里，您得走三天以上。"

"我在路上看见了一个蓝色的湖。"黄土一个字一个字地说。

老头望着老妇人，两人意味深长地笑了。

"她啊，总是那样的。"老妇人说，"您还离得很远她就向您现身，待您向她走过去，她又消失了。客人进屋吧，我们晚上吃面。"

面条有点硬硬的，也很辣，吃起来很畅快。黄土有种回到了家中的感觉。汽灯很亮，黄土看着墙上并排挂着的那三幅武士的油画，便想起了小时候在村里看到的一些场景，突然一个念头跳进脑海。

"二位老人是从桂县枫树村那边过来的吗?"他脱口而出。

老头张了张口,一个字都说不出来。老妇人喃喃自语道:"天哪。"

刚吃完面老妇人就催黄土洗澡上床,她说半夜会有三轮车来接他去"那边"。

黄土洗完澡,舒舒服服地躺下了。被子有太阳光的气味,很好闻。他想赶快入睡,可是老头老太总是在前面房里大声谈论他的事,弄得他睡不着。男的说黄土骨子里是乡巴佬,出门在外总想占人便宜,所以得赶紧让他离开。女的说,大家都是同根生,是一个村子里出来的,他要占便宜就让他占点吧。再说他俩自己住的这间茅屋,不也是沾了前人的光吗?黄土能占到他们的便宜,说明黄土还是生活能力很强的,说不定有大出息呢!老太最后一句话是大声嚷出来的,黄土在黑暗中忍不住咯咯地笑起来。

"糟糕,他听见了!"老妇人说。

"听见了也好,让他有紧迫感!他还年轻,可已经死气沉沉了。"老头说。

然后他们就熄了灯。过一会儿黄土就听见了他们的鼾声。

黄土一点睡意都没有了。他听见远方有一辆机动车朝他的所在地驶过来,也许就是来接他的那辆车。但过了好久,他同那车的距离还是不远不近。莫非他同那车之间隔着好几个县?莫非车子是在蓝色的大湖边行驶?然而有个人轻轻地推开门进来了。

"准备好了吗?"那人问。

"没什么可准备的。我们走吧,别吵醒了老人。"

外面果然停了一辆很旧的三轮车。黄土发现月色很好，像是一个好兆头。他同司机并排坐下了。司机问黄土晚餐吃饱了没有，黄土说吃饱了。司机点点头，说去那种地方就该吃得饱饱的才会有底气。黄土问司机贵姓，司机说不告诉他，可想了想之后又说："你就叫我老三吧，比较顺口。"他将车开得飞快，看也不看前方。也许是因为前方没有路，他就可以横冲直撞。黄土坐在驾驶室里很累，他死死地抓住扶手，于是感到比自己昨天步行还辛苦。司机倒是很轻松，甚至不断地松开方向盘，口里也总在说话。他老说的一句话是："老黄啊，死不了的，不要担心。"后来他干脆闭目养神了，就让车子乱跑。

"啊……啊……"黄土呻吟着，感觉自己快要抓不住扶手了。

"老黄，你在出冷汗，你感冒了？"司机老三闭着眼问他。

"没有感冒。老三，你这是开到哪里去啊？"

"不知道。我怎么知道呢？"

"既然不知道，那你就停下吧。"

"你疯了！"老三突然睁开了眼，"这里怎么能停？"

"你是怎么知道这里不能停的？"

"当然不能停。"

黄土悲苦地发出更大的呻吟，他眼前开始发黑了，他感觉自己这种样子很丢人。

黄土的手放开了扶手，他决定不管不顾了。然而就在这一瞬间，老三将车子减了速，随着一声怪响，三轮车停在了一条河边。老三叫黄土下车去活动活动，黄土走到堤上，觉得这条河怪熟悉的。这不是他坐船的那条细长的小河吗？难道他黄土又回到了原地？他一回头，看见老三站在车旁，正盯着他看呢。黄土立刻变得有精神了，看来刚才他是晕车了。

"老三，这条河很眼熟，是不是我到过的、有一位老妈妈在河里驾船的那条？"

"当然就是那条，你的老妈妈今天去休息了。"

"啊，怎么会是这样？你怎么也不问我就将我送回来了？"

"是那家的两位老人说你要到这里来的嘛，见鬼。你到底要去哪里？"

"我……我是要去鱼米之乡……有蓝色大湖的那个县。"

"这里就是。"司机老三鄙夷地说。

"可这里没有湖。"

"你转过身子看一看。"

黄土一转身，就看见麻姐朝他奔过来了！她在刚升起的太阳光里满脸通红，那些麻子仿佛全都消失了似的，她的样子又美又健康。

"黄土，我们已经到了。"她扶着黄土的手臂气喘吁吁地说，"多么好啊，你没辜负工地上的人们，你经受住了考验。我早就说过，黄师傅是好样的。"

"真的吗？真的吗？我们到哪里了？麻姐，你能告诉我吗？"黄土急煎煎地问。

"不能，我真的不能。现在我要回工地去做中饭了，你好自为之吧。"

麻姐说完就坐上老三的三轮车，那车一溜烟开走了。麻姐刚才那么激动温暖，却又突然变脸，黄土实在无法理解她。他站在河堤上仔细朝河的两头看,却只看见雾,很浓的雾,太阳光也不能驱散。堤下的这片荒原却干干净净,一点雾都没有。刚才麻姐说他已经"到了",那么他应该往哪边走呢?这一次,也许他应该沿河堤往西边走?天气很好,堤上也没有风,黄土就迈开步走了。不知为什么,他觉得自己正在走回工地去,可是刚才麻姐和老三驱车前行的方向并不是他走的这个方向。这样一判断,他的步子就有了定准了。

他走了很长时间,那条河的样子,还有岸边的景物总是一模一样的。后来他口渴了,就下到河里去喝水。他喝完水时,就发现河里的浓雾已经散了,河面变得亮晶晶的。一艘机帆船朝他开过来,船上的小伙子朝他挥舞着一条白布。

"黄师傅快上船,我们要在太阳下山前赶到那里。"

"您贵姓?这船去哪里?"黄土边跳上船边问。

"黄师傅,您就别问了,问也没用。您难道不想去?"机器的轰响令他的声音变模糊了。

"想去!想……"黄土不由自主地说。

"这就对了,您坐稳啊。"他凑近黄土的耳边说,"是工头叫我来送您去的,您听清了吗?是工头!"

啊,工头!啊,工头……黄土激动地想,原来工头始终心系自己!

河道仍然是笔直的,这一次,机帆船的速度比上次要快一倍还不止。黄土很想看清前方是一种什么情形,他手搭凉棚努力地看,却只看到一片流光。他听到小伙子在旁边偷着笑。他是谁?是工地上的一名工友吗?

"我叫陈贵香,是你年轻时候的玩伴,你忘了吗?"他凑近黄土说,"在枫树村村尾的那一家,我们偷了他们的老母鸡。"

久远尘封的记忆立刻复活了。黄土的目光闪亮。

"你会同我一块去那里吗?"他怀着希望问陈贵香。

"不,那是你自己的事。我只是负责送你。你在舱里睡一觉吧,睡一觉就到洞庭湖了。这里有一个睡袋,你瞧,是不是很暖和?你走的时候带上,会有用的。"

"你刚才说洞庭湖?天哪,那可是全国第一大湖。我们是去洞庭湖?天哪!我记得这个湖离我们很远很远,是在另外一个省……"

"黄师傅,你已经走了很远很远,难道你不觉得吗?"陈贵香朝黄土眨眼。

"也许吧,也许吧,可我一点都不觉得,我反而觉得这里离工地没多远。"

"那是因为黄师傅是一个恋旧的人啊。"陈贵香说着就笑了。

"不,我不太恋旧,你瞧,我连你都忘记了。"

"忘记我不要紧,我不算什么。可你老记着一件事,对吧?"

没等黄土想出来是什么事,陈贵香就催他进睡袋睡觉。

黄土一躺进那厚厚的睡袋眼睛就合上了。他睡了很久。

他醒来时,舱里只剩下了他一个人,船停在岸边。看情形已是深夜。

他就着微弱的光线爬上了岸。站在岸上望向荒原的远方,竟看到了许多灯火,星星点点的一大片。那么多的房子里头,都点着煤油灯,这些人为什么夜里不睡觉?那边就是他日夜向往的湖区、他爷爷的巨大的领地吗？经历了这么多的折腾，他黄土终于临近了那个地方吗？他还没有看见湖，但他隐约地听到了水浪的声音。那湖竟然是全国闻名的洞庭湖，陈贵香该不是在瞎说吧？

一会儿他就从河堤上下来了。荒原里还是没有路，但已比先前平坦多了，灌木也很少了。他可以迈开大步走了。他记得自己已经走了好长时间天才慢慢地亮。前方出现一个拾粪的老头。

"大爷，那边是洞庭湖吗？"黄土问他。

"你站立的地方就是湖区。没有什么地方不是湖区。你是新来的吧？"

"是的，我刚来，还摸不清方向。"

"用不着辨方向，你来了就走不出去了。你早就知道这个吧？"

"嗯，可能我早就知道了。"黄土紧张起来。

老头爆发出刺耳的大笑，从他身边擦过走掉了。

黄土决定加快速度赶路，因为那些房屋虽然看着很近，但说不定又是假象。自从他从工地出走以来，已经没有什么事是可靠的了。现在既然他已临近了目标，他可不想在这最后的关头失足。他几乎是在慢跑了，他觉得耽误一会儿，希望就会消失一点。如果再碰见一个什么人把他骗得走回头路，那他可就亏大了。这一路的盲目奔波已让他厌倦了，他想要安定下来，过一种拥有山川河流或者大湖的生活，他满脑子尽是发昏的念头。不知跑了多久，他突然就被一个人迎面喝住了。仔细一看，又是拾粪的老头。

"你慌慌张张地跑什么呢？"老头问他。

"我要到前面有房子的那里去。"

"那是些纸房子,而且你也很难跑到那里去的。我要是你,还不如坐在这里等。这里也是真正的洞庭湖区。"

"可这里是一片荒原啊。"

"这只是表面现象。这里有地下湖泊,小小的那种,一个又一个。你已经听到过它们流动的声音,可你忘记了。我劝你坐下来等,我要回家了。"

老头没走多远就消失了。黄土觉得他是钻到地下去了。但黄土没法钻到地下去,他只能像傻瓜一样留在这上面。他感到腿发软了,那么先在乱草上坐一会儿吧。

他刚一坐下就有个东西从天上朝他俯冲下来,他吓得连忙跳了起来。是一只秃鹫,要来吃他。他挥舞着背袋,暂时将它赶走了。此刻他多么想听见湖水的声音啊。那天在剧院外面听到了水响,可他为什么不进去看个究竟呢?可见他天生没出息,所以没法像村长那样逍遥自在……他想到这里时,忽然听到了女孩的歌声。两个女孩挑着空木桶,口里唱着歌过来了,她们走到他面前才停下。

"你们是去挑河水吗?"黄土问她们。

"不对,我们是去挑湖水。你看见前面那个豁口了吗?就从那里下去。"

黄土看见了大地的豁口,离他很近。他全身的血液都沸腾起来。属于他的湖泊终于找到了,他还犹豫什么呢?他将跟随这两名女孩,走进那巨大的、黑黢黢的深渊,那里的一切全属于他。他听到了水浪的拍击,也听到了女孩们放肆的狂笑。

第五章

一个过去时代的人物

常永三曾经是野鸭滩大队的大队长，围湖造田就是他当队长时的主要工作。据秀钟这一辈的人回忆，常永三城府很深，为人阴险诡诈，没有人能捉摸透他心中的念头。他干活雷厉风行，却成天阴沉着一副脸，很少同人聊天。可以说，野鸭滩的人们都怕他三分。壮年时的常永三能挑三百斤的担子，大队的脏活累活抢着干，没有人能像他那样吃苦耐劳。但他要求别人也像他一样吃苦耐劳，这就得罪了队上的大部分人，包括秀钟这样的老实人。谁能有他那么强壮的身体和铁一般的意志力啊？就算有，也不会想要全用在干农活上面啊。的确，整个大队只有常永三一个人坚定地执行围湖造田的部署，他的雄心壮志是要造出一万亩良田。野鸭滩的人们一提到这事就私下里吐舌头。

　　常永三有两个儿子，大儿子叫"铁扇"，小儿子叫"铁锤"，都是常永三给他们取的小名。至于这两个小名是什么意思，没人猜得出。因为两个儿子的长相都像他老婆珠，斯斯文文的，说话慢吞吞，细声细气，根本不像与铁这种金属有什么关系。两个儿子在少年时期就走出洞庭湖区到城市里去上寄宿中学了，从此再没回湖区来住。这些邻居有的说是常永三亲自送他们走的，有的说是兄弟俩偷偷从家里出走的，还有的说两名中学生受到一个地下组织的保护，所以能在城里定居。各种说法不一致。常永三在困难年代里"失去"了两个儿子，这件事对他在众人心目中的形象很不利，常有人背地里骂他"断子绝孙"。但这老常，似乎一点也不为这事焦虑。他毫不关心自己的形象，就像没有任何事发生一样，照样拼命干活，照样呵斥那些不像他那般拼命干活的人，也照样得罪着大部分人。有人给他取了个小名叫"常扒皮"，那人瞪圆了眼珠说："他不将我们扒下一层皮来是不会罢休的。我看我们最好是能跑则跑。"可是跑到哪里去？大家都认为离开了母亲湖是活不下去的，"连想都不用想"。

　　日子就这样挨，虽然恨常永三，虽然咬紧牙关干重活脏活，吃简单的饭菜，却并没有一个人敢于逃离洞庭湖区。某个青年睡到半夜，突然跑到屋外的禾场上大吼："常永三，我要杀了你！"据说当时有好几个人都听见了，可是第二天出工时，人们并未见到常永三和那青年两人有任何异样。大家也知道，常永三是从来不记仇的。秀钟当年也受过常永三的呵斥，而且常永三居然就毫不讲理地扣了他的工分，可以想见他当年的愤慨和屈辱。秀钟还记得那年他做了一个梦，梦见常永三抡着一根扁担在田埂上追他，他被杂草绊倒在地，常永三用扁担击打他的腿，他跳起来想夺那根扁担，总夺不到……

野鸭滩大队是一个很大的村子，有一千五六百个村民。虽然人多，但并没有谁起来反抗常永三的暴政。也许是因为这里的人都很单纯，大部分人都认为常永三的暴政有存在的理由。"人都是懒惰的，没有一个强硬的首领更容易灭亡。"他们这样说。在一些人看来，常永三在众人面前耀武扬威，他这种人夜里必定睡得安稳。但事情并非如此。他几乎夜夜失眠。有不少人看见过他半夜坐在田埂上抽旱烟。而第二天天还没亮，他又一个人独自在田里忙碌了。因为队长在田里，大家便只好去田里了。他这种做派让村民们又气又恨，可不知为什么，人们在干完劳动强度很大的农活之后，都隐隐地有种安心的感觉。他们在心里叹道："常永三啊常永三，你到底是用什么材料做成的？我们这些人又是怎么回事，一定要服从你这个不讲人情的暴君？"没有人能回答他们心中的疑问。而常永三，虽然失眠，虽然因失眠而脸色苍白，但干起农活来还是"像一头豹子一样凶猛"——这是村里小学的校长说的。

"常叔，我今天想请假，我要生病了。"吴四在老常面前低着头说。

"哼。"老常冷笑一声，目光炯炯地看着他。

"我再搞一阵吧，暂时不请假。"吴四慌慌张张地走开了。

"那是你自己的事！"老常冲着吴四的背影大声说。

吴四隐没在插秧的人群中。他对旁边的玉嫂说：

"队长把我的魂都吓掉了……你觉得这个人是野鸭滩的原住民吗？"

"怎么不是？"玉嫂说，"我看他是我们野鸭滩人的魂！"

"魂？可怕……可怕啊……"

"你这种渣滓男人，活该！"玉嫂偷笑，一时忘了腰酸背痛。

两人一齐将迷惑而又有几分尊敬的目光射向常永三。常永三正在将捆好的秧苗抛向田里，在这两个人眼里，常永三成了一个巨人，他干农活可以根本不用眼睛看，不论什么活都干得超级漂亮。玉嫂轻声说："你看他是不是我们的魂？"吴四连连点头。

吴四没能请病假，强撑着干了一天活，虽然中途也偷了点懒。

他傍晚回到家，和老婆一块喝新鲜鱼汤，感冒立刻就好了。那天夜里，他睡得特别香，梦里到处都是黄灿灿的稻谷，老常笑盈盈地在那些稻谷中向他招手。他奋力喊出了声："常叔！常——叔……"他的声音一发出来，常永三就不见了。

"原来干活还可以治病。"吴四早上起来对老婆说。

"你这种人就得每天干活。"老婆横了他一眼，"不然你干什么？去做贼吗？"

从吴四的例子就可以看出管理这么大一个村子有多难，这就难怪常永三夜里睡不着。他想象自己是一名狱卒，一个人管理着一千五六百个暴徒。即使是像外来户秀钟这样的老实人，说不定哪一天就从后面给他一锄头，挖烂他的脑袋。人们说常永三不轻易露笑脸，大部分人从未见他笑过，连微笑都没见过。在这样紧张的环境里，他怎么笑得起来？他从心底认定自己的工作就是压榨这一千五六百人，连小孩都不放过，直到有一天造出万亩良田来。到那一天，野鸭滩的人们就会感激他了，不过他并不需要这种感激,他生来便是干活的料,在农活方面他无师自通,谁也比不上他,也不知是不是由于这一点人们才不造他的反。如玉嫂说的,他正是野鸭滩的原住民,他家三代都是本地人,他父亲是渔民,他少年时代也曾出湖捕鱼,后来响应政府的号召他才成了农耕户。他对种田有种稀有的狂热,平日里无论多么辛苦,他只要站在一望无际的稻田里,就会遐想联翩,有种帝王似的满足感。他爹爹称他的这种癖好为"走火入魔"。老两口在湖里漂荡了一辈子,后来入土为安了。常永三却认为入土为安只是假象,自己的父母一定是钻到湖里去了。村里常有这样的事,明明某人死后下葬了,盗墓的挖开坟一看,里面什么也没有。野鸭滩虽穷,盗墓的事件却很多,不知那些贼是要到坟墓里找什么东西,也许只是好奇?常永三父母的墓并没有被盗,但常永三无端地老觉得父母不在那坟墓中,而在湖里。父母死后的最初几年,常永三总对妻子珠说,他看见爹爹在湖里驾船,身板硬朗,十分洒脱。他还感叹:"渔民的生活就是比农民自由啊!我管理着这一千五六百人,觉得自己生不如死。"这时珠就说:"你还是可以去做渔民的嘛。"他听了这话吓一跳,大声反驳:"那怎么行?那是不可能的,我还是只能做农民。""好,好,做农民吧,生不如死也要做。"

实际上,常永三的管理能力是很强的,他并不需要花很大力气搞管理。他的心思多半放在一些久远的、缥缈的事上面。比如他的关于万亩良田的计划,那只是他五岁时的一个梦想。那时野鸭滩还没有人种田,有一天,他小姨来了,小姨带他去很远的地方做客。当时是收割季节,五岁的他在金灿灿的稻田里迷失了方向，晕晕乎乎地转来转去，转了一整天……那一天小姨吓坏了，找到他之后抱住他哇哇大哭。后来好多年里，常永三总在父母跟前叨念着要去小姨家，并因此受到父母的呵斥。时间一年又一年地过去，对于小姨家稻田的渴望渐渐地就扩展成了关于万亩良田的想象。刚成家时，珠问他这辈子最想干什么，他说当农民。当时珠不住地点头，说："你这种男人很可靠。"他听了珠的评价差点笑出声来，还在心里纳闷：为什么当农民就很可靠？直到很久以后他才渐渐领悟了珠的话。也许他是在珠的调教之下成了今天这个严肃阴沉的家伙？至于珠，这个当年看起来有几分天真的姑娘其实满肚子老谋深算……那么到如今，他在夜半时分想些什么呢？真的是在思考如何治理他这个大队的村民吗？然而并不是。治理大队的村民对他来说其实还是比较容易的，凭本能就可以对付。他之所以失眠，是在想象多年后的野鸭滩的模样。是这件玄虚的事使他失眠。因为他并不擅长这种虚幻的想象，可又怎么也忍不住要去极力想象，于是失眠了。

有一天，常永三对妻子珠说：

"我夜里起来查看鸡窝的门，一起身，那些鸡叫了起来。我忽然觉得我不是住在万亩良田的中心，是住在一株被雷劈死的大树的树洞里。"

"可能两处地方是一处，也可能它们之间有暗道相通吧。老公啊，你可千万不能松劲。只有不松劲，你爹妈在湖里才会安心。"

"我其实不怎么考虑他们。你想，如果我把洞庭湖全部改造成了良田，他们到哪里去？虽然我想啊想的，直到失眠也想不出那种景象……"

他俩你望着我，我望着你，两人同时眼里有了泪。多少年都已经过去了啊。常永三感到，有珠在家中，日子就有指望，珠是最有主见的那种女人。

"我从篱笆边过，季妈在浇菜，她停下来望着我，眼露凶光。"珠笑着说。

"那当然是因为我。季妈出工时很善于耍滑头，自作聪明……"

常永三口里说着邻居，思想又飘到了遥远的未来。他的双手微微发抖，眼里射出奇异的目光。珠看见他这个样子，赶紧悄悄溜走了。

到了吃晚饭时，两人都默不作声。

他们刚一吃完就有个人来敲门进屋了。这个人不是本村人，是珠娘家的远房亲戚，以前珠从未同他来往过。珠看见老常在接待这个人，她就走开到厨房里去了。

这名男子有个小名叫"三角梅"，大家都这样叫他，都忘了他的大名。

"您喝喝这米酒看。您是坐车来的吗？"常永三问他。

"我晕车，我是走来的，走了两天两夜。老兄，我是来看您如何造田的。"三角梅说，说着就喝了一大口米酒，惬意地咂巴着嘴。"他们说古时候这湖底是一个县，您率领大家围湖造田，是要复古吗？"

"种稻谷有什么好看的？现在不是筑堤的季节。"常永三有点厌烦地说。

但这三角梅兴致不减，他压低了声音，凑近老常说：

"有人在邻县的荒地上炸开了一道豁口，从那豁口可以一直走到洞庭湖底下，你们的湖很快就会人丁兴旺起来了。我来这里就是为了告诉您这个秘密的。您可要保密啊。"

"我当然会保密。您再喝一碗米酒，我也喝一碗，好久没这么痛快过了。三角梅，您真是为告诉我这个才来的吗？"

"您的目光真厉害……不，不光为这个。我的意思是，做事要有长远规划和格局。我在家乡是一名染布工，我搞扎染。我从扎染的图案中看见了大湖底下的景象——那些金碧辉煌的殿堂。我也看见了您——珠的丈夫。您的位置在石狮旁，您是一名门卫。我就这样徒步过来了，因为我晕车……你们这里的稻谷酿的酒真不错。"

"我有点明白您的意思了。您可以住在我家里，我们夜里一块去堤上走走。"

"可我并没有什么别的意思啊，我只是来看望您和嫂子。"

"我知道。我只是想到了我失眠的原因罢了。人发现您所说的那种事需要好多年头。"

珠在厨房里砸了一个瓷碗，响声很大，房里这两个男人面面相觑。常永三首先站了起来，他邀请三角梅同他一块去堤上散步。三角梅激动地答应了。

他俩出门时，听见珠在大声地指桑骂槐。

在大堤上，沐浴在柔和的月光中，常永三看见三角梅在向着湖里打手势。常永三暗想，这个人是不是同此地的黑社会组织有联系？老常过去也隐隐约约地听人说起过黑社会的事，但从未将这事记在心里。那人告诉老常说黑社会的那帮人是"真正能兴风作浪的人"。那么这位三角梅,他真是来报信的呢,还是另有所图?似乎在他眼里,自己万亩良田的设想简直就是白痴的想法。唉。

"常大哥呀,我来得正是时候!"三角梅忽然说。

"您看到什么了吗?"老常焦急地问。

"太多了,太多了。他们排着队……今夜没有风……您的老爷爷、珠的老爷爷,哈哈,我来得正是时候。我是做扎染的,我告诉过您了吗?"

"您刚才告诉过我了。"

"哎呀呀,月色多么好!那边就是您的稻田,围湖造田会引起谋杀,这您应该是知道的吧?伟大的抱负通过谋杀来实现。"

他俩下堤时,三角梅的兴奋劲就过去了。当他们经过那些耕田时,老常想要向他介绍一下这些耕田的规模,但他完全不感兴趣,说自己累了,在田塍上坐了下来。老常只好也坐了下来。他们坐在那里时,有一个陌生人走过来,三角梅向他打了招呼。那人要走不走地站了一会儿,还是离开了。三角梅看着那人的背影叹了口气。

"这个人是您的老乡吗?"常永三问他。

"怎么可能?这深更半夜的,他只能从哪里来,您想想看?"

"莫非——"

"当然当然,只能从湖里来。你们这里快要人丁兴旺了。可是却有谋杀。"

老常盯着走远了的那人,他发现那人并没离开,而是停留在远处了。从他的姿势来看,他似乎在观察这些稻田。常永三虽然是个胆大的人，可他现在却为三角梅的判断左右了，一味瞎猜起来，直到背脊骨发凉。

"您这里要有故事发生了。"三角梅意味深长地说。

后来那人终于离开了。三角梅却说他不会走远的，他就在这附近视察，洞庭湖里的人嘛，全是这种派头。"即使是您造出的良田，也是属于他的。"三角梅的声音飘在空中，"您以为您的这片田就是您的？"

他俩在田塍上走过来走过去，后来三角梅突然停下，说他的机帆船还在湖里等他呢。他还有机帆船！

"您到底来干什么的？"老常严肃地问他。

"我不是告诉您了吗？我是来陪您的。"

三角梅跳起来就跑到堤上，跑得不见踪影了。

常永三轻手轻脚地走进自家院子，生怕吵醒了珠。可鸡笼里的那几只老母鸡偏偏大吵大闹起来，仿佛发现了他的罪恶一般。

"他给你指出路了吧？"珠在黑暗中说。

"咦，你怎么知道的？"

"他是我们家乡的一盏指路明灯。"

"可你并不欢迎他来。"

"因为我不需要任何人为我引路，那会搅乱我的生活。"

夫妇俩坐在长椅上，手拉着手，为今天的遭遇感到惶惑不安。已经有一段时间了，常永三在夜里发现洞庭湖里有些异动，有时出现的是一只快艇，快艇上空空的；有时是一只怪兽的上半身；有时是一把空围椅朝他漂来，仿佛椅子里坐了一个人似的……这些异象是想给他什么启示还是想警告他呢？后来就来了这位三角梅，他是扎染工，能扎出未来的图景，珠称他为家乡的指路明灯。常永三虽心里不安，思维却不一般地活跃。他越将这事往深里想，就越觉得入迷。珠理解他，她紧紧地握着丈夫的手，似乎在给他力量。

三天以后，珠的远房亲戚三角梅就离开了。当时三角梅对老常说，他将坐机帆船离开。老常请他来家里吃完饭再走，他答应了。可是老常一转背他就不见了。两人是在堤上分手的。

回忆起这三天里头的情景，常永三一点真实感都没有，他一直恍恍惚惚，好像脚都踩不到地上。虽然他白天里仍在出工，可他脑子里的念头完全不在稻田里，他也看不清他周围的这些人。看到他这种失魂落魄的状态，人们就纷纷偷懒，有几个人竟然跑回家吃东西去了。珠倒并不着急，她在一旁偷笑，还鼓励别人做出格的事。

一块吃过晚饭，外面天黑下来时，常永三就同三角梅上堤了。常永三老觉得有满肚子话要对三角梅说，可又说不出几句。

"我一次也没看见过那种事。您告诉我您是染布的，您看见过了，就在那些结结实实的土布上头。那么，您能传达给我吗？它是什么样子？"

"不能。"三角梅干脆地说，"没人能传达。"

他的话让常永三眼前一黑，一时无语。两人默默地走了一会儿。

当三角梅问他为什么一定要等别人来传达时，他就老老实实地说，因为自己只学会了干农活的一些技术，别的都搞不清，但他却偏偏又想弄清一些事，朝思暮想。

"只能去碰见。"三角梅最后说，"比如田里、湖里这些地方。"

三角梅话音一落，湖里就有水响，似乎有快艇远远地过来了。可是等了好一会儿又没过来，却又远去了。这一刻老常觉得自己比任何时候都要失落。

老常一连三天都这样，大同小异——话到了嘴边，似乎接近了某个念头，却又彻底绝望。

他离开的前一夜，老常对他说自己也想学扎染，脑子里有个原型总比这样瞎撞好。

"我也没有原型啊。"三角梅嘿嘿地干笑起来。

夜里三角梅睡在后面房里，老常和珠睡在前面房里。后半夜，老常反复地听见三角梅发出笑声。看来这些天这位亲戚在湖区过得相当快乐。白天里，当常永三去出工时，他就独自到处走，显然他根本不是来陪老常的，他另有目的。一次常永三撞见他在油菜地里发呆，他用一只手在空气中比画着，当老常走近时，他就向老常点头。老常觉得他早就看见自己了，就像他有第三只眼一样。

常永三送走这个人从大堤上下来回到家中时，珠问他感觉怎么样。

"还行吧。我不会那么快垮掉的。他有点像我的指路明灯。"他神情不安地说。

珠听了丈夫的话就赞赏地拍了拍手，说：

"永三，永三，我昨夜梦见你的爹妈了。他俩坐在厨房里剥蚕豆。这个三角梅，带来了亲人的信息……你没说错，永三。"

"他说的湖，是怎么回事呢？"

"那是我们家乡说话的方式，永三。在我们老家，一说起湖，每个人都知道指的是什么，每个人！我以前没有告诉你，因为我不知道这个人会窜到湖区来啊。他一来，把什么都搅乱了……不过现在他走了，生活又恢复了正常——不，不是恢复了现状，是要追求新的目标了！你感觉到了吗，永三？"

"珠，我感觉到这张方桌在晃动，会不会是地震？"常永三紧张地用手压着桌面。

"啊，你累了，赶快躺下休息吧，反正今天不用出工了。一大早田里没有一个人，每一个人都找了一个借口回去了，其实他们不找借口我也会让他们回去。"

常永三躺下时只觉得天旋地转，他连忙紧闭双眼。

"珠，你见过机帆船吗？"

"见过的。在湖当中，隔得远远的，来了又去了，至少有三次。"

"船上有人吗？"

"没有。"

"这就是关键啊——没有人。"

珠到屋外去了，屋里静静的，老常终于平静下来了。他的内心有股凄凉感。刚才珠说起父母，于是他也想起了父母。真是三角梅带来了亲人的信息吗？表面上，他同父母的关系一点也不亲密，可是自从他们去世之后，他从未感到他们已经离开，反而时时感到他们就在村里。有一天傍晚，他甚至远远地看到父亲从外面的一个厕所里走出来，消失在路边的小树林里。那一刻，他内心真是震动不小，差点就跑过去喊了起来。奇怪的是珠也说她常见到他父母，不过是在梦里。现在躺在屋里，想到湖里那艘没有人操纵的机帆船在湖面驰过来驰过去的，他对于从小熟悉的洞庭湖的看法完全改变了。他自言自语道："湖里头该是很热闹的吧？"

"那里头什么也没有！"珠在门外对谁说，"那种地方你也去安家？"

门一响，珠进屋了。

"珠，你同谁说话？"老常闭着眼问。

"一个外乡人，可能是乞丐，他想在芦苇滩里面安家，他来向我打听。"

"他是什么样子？"

"七十多岁，衣裳破烂。"

"这事会不会同三角梅有关？"

"我也这样想呢。"

常永三立刻振奋起来，疲倦一扫而光。他穿好衣服，到厨房里拿了几个馒头、一水壶茶，目光明亮地向外面走去。他经过稻田时，果然发现田里一个人都没有。这一发现让他心中对三角梅充满了感激。很快他就来到了芦苇滩，哪怕他穿了胶鞋，那里面也是很难行走的。常永三敞开他的大嗓门试着叫了几声，却没有回应。

他又走到另一边去"老乡！老乡！"地叫，叫了十几次，还是没人回应。

常永三看见远处有几只水鸟在扑腾，天地间阴恻恻的。此刻，他连家也不想回了，只想沿着这芦苇滩走下去。不知为什么，他认定那乞丐老汉躲在芦苇丛中。也许他在湖里看到的那些异象，这个人是知情的。就在老常昏头昏脑地走着时，珠在叫他了。

"永三啊，那人被我安顿在后屋里了。"珠有点烦躁地说。

"有这事？哈，你真行！他说了什么吗？"

"没有。他吃了就睡，马上睡着了。"

"谢天谢地，我们回家吧。"

一路上，老常不断地问珠，她是否能确定不认识这个人。万一，比如说，他是从野鸭滩走出去的，三十多年前出去的，而他们已经忘记这个人了呢？常永三还是很不安。珠被他问得不耐烦了，就顺着他的思路说，是啊，她也觉得这个人是他们家的亲戚，他很像是来投奔他们家的，要不，怎么什么都不带，也没吃过东西，且一文不名？此外，他那么理直气壮地同她打招呼。一位老人，口口声声说要住到芦苇滩里去，就像在逼迫她收留他似的……

"你能确定？"老常提高了嗓门问道。

"我本来没细想，你这一追问，我就觉得我有把握了——他到过那种地方。"

"我的天哪。机帆船！你听到了吗？"

"没错。来了，又去了。很可能这个人是从那船上下来的。"

他们进屋时，那老男人已经起床了，坐在床边发呆。

"我是老鱼，是你父亲失踪的弟弟。"他对常永三说。

"您请喝茶，别着急，往后再告诉我们您的故事。"老常将一杯茶递给他。

"你父亲和母亲也许还活着,我遇见过他们。你想,天底下这么大,谁会不想去那些偏僻的地方走走?所以这一出走,别人就找不到他们了。我能理解他们。比如我,我就是因为好奇从家里出走的。我走了好远好远,走丢了。我是后来才知道我和他们有机会会合的。我同你父母会合过两次,是在同一个地方,当然时间都很短,每次待一小时。不过这也够了,彼此知道对方还活着。永三,你不要以为我潦倒,我虽穿着破烂,可我见多识广,我见过海……"

这位从未谋面的叔叔竟然一下子变得有精神了,他唠叨时,夫妻两人一言不发,心里吃惊不小。他真是叔叔还是冒充的?看起来一点都不像啊,而且常永三也没听过父母提起他。可他却知道常永三的名字!夫妻两人都在努力地设想他同那两位老人在什么地方见过面。

"我们在一个你们想不到的地方会合。我不想多说了,一下子解释不清。"

他将茶杯放下,站起来往外走。老常以为他去外面上厕所,可他沿着大路走远了。

"他的手提袋还在床上呢。"珠轻轻地说。

常永三感到世事变化得太快了,他完全不能适应。尽管不适应,他的脑子还是转得飞快。一个模模糊糊的关系网在他脑海中初步形成了。这位亲戚,是从上一辈人那里走回来的。也许这大湖是一个这样的地方,多少年前的那些人都在这里来来往往?回忆从前那些日子,常永三只见到过湖里的一些异象。可是现在，家里一连来了两个不速之客，这是很反常的。关于大返程的一些传闻，老常也隐隐约约地听到过。难道这是大返程？当他想到这里时，就听到儿子铁锤在门外叫他。开开门一看，真是铁锤回来了，身边有只巨大的龟，像是海龟。它的样子虽然像画报上的海龟，却长着强壮有力的前后腿，而不是鳍。这让老常嗅到了某种诡异的氛围。

"就你一个人？铁扇呢？"老常拍拍小儿子的头。

"他有工作，很忙。我是回来拿我的球鞋的。"

"这龟是怎么回事？"

"我不知道，它跟着我来了，它跑得很快。"

"要喂它一点什么……我去拿瓦钵里的小鱼儿来。"

"谢谢爹爹。"

"你谢我干什么？你同它是一伙的吗？"

"有一点那种意思吧。"

大海龟一会儿就将瓦钵里养着的小鱼儿吃得干干净净。它慢悠悠地离开父子俩，往村头走去。老常对儿子说："它在视察我们野鸭滩，它才是这里的真正的大队长嘛。"

铁锤的眼神飘忽不定，直到海龟走得看不见了，他才转身同父亲进屋。

珠在厨房里做煎饼，是铁锤最爱吃的。

老常将儿子的背包挂好，忍不住说：

"铁锤啊，你一定是有福气，要不它怎么跟了你来。"

"我也觉得是这样。它好像专门为等我。当时不少人下船，它躲的地方很隐蔽。"

"我们家要发生大事情了。"

"嗯。"

三人坐下来吃香葱煎饼,其乐融融。铁锤拼命多吃,大概在学校里吃得不好。

吃完饭,铁锤洗了脸,拿了球鞋,就说要回学校了。老常问儿子怎么不多待些时间,陪陪海龟。铁锤说海龟不用陪,"它反倒是来陪我的。它到了村里我就放心了"。老常听了心里想,这个儿子已经是满腹心思的男子汉了啊。

那只龟在村里四处游荡,惹得村里人议论纷纷。湖区怎么会有这种客人?他们说,一定不是自己来的,是哪个人将它带来的吧。它好像什么都吃,连嫩草都吃,连米饭、面条都喜欢。它还尤其喜欢同小孩子玩,追得他们团团转,发出尖叫声。珠听到人们的议论,就独自哧哧地发笑。老常搬出一口旧水缸,放好水。到了傍晚,那只龟果然来了。老常让它瞧院子里的水缸,它却不肯进去。老常明白了,自己是多此一举,周围到处都是水,它干吗要待在水缸里?它之所以回到家里来,是它将铁锤的家当成了自己的家吧。夜里它可能要跑到湖里去的。有可能它不是从海里来,就是一只生活在湖里的龟。

晚上铁锤打电话来,问起他的龟,老常说,可能到湖里去休息了吧。那头铁锤的声音听起来像松了一口气的样子。常永三在心里叹道,儿子真是什么都明白啊。可是他,这个做爹爹的,是不是越活越糊涂了?

老常问珠,她从前在娘家有没有见过这龟。珠回答说,她倒是没见过,但是她听父母说起过。他们说如果是风调雨顺的好年头,它就来了。珠的这个回答让老常很惶惑。

睡觉前他对珠说:

"明天不干活,要一直睡到中午才起床,可以节约一顿饭。"

"永三,你是想在梦里去湖里看看吧?"珠笑着说,"好像时机已经成熟了。"

"他们好像全是从那里跑出来的。我们围湖造田的动作惊起了很多过去的事。这些人,还有龟,他们是来干什么的?我得把这些事搞清楚。"

但是他很快就睡着了,睡得那么沉,没有做梦。

"退耕还湖"的运动其实是从常永三的大队开始的,后来才发展成大规模的运动。这件事很微妙:究竟是政府的决定还是百姓的推动,没人说得清。对野鸭滩大队的大队长常永三来说,真正的转折是从那只龟(不知是不是海龟)来到他家后开始的。

龟到来的第二天,他果然睡到中午才起床,果然节约了一顿饭。然而吃过中饭之后,之前他体内的那种干农活的冲动突然一下全部消失了。他没有出门,坐在家里发呆。

"田里有人吗?"他问从外面进屋来的珠。

"没有。"珠捂着嘴笑,"我挨家看了,都没有动静。大概都在屋里睡觉。"

"太阳晒得这么厉害,只有上午好睡。"他停了一下又说,"我想去学习种莲藕的技术,你觉得如何?"

"咱俩想到一块去了。我打听过了,种莲藕能很好地维持生计。"

"'退耕还湖'不是几天能完成的,要拆围子,恐怕得好些日子。你还记得挑堤的时候,湖里掀起的大浪吗?"

"当然记得。我跑脱了一只鞋,那会儿觉得自己马上要被淹死了……"

"可是立刻又恢复了平静。仅仅有一分钟大浪滔天。所以大家都认为是怪兽兴风作浪。"

和珠谈论了一会儿,常永三体内又有了活力。他戴上草帽往外走。

他一出门就看见龟。龟和他一块往稻田方向走,显得很高兴的样子。

不一会儿他就来到了稻田,禾苗长势很好,不过野草也很猖獗。莫非才一天,野草就长起来了?还是好些天来,众人一直在欺骗他,在磨洋工?想到这里,常永三也忍不住笑起来。他们这些人大都知道他的根底,如果他心里有事,别人还会猜不到吗?

龟走在前面,居然下田了,将禾苗压坏了一大片。它在田里玩得很自如,踩躏那些禾苗令它很兴奋。老常看不下去,就拍了三下手。那龟立刻听到了,它回转身,慢慢地游上了岸。它在田埂上爬,身上干干净净,没有沾上一点泥浆。老常在心里想,这龟真是个游戏老手啊。它必定也属于湖里的那些事物吧。不管怎样,老常对禾苗总是心疼的。一想到眼前一眼望不到边的稻田会在一瞬间消失,他的心里就一片黑暗。

龟加快了步伐,老常要小跑才跟得上它。

"常叔,您有了新朋友啊。"吴四过来了,似笑非笑地对他说。

吴四显然看见了稻田里的那一片狼藉,大概在偷着乐吧。常永三很狼狈,很不想理这个人。可他偏不放过,在那条路上跟在后面走,唠唠叨叨。

"龟是通天的啊,它要干什么的话,谁能挡得住?我看到它来进驻我们村,心里别提多高兴了。这样一来我们野鸭滩今后就会有秩序了。常叔,您说对吗?"

"有什么样的秩序?"老常向他瞪了一眼。

"啊啊,我……我也不知道啊,就当我没说吧。"

他一溜烟跑开了。这时老常发现龟停下了,难道它听得懂人话?

这个小小的插曲使得常永三体内的活力更加沸腾起来,也不知道为什么。

他蹲下来对龟说:"龟啊龟,现在你是我们的大队长了。"

龟的眼神很飘忽,也不知它看着哪里。常永三记起来,这动物的眼神有点像爹爹。难道它是爹爹那一辈的?它同老人们在一起生活过吗?它的壳上这一块愈合了的疤痕又是怎么回事?

歇了一会儿,龟又开始小跑了,它的腿和爪子强劲有力。老常也跟着它跑。他俩一块跑回了家。珠站在门口迎接他和龟,眼里满是喜悦。

"啊,永三,我想让它吃鸭蛋!你觉得它会吃鸭蛋吗?"

"不知道,你试试看吧。"

珠将大瓦钵侧放,里面有去了壳的鸭蛋。龟吃得很欢。两人同时松了一口气,因为这意味着他们可以养它,他们同龟是一家了。珠蹲下来摸摸它的头,激动得直喘气。

157

"就好像……好像铁扇和铁锤回家了一样。"珠结结巴巴地说。

"是啊,两个小子走了很久了。他们不是恋家的孩子,这倒好。"

珠听出来他的潜台词是,如果他们两个在家里,就会同他有冲突,现在这样反倒好些。她也看出来龟是不会同她丈夫有冲突的。这些日子里,珠的内心越来越明亮,她隐隐约约地想到了她和丈夫生活中的转折。一开始她只是对这种转折会如何发展感到很好奇,从昨天开始她突然有了一点把握了。这只龟,竟然像是他们家的主心骨……

龟吃完鸭蛋后,就去拜访村民们了。

"你觉得它像不像爹爹?"老常问珠。

"你说得太对了!我一直觉得它像一个人。好呀,爹爹又回来了,他是怕你寂寞,因为你的想法高出众人很多……现在你又可以每天闻到爹爹的气息了。"

"闻到气息?你真会说话。哈哈!"

吃晚饭时,两个人的情绪都很好。先前,常永三每天都会想到"万亩良田"与他的实际工作的差距问题,所以总是有某种焦虑萦绕心头。此刻他好像忽然卸下了担子,又好像找到一个可以着手去实现的目标了。

"我听见邻居在同龟说话。它真是自来熟啊。"珠说。

"它也许本来就同我们大家熟吧。"老常微笑着说。

常永三闲在家里的那几天,每天还是忍不住去荒废了的稻田里看看。他看到那些猖狂的稗草很快就遮蔽了禾苗，气势汹汹的样子。这些禾苗太嫩了，就像他过去的理想。有时他也想回到那种境界里去，但它在短短的时间里就变得模糊不清了。常永三甚至感到诧异：那个大队长真的是自己吗？他倒并不在乎村民们如今怎么看待自己，因为他知道野鸭滩的人们都是一些极为灵活的机会主义者，他们对于生活，包括对于他这个大队长的看法从来不是固定不变的。老常虽然认为自己深通这些人的脾性，但有时他又觉得，也许是他自己的脾性被村里人看穿了，他们只是在等机会背叛他罢了。现在机会来了，所以他们就一边倒地背叛他了。当然，也可能不是背叛，而是另一种莫测的意图。

他抬起头来，看见名叫虾的小伙子满面春风地朝他走来。

"常叔，我要去城里开豆浆店了。我听说您的儿子们在那边混得不错，对吗？"

虾的语气里有挑衅的意味。这才过了几天，这些人就不将他这个大队长放在眼里了。

"好呀好呀，"他和蔼地说，"好主意，虾，我觉得你一定会成功。"

"我当然会成功。哼，我是什么人呀。"

虾昂着头，与他擦身而过。常永三看着虾的背影想，这个瘦骨嶙峋的小伙子，就连挑着行李都显得费力……可见人不可貌相。往常，他从不给虾安排重活，没想到这单薄的身体里深藏着惊人的抱负。不知怎么，老常觉得这青年并不是要挑衅他，只是在激发他罢了。是啊，连他都去开豆浆店了，那可是独当一面的生意。这小伙子，让他做农活有些大材小用了呢。虾啊虾，你不久就要成为城里街上的人物了。

老常围着野鸭滩的稻田走了一圈后，脑海里有一些新的念头钻了出来，这些念头令他心情愉快。隔得远远的，他看到有另外三个人也挑着行李，往轮船码头那边走了。看来他们早就蠢蠢欲动了，现在有了机会，就头也不回地奔向他们的目标去了。哈哈，他的邻居们全是一些能量惊人的人，在他手下种田时，他们完全没有发挥他们的能量，仅仅锻炼出了克制自己的耐力。那么他这个大队长，是有功还是有罪？说不定他们今后的工作因他而得益？现在他们走了，反倒让老常对他们生出一种恋恋不舍的感情来。走在前面的那位大愚身高力大，他同另外几位大叔是野鸭滩大队的栋梁。休息的时候，他们总避开老常坐在一块抽旱烟。偶尔他们也同他撞见了，于是双方都有些尴尬。老常至今还记得他们那渴望而迷蒙的眼神。当时他认为他们心中的渴望同农村的人们是一致的：渴望风调雨顺；渴望粮食丰收；渴望一家老小健康平安；等等。现在看来简直是天大的误会。这些人甚至比他老常的野心更大，所以他们现在急急忙忙地去实现自己的抱负。时局的变化刚有一点苗头，他们就看到了发展的趋向，真是些了不起的人。

走到大路上，老常又遇到一群村里的妇女。她们一个个都用尼龙纱巾蒙住了脸，但老常还是猜得出谁是谁。她们挑着餐具和被褥慢慢地行走，显得很紧张。

"二梅，你们去城里做生意啊？"老常对其中的一个矮个子女人说。

"不是，我们是去为城里人服务，去打扫卫生，收垃圾，帮饭店送餐。"二梅羞怯地说。

"很好嘛。帮助城里人，这都是……都是好工作。没什么不好。"老常说。

老常觉得自己有点语无伦次，他也羞怯地闭了嘴。他一闭嘴，那几位妇女就像被风吹着的落叶一样，挑着担子跑远了，让老常吃了一惊。

"世道已大不相同了。"他对自己说，"原来如此啊。"

在大路的尽头，那熟悉的身影出现了，于是老常的眉头舒展开来。

"龟啊龟，我们回家吧。"他对那只龟说。他等它跑过来。

他和它一块回家。龟在他旁边欢快地小跑。

常永三来到自家院子里时，珠还没有回来。他看见邻居老贺站在他家门口等他。龟一看见老贺，就往旁边的小路一拐，冲到后院躲起来了。

"永三啊，这两天人们都在谈论离开野鸭滩的事。你看，我应该是留还是走？"

"那是你自己的事。"老常用自己的这句口头禅回答他。

"是倒是我自己的事，可这不也是你的事吗？"老贺狡诈地眨了眨眼。

"你说得对，这也是我的事。不过我一时想不清楚，形势变化得太快了。"

"确实。没人想得清，对吧？这问题没意义，对吧？就比如说二梅这类妇女吧，她们才不去想这种没意义的事呢，她们挑起自己的那些家什就跑了。"老贺说完就爆发出大笑。

老常站在他面前满脸通红,仿佛这邻居在嘲弄自己似的,但细细一想,又觉得这并不是什么嘲弄,而是充满体贴地为自己指出一条路。啊,多好的邻居!他自己以前却待老贺很生硬,将老贺看作一件干农活的工具。

"老贺,谢谢你。"他由衷地说。

"谢我?干吗谢我?我还要谢你呢。没有你这些年对我们大家的培训,我们现在不都是无知的良民?不是我夸张,你其实是我们村民名副其实的首脑。"

"可是现在每个人都要抛弃我这个首脑了。"

"这也是好事,对吧,永三?"他又笑起来。

老常越发不好意思了。幸亏在这关口老贺的妻子叫他,他连忙走掉了。

常永三看见龟在那堵墙后探头探脑的。难道它害怕老贺?或者更离奇,这老贺是龟的前主人?老常想不下去了,他觉得这又是生活中的一个黑洞。

"龟啊龟,"他唤道,"来吃鸭蛋吧。"

龟一会儿就将瓦钵里的鸭蛋吃完了,它显得很满意。这时珠回来了。

"永三,我今天看见龟将一个小孩往湖里顶,想要淹死他。那小孩哇哇大哭,后来他爹爹将他救上来了。他们是外地人。你不觉得这龟会要闯祸吗?"珠说。

"不会的。那小孩在同龟做游戏呢。"

他们说话时龟一动不动,像化石一样伸着脖子趴在那里。

"我看它就是来肇事的,但我就是喜欢它。它的年纪应该同我们爷爷差不多。"

外面传来小孩清脆的笑声,珠跑到围墙那里看了看,走回来,说:

"就是他!同龟做游戏的小孩。他那么高兴。龟一定听到了。"

直到夫妻俩在菜园里忙活完了,准备进屋了,他们看见那只龟还在那里,一动不动。老常对珠说,这龟同人不一样,生活在另一种时间里面。"我们已经过了半小时,在它来说还不到一分钟。"珠认真地想着丈夫的这句话,觉得这话里头有乐观的情绪。这几天她一直担心着丈夫,现在她觉得没必要为他担心了。丈夫事业上的挫折应该是一件好事,人生在世,有多少事业是一帆风顺的?现在的时代,大概就连小孩也开始懂得这一点了,不然那孩子怎么笑得那么放肆。

两人早早地吃了晚饭,站在门口歇凉。他们注意到龟已经不在了。想到这只老龟在村子里到处游荡,为人类的事操心,两人便相视一笑。

"看来我们的铁锤今后会生活得不错。"老常说。

"那还用说,他是个诡计多端的小孩。"珠附和道。

珠去喂鸡鸭,老常坐在菜园里想心事。他听见围墙外面一些女人在讲话,大概又有一批妇女在外出,她们是去赶晚班船的,晚上坐船凉快。很久以前,老常坐过一次晚班轮渡。他记得满满的一船人都不说话,只听见机器的轰响和水浪的声音。后来前排有个又高又大的人突然面对他站起来,像黑暗中出现的幽灵一样,吓了他一跳。原来那人是做黑市粮票买卖的。他低声问老常有没有粮票，老常说没有，他就气哼哼地坐下了。到下船时，老常在码头昏暗的灯光下清点自己的钱包，发现少了十斤粮票。那十斤粮票是他和珠省了一年才省下来，作为外出时备用的。这个做黑市买卖的人是如何偷走它们的？现在这些妇女去坐晚班船，不知会不会遭遇类似的不幸。听起来她们的情绪很亢奋，满心都是希望啊。

"我们的野鸭滩人，个个有野心。"珠在老常背后感叹道，"他们在背后说是得益于你这个大队长的培养呢。这话该怎么理解？"

"不去管他们就完了。想想我们自己的出路吧。到了我们这个年纪要重新开始还来得及吗？珠，你心里有没有顾虑？"

"我嘛，一点顾虑都没有。你不是总在重新开始吗？两个儿子也像你。"

老常听了妻子的话心里就想，珠真聪明，她的思想走在他前面，而他总是慢一拍。而且她有一种奇特的能力，能将不好的事情里面的好处提前看出来。想到这里，常永三心里的那些阴霾就消失了。围墙外面那一波一波的小小骚动对他来说也有了一种亲切的意味。他现在尝试用珠的眼光来看待村里人的迁移了，他是不是应该为他的邻居们感到自豪？多么有活力的村庄，多么倔强的湖区人啊！他以前为什么没有看出他的邻居们身上的这种倔强的品质？就比如说二梅吧，她以前做田里的活笨手笨脚的，他一贯认为她没什么用，可是现在，她居然要去为城里人服务了，并且她一点也不看低自己。老常回忆起这些事，心里就生出惭愧。幸亏有珠，珠从来不讽刺他，也不反对他，她该有多么大的心！现在对他来说，重新开始已经不是一句空话了，周围人的激情感染到了他,他感到自己在跃跃欲试了。他问珠,六十二岁开始一种全新的营生算不算晚?珠回答说一点都不晚,她觉得老常还年轻,就算再重新开始两次都是可以的。珠的豪言壮语惹得他哈哈大笑。

"永三,你看看人家秀钟,不是也在开始行动吗?他就像什么事也没发生过一样。"

老常将目光投向秀钟家的土屋,看见秀钟坐在门口织渔网。他又将自己同秀钟的关系想了一遍。这位沉默的邻居,平时对老常专横的作风敢怒不敢言,他觉得他们夫妇都是仇恨自己的。可能是因为年龄的缘故,他们并没有同这些人一样离开此地,去到他们儿女所在的城市,而且好像也没有那种打算。那么,他们是同他一类的吗?秀钟和马白都是干农活的好手,他从前的事业的支柱,他常永三虽说是依靠他们,却从不在他们面前显出有求于他们的样子,因为他认为他们只不过是做了该做的事。老常想到这里就拍了拍自己的脑袋,骂自己"混蛋"。他从心里佩服秀钟的镇定。

"明天你就要去学习种莲藕的技术了。"珠说。

"我知道你的意思,我已经不是大队长了。现在反过来了,所有的人都是我的大队长了。这种转换角色的生活也是很有意思的。我现在决定要向我的邻居秀钟学习了。"

珠听了丈夫的话感到很高兴。她心里想,这不就是人们通常说的"转型"吗?真是太好了,永三毫不费力地转型了。她到院子里晒棉被时,看见龟又回来了。龟趴在井沿上,一下一下地朝那口井伸出它的头,好像要探究井里的情况一样。珠有点担心它掉下去，可观察了它一会儿就放心了，这位老练的战士，它才不容易失足呢。不如说，它根本不可能失足。

直到很久以后，常永三仍然对自己生活中的那次大转折感到惊奇。从一个大村庄的干部变成了一个种莲藕的人、一个单干的个体户，这种"转型"是非常彻底的。然而老常并不对这件事本身大惊小怪，他感到吃惊的是他自身在这个过程中的变化。那是什么样的变化呢？就他的感受来说，其实是一切都没变，就好像他自己安排了自己的命运似的。只不过一开始他还没有看出这种隐蔽的安排罢了。现在他回忆起来，他在野鸭滩扮演的角色的转变是多么顺理成章啊！即使他从前领导着全村人的工作，可他骨子里头难道不一直是一名单干者吗？这阴错阳差的世界真滑稽，他经历了不可理喻的沉浮、曲折的努力，后来忽然就实现了自己长久以来的心愿。

常永三坐在塘边的柳树下，摇着蒲扇，看着水中的荷叶，悠然自得地重新编织以前那个"万亩良田"的好梦。"我的万亩良田原来在这里，这就是理想啊。实现之后原来是这种景象，我一开始是完全想不到的。"他这样说时，站在旁边的珠就哧哧地笑，低声咕哝着一句话："过时了嘛，过时了……"常永三问她谁过时了，她就说是自己，于是轮到老常哈哈大笑起来，忍都忍不住。笑完了，他认真地问珠：

"那个年代，我是不是有点癫狂？"

"我倒觉得永三一直是这个样子。"珠严肃地回答他。

"嗯。万亩良田和五亩藕塘……"

"我早就看出来了两个就是一个。其实你也有点看出来了吧，你不想承认，可你的行动一步一步地将这个东西实现了。现在好了，铁锤和铁扇不知会有多么高兴。以往他俩总有点躲着你，又怕你不高兴。"

"他们躲着我了吗？"老常有点不安的样子。

"可能是我过于敏感了吧。那两个家伙野心很大，因为你那时是村里的领导，他们就不想让你知道他们的野心。当然这只是我一个人的猜测。你还记得龟是怎么到村里来的吗？"

"它随铁锤一块来的，来了就不走了。"老常边说边回忆。

"它是两兄弟派来的间谍！"

老常忽然一下明白过来，脸上漾出幸福的笑容。

第六章

老曹和他的家人

老曹是一家大工厂的翻砂工，他的工作是将炉子里的铁水接住，倒进模具中，这些模具中的铁水冷却之后就是机器的底座、机箱和机身。老曹的工作很危险，但薪水比较高。他的钱都是用命换来的。他被铁水烫伤过一次，落下了残疾，在左腿上，不过不算严重，不仔细看就可能看不出来。老曹的妻子是家庭主妇，长得很瘦小很普通，唯有一对眼睛特别明亮，而且变幻莫测。据说她的熟人里面都有些人不喜欢她看人的目光，更不用说陌生人了——她不是个随和的妇人。老曹和他的妻子荆云有五个孩子，三男两女，两个大男孩已经出去参加工作了，家里还有三个小的——两女一男，男孩是最小的，小名叫兜。

那时他们这一大家子属于城市里的底层。老曹没受伤之前生活上还过得去，温饱是没有问题的。可是他受伤后，有些工作就做不动了，成了在车间里打杂的人员，薪水也少了一大半。

这个大家庭立刻就陷入了赤贫阶层，常常有了上顿没下顿。幸亏荆云是泼辣敢闯的女人，她每天守在菜市场，等市场收摊时便冲上去收集那些老菜叶或摔坏了的萝卜、菜花之类的。她手脚极快，脸上的表情穷凶极恶，连市场管理员都怕她，只能任她去翻那些垃圾桶。人们还没来得及看清，她就已经弄出了一大篮子烂菜叶、烂萝卜，运气好的话，居然还能捡到几个快要坏掉的破壳鸡蛋。她将这些捡来的菜带回家分类，老黄叶加点糠用来喂鸡，好一点的就洗得干干净净，喂养这一大家人。城市里面都是烧煤，荆云带着两个大男孩上街，跟在运煤的人力车队旁，一旦看见四轮板车上的散煤落在地上，立刻弯下身将它们扫进簸箕里。有的时候，荆云还故意将那些竹筐里的散煤用小扫帚扫一点下来，男孩们就欢呼着将地上的宝贝扫进了簸箕。运煤工大都是看着脸熟的那些人，他们当然懂得荆云的诡计，但从不揭穿她。于是好多年里头，荆云家里从来没买过煤，都是烧自家做的、同街上的灰土混在一起的散煤晒出来的煤饼。

老曹很喜欢荆云，因为她乐观有主见，也因为她是这个大家庭的功臣。他最喜欢说的话是：

"老婆啊，等我们将来发了财，我要让你做庄园主！"

"庄园有多大？"荆云翻着眼问。

"比我们住的这条街还要大。"

"不够大。你太小看你老婆了。"

这种对话每次都令老曹的心怦怦地跳一阵，但到了下次，他又说同样的事，荆云也给予同样的回答。老曹不太清楚自己为什么要说这样的话，或许是为了试探她？试探什么呢？

老曹虽然是个粗人，但粗中有细，遇事爱左思右想。自从荆云挑起养家的重担之后，老曹便对她刮目相看了。就他所认识的人来说，他从未见到哪一位能像荆云这么沉着应变、胸有谋略的。而且她还是一名妇人！虽然过的是穷日子，但老曹的家井井有条，一家人也很少有悲伤的时候。老曹感到，荆云和孩子们似乎在憧憬着什么。当然老曹自己也在憧憬着什么。老曹的理想是发财，发了财之后去过一种高尚的生活。但他对理想的实现没有多大的把握，也从不做任何规划。他觉得荆云并不像他，也许竟在心里藏着什么野心，可现状如此令人绝望，她大概也是一筹莫展吧。

屋外的小块空地上，兜正站在那里大哭。小儿子兜是老曹的心肝宝贝，他连忙跑出去哄兜。他对兜说，等他明天放假了，带他去公园游玩。

"我不去公园。"兜说。

"那么，你想去哪里？爹爹带你去。"

"我要去爹爹的老家。"儿子止住抽泣，瞪着圆眼说道。

"你说什么？"老曹以为自己的耳朵听错了。

"我要去你的老家。"兜清晰地说。

老曹一头雾水地看着小儿子。这个儿子刚满八岁，居然脑子里装着这么奇怪的念头！老曹的父母早就去世了，他很年轻的时候就跟随表哥来到了这座城市，并且出来之后再也没有回去过。同荆云结婚后，他也只是有几次含含糊糊地说起过老家。荆云是非常知趣的女人，从来也没追问过他。现在兜说出这种话来，是不是中了什么邪？

"好，等到过节了，我们就一块去爹爹的老家。"

兜破涕为笑，说：

"爹爹，我们可要早点去啊，不然湖里的大鱼都被捉光了。"

儿子的话又让他吓了一跳，他用力转动着自己不太灵活的脑筋，试探地说：

"兜兜，爹爹的老家是在山里，那里没有鱼，只有蘑菇捡。"

兜笑了起来，说：

"你在骗我！不是蘑菇，是鱼，很大的鱼！我早就知道了，你骗不了我！"

"谁告诉你的呢？"

"妈妈告诉我的。有一天我问她，爹爹的老家是在湖里吗？她就告诉我了。"

"原来是这样啊，我一定要带你去。"

兜满意地跑开了，老曹陷入了沉思。这个虚构的湖里的"老家"，是小儿子先想出来的，还是荆云多次暗示他之后，他意会到的？荆云和孩子是如何获得这种虚构事实的本领的？或许除了他，荆云和孩子都具有这种本领，只是他没有觉察到？妻子和孩子的这种特长让老曹有点高兴，他想，难怪荆云在生活中从不气馁，原来她可以生活在两个世界里！真了不起啊！老曹感到自己运气不错。他在心里暗暗决定，等到工厂休假了，他就抛下一切，同荆云带着孩子们去流浪，一边流浪一边去寻找荆云所说的"老家"。他不担心生活费，因为他早就观察到了，无论在什么样的处境中，荆云总有办法维持一家人的生活，再说他现在从工厂里拿到的那一点薪水根本就算不了什么。

但是荆云在他面前不动声色,一次也没提及离开这个城市另找出路的事。老曹暗自惊叹:她真沉得住气啊!

一个阴沉的黄昏,老曹一家吃完了饭坐在桌边,这时他听到住在平房里的盲人在拉二胡曲《江河水》。那悲悲切切的声音让荆云流下了眼泪。兜和两个姐姐见妈妈流泪,也都不敢出声,坐在座位上一动不动。家中的气氛十分压抑,老曹产生了幻觉,越听越觉得那二胡声是从大湖的湖底传来的。过了一会儿,三姐弟就偷偷地溜到阁楼上去睡觉了。两个大儿子也回他们工作的地方去了。老曹和荆云坐在房里,也不开灯,相互看着对方的脸变得渐渐模糊,最后终于消失了。老曹伸出手去,摸到了荆云那只粗糙的手。老曹并不想说话,他在努力地接近那个"湖"的形象。除了在画报上和电影里,老曹还从未到过真正的湖区。据荆云自己说,她也是山区长大的。可是她却向往着从未去过的湖区!老曹懂得她的眼泪。那么在今后,她会给这个家庭带来什么样的变化呢?老曹从心底里愿意帮助她实现她要的变化。

"老婆,你准备好了吗?你准备好了的话,我们随时动身吧。"

老曹听出自己的声音有点颤抖,这是因为他的确没有把握。他,一个瘸腿男人,年纪已经不小了,又没有一技之长,他还能重新开始一种全新的生活吗?

"老曹啊,时机还不成熟,过些日子再说吧。"荆云低声回应丈夫,"我们不要谈论这事,楼上那三个正竖着耳朵倾听呢。"

荆云拉着丈夫的手向外走。他们走进了对面的平房。

盲人得龙家开着一盏小灯,他正在昏暗的灯光下整理那些旧书。他将那些印着盲文的书一本本地放进书柜里，不时地将他的脸贴到书上。

"大哥和大嫂来了啊，欢迎欢迎。"得龙边说边拖过来凳子。

"得龙，你的补助金拿到了吗？"荆云问。

"谢谢嫂子关心，我已经拿到了。其实我一个人用不了什么钱，那点儿无所谓。"

"得龙，如果我们一家离开一段时间，你会感到寂寞吗？"荆云又问他。

"也许会吧。不过我有二胡，只要我一拉起二胡，就会同你和大哥相遇。我一直认为你们家的三个小孩不应该待在这里，他们应该出去见见世面，尤其是兜兜。你们两个还不太老，我的看法是，你们能走就走吧，这世上的事很难说的。"

老曹看见得龙说话时总是将脸冲着亮光，也许他是看得见的？他感到这位盲人心如明镜。

从得龙家出来，两人又来到了老曹工作的翻砂车间的后面。这里有一口塘，塘里的水有点脏。好多年以前，老曹同荆云还没结婚时，他们常在这塘边偷偷见面。

"老婆，你怎么会看上我这样一个平凡的工人的？"老曹终于说出了心中的疑问。

"那是因为我也是一个平凡的人嘛。普通人就不应该有怪念头吗？"

他俩看着那一塘死水，水里有一个月亮，那月亮今夜白得有点瘆人。老曹想离开这里到大路上去，但荆云一动不动地看着那黑水，仿佛着了迷一样。她说当年这口塘里还有鱼虾和螺蛳，问老曹记不记得。老曹想了想，说记不清了。

"它已经去世有五年了。"荆云说，"你们的翻砂车间毒害了它。"

老曹听荆云这样说，便为自己没有关心这类事而有点懊恼。他想，也许她所惦记的那个大湖同这个水塘有看不见的联系？

就在这时发生了一件不可思议的事。老曹看见一位年轻的妇人从车间那边绕过来，像他俩一样站在了塘边。妇人虽离他们很近，但因为老曹不认识她，所以没和她打招呼。老曹心里生出窘迫感，他真希望荆云同他马上离开，但荆云还是一动不动。

老曹还没有反应过来，那妇人就像一条大鱼一样跳进了水塘。水塘是锅底塘，深不可测，老曹急得直跺脚，大声呼救。当他看向荆云时，荆云正用力拉他离开。她变得力大无穷，居然拖得动他。老曹一边反抗一边质问她："为什么？为什么……"荆云不解释，义无反顾地将丈夫拖到了大路上。

"今晚我叫你出来，就是为了让你看这个人。"她平静地说。

"为什么？！"老曹吓坏了。

"你看见她死了，可她还活着。我知道这口塘也是假死。"

她的声音停留在空中，老曹浑身发冷。

他俩回到家已是深夜，可他们远远地就听到了家中阁楼上的喧闹。

"孩子们在讨论他们的前途问题呢。"荆云说。

他们一走近，楼上就变得寂静了。

"荆云啊荆云，你是我们这条船上的舵手。"老曹入梦前对荆云说。

荆云却睡不着。她在想念那口塘。她年轻时与它结缘，现在，已届中年的她同它越来越相通了。比如今夜，她就看见了死水的抖动。

"你在哪里？"老曹在梦中问她。

"在你的旁边啊，老曹。我们在一块策划新生活。"她温柔地回答他。

有一个人在什么地方叫她，就是那个跳进水塘的年轻女人，她是荆云的密友。已经有好多次了，她总在荆云面前表演这种杂技。荆云静静地倾听着她的呼唤，面带微笑。她知道友人所在的地方离得很远，可是这并不妨碍她们之间的交流。只是对老曹来说，这事有点太残酷了，她应该让他慢慢习惯。她东想西想，快天亮了才睡着。

第二天早上荆云刚一睁眼就听到老曹在叫她。老曹已做好了早饭，三个孩子正在吃。老曹手拿一张地图走进卧房。荆云问他是什么地方的地图，老曹说不知道，是得龙送给他们的，得龙还说他们会"用得着"。

那张地图有点像一张水墨画，有的地方是云山雾海，有的地方是圆圈，一个最大的圆圈里面画着一条鱼，鱼的嘴巴里衔着一颗珍珠。荆云呆呆地看着地图，看了好半天才放下。

"我们没有退路了，老曹。"她边吃饭边说，"你害不害怕？"

"你不要担心我，我总会习惯的。你瞧，我连腿都坏掉了，还有什么可以失去的呢？我总会慢慢习惯的。再说这也是我们一家人的事，对吧？"

"让我再好好地想一想。"

荆云是渐渐地从盲人得龙的二胡曲里听来那个湖的故事的。时间过去了一年又一年，那个故事的层次越来越丰富、色彩越来越鲜明。到后来，这首传统的悲伤乐曲对她来说就不再悲伤了，不但不悲伤，反而像有种积极的东西在里头，那种东西催促着她采取行动。可是荆云对于自己要如何行动在思想上一直是模糊的，直到最近才慢慢地清楚起来。得龙是他们一家的好朋友，常对她说："我是盲人，我不行动，我促使别人行动。别人去一个地方，就等于我也去了。"现在荆云终于完全懂得了他这句话的意思。

荆云将那张奇怪的地图放在柜子里，每天晚上都拿出来同老曹一块研究。所谓研究，其实就是两人面对那些图标一块发呆，有时说些题外的话，有时什么都不说，两人的心里却都很满足。时常，老曹一拍脑袋，高兴地说："得龙，得龙，你这鬼精！"他俩将这种晚上的娱乐称为"审查"，一旦进入"审查"的境界，两人立刻变得聚精会神起来。老曹爱注视那些云山雾海，想从那里头找到自己的家乡，不过没能成功。荆云呢，她只关心那个画有一条鱼，鱼嘴巴里衔着珍珠的圆圈。她越凝视，自己心里面的波澜就掀得越高。有时她竟会产生自己坐在快艇上的感觉。荆云于是用食指点着那圆圈，她这样做时，她的指尖就感到了颤动的酥麻，舒服得令她疲惫的身体舒展开来。"得龙，得龙，你真是我们的知心好友啊！"老曹低语道。

有一天，他俩正研究地图时，听到卧室的门外有窃笑声。是兜和他的两个姐姐。

"进来！"老曹高声招呼。

三人一跳就进来了，激动得不能自已的样子。

"我们也要接收信息！"大女儿蓝宣布。

"好啊。"老曹说，说着就将地图交给了蓝。

三个小孩像小鸟一样叽叽喳喳，兴奋地上楼去了。夫妻俩则待在楼下为孩子们的激动而激动。老曹感慨地对荆云说：

"老婆，我要谢谢你啊！瞧他们多么懂事。"

"不要高兴得太早，现在还不知道事情是好是坏。"

老曹心里想，他确实不知道。还没发生的事，谁能预测？当年他以为自己会将翻砂工做到退休，用那份比较高的工资来养这个大家庭，谁料到他后来会受伤？本来已经快好了谁又料到后来伤口会发炎？所以没发生的事无法提前做准备，只能等待。但是老曹一点都不为荆云担心，这么多年里头，他已经领教过她的能耐了。他在心底甚至有点盼望某件事快发生。他决定，如果某件事发生了，他一定要全力以赴，自始至终表现得像个男子汉，绝不大惊小怪。

那天夜里，三个小孩在楼上闹到很晚才消停下来，然后睡着了。然而深夜时分，得龙的二胡曲子又响起来了，响彻夜空。夫妻俩泪水涟涟，但却是幸福的眼泪。

瓦连，也就是在荆云夫妇面前跳进水塘的那个年轻妇人，坐在一家弹子店里等荆云，已经等了半小时了。她正打算到外面去看看时，荆云就出现了。

"瓦连，对不起！我迷路了。"荆云满脸通红，额头上有汗。

"迷路了，怎么回事？"瓦连大吃一惊。

"是这样，瓦连，有一个人总是挡着我的视线。明明只有两里路，可是因为被那人挡着，看不见路，我起码走了四五里路！后来那人突然不见了，我才发现自己到了弹子房。"

瓦连坐在暗处，她仔细看着这位朋友。荆云感到瓦连的眼睛像猫眼一样。

"我猜你还没有打定主意吧，荆云？"

"是啊。你在那下面侦察到了什么情况吗？"

"没有。我听说这种事只同人的决心有关。"

瓦连低下头，从她的随身小包里拿出一个纸袋，告诉荆云说，纸袋里是一枚古钱币。

"为什么送给我？"荆云问。

"因为你用得着。当你碰见那个外地人时，你可以用它换一大笔钱。"

荆云哭了起来。她没想到自己会在瓦连面前哭。瓦连面无表情，待荆云哭完了，就站起来，拉着荆云一块向外走去。一到弹子房外面，瓦连就说有急事，匆匆地朝另一个方向走了。

那枚古钱币在牛皮纸袋里头发热，像火一样烫得荆云直皱眉头。她在心里头向密友告别。"也许是永远。"她对自己说。瓦连是一位奇怪的朋友。就连老曹也不知道她有这样一个朋友，因为她没有告诉老曹。又因为没有告诉，老曹才在那天夜里被吓坏了。

她俩第一次相遇是在菜市场里。当时荆云已经将那些捡来的蔬菜装进大篮子，打算回家了。突然有人将一棵新鲜包菜扔进了她的篮子。荆云一回头，便看见了穿黑色绸裙的美丽的女人。

那一刻，荆云竟然有了一种不熟悉的生理反应，双手都抖了起来。

"给我？"荆云问。

"给你！"女人大声说。

她们就这样认识了。在荆云，是全身的每一个细胞都充满了对瓦连的崇拜，当然还有种说不清的爱。但她不知道瓦连对自己是一种什么样的感情，直到今天都不知道。从那以后，她俩大约一个月见一次面，这种见面并不是约定的，而是邂逅。瓦连总有办法同荆云邂逅，有时在菜市场，有时在翻砂车间附近，有时在儿童游乐场。在儿童游乐场那一次，荆云带着兜，瓦连带着她的女儿。看着两个孩子在沙堆里玩时，瓦连忽然对荆云说：

"你的小儿子将来会是你的好帮手，两个女儿也是。只有两个大儿子会留在你熟悉的地方。"

那是两个月之前的事。荆云不敢使劲琢磨瓦连的话，一琢磨便感到心惊肉跳。奇怪的是她又盼望这位朋友的预测成为现实。荆云不是那种喜欢刨根问底的人，她对瓦连了解得很少，只知道她从前是机械厂的刨工，后来开了个便利店。她甚至连瓦连的便利店也没去过。然而只要瓦连在碰见荆云时叫她一声"荆云"，血就会涌到她的头上，她的身体也会因为欢乐而微微颤抖。她觉得瓦连已经知道了她的激情，要不然好些年里头，瓦连为什么一次又一次地来同她相会？而她自己，从来也没有去找过瓦连，老觉得那样做是不妥当的。

不久前，瓦连用含糊的语气向她说起了改变现有生活的可能。瓦连说她还没有见到过这种例子，但隐约地觉得这件事在荆云身上有可能发生，因为荆云是她所见过的最坚强、最有能

量的女子,她认为无论荆云干什么都会成功。当时两个女人站在路边说话,荆云痴迷地看着瓦连,认真地问她:

"瓦连,你认为你对这件事看得很准吗?不可能看走眼吗?"

"当然。你就像……就像我的亲姐姐一样。"瓦连平静地说,"有种生活在召唤你,但我还不清楚那是什么样的生活。"

"锅底塘底层有最清洁的水流,对吗?我观察了几次你的演习,后来就慢慢地想到了……不,我说不清楚,这事很复杂。"

"亲爱的荆云,你已经说出来了。你很快就会有行动了。可是我多么舍不得你离去啊,也许我们是前世有缘分!"

荆云一边回家一边想着这些往事,她很想再次大哭一场,可她也知道自己已经哭不出来了,因为有件事快要发生了,很紧迫。这件事不是她一个人的事,是她一家人的事。一想到年幼的兜,荆云的心就紧缩了,还有老曹的病腿——她多么想为他们遮风挡雨啊!还有两个女儿的前途——她将她们拖进了一种冒险的生活,可她们还未成年。

"荆云姐姐!"得龙在路边向她招手。

"得龙,这么热的天,你怎么站在太阳下晒!"荆云责备他说。

他俩走进烟草店,站在店堂里说话。

"是关于那张地图的事。我本来想问你要回来修改一下,刚才我又改变主意了,我还是告诉你一下,让你注意吧。是这样,地图的左上角有一副望远镜。荆云姐姐,你听清了吗?你们一家人是我的希望,都这么多年了……"

荆云告诉得龙,她听清楚了,她知道他给他们一家人的地图上什么都有,现在又增加了一副望远镜,她别提有多高兴了!

得龙听了这话就笑起来，一边笑一边自顾自地走进烟草店后面的房间。烟草店的店员告诉荆云说，得龙是到后面为烟草店做一种工作去了，他们店的老板很看重得龙的本领。

从店里出来，荆云心里有些震动：原来盲人得龙有特殊的本领，可她多年里头从未发现过。这一次，他送给她家那张地图后，她才于朦胧中意识到了她的邻居身上非同一般人的地方。也许，得龙和瓦连是一类人？荆云感到自己非常幸运，当然，应该说他们一家人非常幸运，因为在这个世界上，至少有两个人一直在照看着他们。想到这里，荆云心里的紧张就渐渐地放松下来了。毕竟，她未来的生活里有知心人在帮助她。

当一家人坐下来吃晚饭时，荆云宣布他们一家今天得到了好友的帮助。

"是旅行的路费吧？"兜眨着眼热切地问。

"你怎么知道的，宝贝？"荆云反问他。

"因为我们计划要去旅行啊，因为我们没有钱啊！"兜激动地说。

荆云又看向老曹，老曹的眼里闪着泪光。

一家人默默地吃饭。孩子们收拾好厨房后，就高兴地去楼上议论了。

荆云说了一句："有朋友真好啊。"

老曹立刻接着她的话说："尤其是那种终生的朋友。那就像大雪天有人来送炭。老婆啊，你现在是不是已经决定了？"

"你还记得那天晚上瓦连的表演吗？我们要去做的事就和她的表演差不多。可我不是一个人去做，是一家人。我比不上我的朋友，我对自己还不够有把握。"

"荆云，你这种看法有误。一家人又怎么啦？人多力量大嘛。她能做到的，我们也能做得到。不要把我和孩子们看作你的拖累，而要看作你的动力嘛。"

"啊，老曹，你这种想法是看了地图产生出来的吗？老天爷，你变得多么高瞻远瞩了啊！难怪下午得龙告诉我，那地图上有一副望远镜！"

他们俩一下子兴奋起来，赶紧取了那地图来研究。他们立刻就发现了望远镜，不是一副，而是好几副，以不同的角度摆放着。荆云的鼻尖差点凑到了地图上，因为她想嗅一嗅那望远镜的气味。老曹则微笑着不住地点头，口里嘀咕着："好呀，好。"这时发生了一件事。随着一阵闷响，兜从楼梯上滚下来。

"兜！兜！"荆云尖叫着扑上去，"你这是怎么啦，兜？兜？"

可是兜站了起来，拍了拍衣服上的灰，笑嘻嘻地说：

"我看见一条大鱼了！"

"兜啊兜，妈妈已经明白了。刚才我想死的心都有了……你快去睡觉吧，别闹了。"

兜上楼去之后，夫妻俩你望着我，我望着你，哭笑不得。过了好一会儿，荆云才说出来：

"老曹，你这个老谋深算的家伙！"

对面的得龙又拉起了二胡，不过这次不是《江河水》，却是《喜洋洋》。两人都听得入神。

"这可是个大工程啊。"老曹说，仿佛松了一口气似的。

"这一回，事情是由你决定的。我家老曹真了不起啊！"荆云呵呵一笑。

他们一家人在家中准备了两天。荆云想将能带的东西全带上，因为不打算回这个家了。可是她又担心这样一来不能轻装上阵，于是又将行李打开扔下一些东西。当然，她还要给两个儿子留一些日用品。她也预感到儿子们一定会去得龙家打听，然后来找他们。

荆云炸了很多馃子，然后严肃地说：

"不要再吃了，一共只有这么点面粉和油，再吃我们就没法旅行了。"

这句话立刻生效，三个孩子恋恋不舍地离开锅边，到外面去了。

"他们啊，一辈子都没见过这么多的馃子呢。"老曹心酸地说。

"他们是家中的财富。我带着古钱币，又带着孩子们，现在感到很有底气了。"荆云兴致勃勃地说。

她的眼前突然展现出一幅陌生的远景——一片茫茫的、陌生的草原，那些枯黄的草随风摆动，只有在草原的尽头，快到地平线之处，才出现大湖的一小片，那湖闪着扎眼的光亮，不像是真实的。荆云的心颤抖了一下，她眨了眨眼，将他们这个小小的、有点凌乱的家环视了一下。

"我的老婆不同凡响。"老曹开心地笑。

"老曹，你真的一点顾虑都没有吗？"荆云问道。

"干吗要带着顾虑上路？车到山前必有路。这是这些年我向你学到的啊。"

他俩同时想到了瓦连。在老曹,是猜测性想象,因为荆云没有具体地同他谈论过瓦连的任何情况,但他已猜到了她在荆云生活中的重要性。在荆云,则是刻骨铭心地想,她不知道今后还能不能见到这位密友,但她知道自己会一直带着瓦连的气息去那陌生的地方。

老曹和荆云商量了一下,一致决定半夜启程,步行到郊区的一个小站去搭火车。不知为什么,两人都觉得在一天中的那个时候动身去旅行最合适,最有自由的感觉,就好像去掉了生活中的所有累赘,一身轻松地在天地间行走一样。后来他们把这个决定告诉孩子们,他们立刻欢呼起来,还说,这真是太刺激了,他们用不着睡觉了。尽管不愿睡觉,荆云还是将他们赶上了楼,并扬言,如果三人中有一人没睡着,就取消旅行。

那天夜里特别黑,是阴天。得龙用沉默来送别老朋友一家人,他很早就熄了灯。老曹和荆云都明白老朋友的苦心,他们就这样在寂静中交流,彼此感到了对方的心跳和炽热的友情。"得龙,得龙,我们去了那里,就等于你也去了啊。"老曹重复得龙说过的话时一股暖流穿过心间。"我一点睡意都没有,老曹,我感到精神抖擞……"荆云回应道,"得龙这下应该放心了吧。"

就在他们出发前的一小时,瓦连来了。瓦连从未来过老曹家,可她摸着黑就找到了。她说她应该来向老曹道歉,因为她在那天夜里把老曹吓着了。

"锅底塘底下的水真的是一股清流吗?"老曹好奇地问她。

瓦连回答说正是。她还告诉老曹,今天夜里她会站在那水中送别他们一家人,而他们,也会听到她的祝福,因为"水和水总是连通的"。

瓦连离开后老曹就问荆云,是不是他们一出发就走进了水的世界,荆云就夸老曹,说他进步真大,一下子就搭上了历史的快车,现在就连她也得跟在丈夫后面紧追了。他俩正开着这样的玩笑时,兜又一次从楼上滚下来了。荆云又发出了尖叫声。

兜这一次摔得更重,他仰天躺在地上一声不响。当荆云用颤抖的手去探他的鼻息时,他就扑哧一声笑出来了。大女儿蓝和小女儿秋沉着地绕过弟弟,走到一边去整理行李。

壁上的挂钟敲响了一点,一家五口人在夜幕的掩盖下偷偷地出发了。

一开始,他们很紧张,总是挑那些偏僻的小巷子走,老觉得有人会意外地跳出来拦住他们。老曹腿不方便,背的东西又比较多,一会儿就气喘吁吁了。三个孩子也累得说不出话来,只是低着头在沉默中赶路。他们快要到达郊区时,荆云突然感到自己的胸膛里咯噔一声响,与此同时又听到了流水的声音从同一个部位发出来。她全身发抖,激动地跳到了亮堂堂的大路上,高声大气地招呼老曹和孩子们。好像突然从昏沉的梦中醒过来了似的,一家人欢呼着,大踏步往前走了。

"是瓦连,瓦连同我联系上了啊!"荆云激动不已。

"我想,我们等会儿上了火车,不就是在世界的隧道里穿行吗?我的天,太刺激了!"老曹说。

老曹的瘸腿一跳一跳地往前冲,荆云从未见过他像此刻这样活跃。与此同时,兜的尖叫声划破了寂静的夜空:

"我们的火车已经来了!"

他们一家人在往南开的那趟火车上坐了一天一夜。他们买的是硬座票，因为钱不够。

三姐弟都很乖，他们一会儿迷迷糊糊地在位子上睡着了，一会儿又跳起来在车厢里走动几步。生平第一次坐火车，而且是长途车，完全离开了家乡，他们感到无比沉醉！

"妈妈，我们永远不回家了，对吧？"

兜小声地问荆云，惹得对面那位旅客瞪眼望着他。

荆云默默地点了点头，兜露出满意的神情，上厕所去了。

夜晚外面一片漆黑，只有车轮撞击铁轨发出响声，这种氛围令两个姑娘感到无比惬意。老曹时睡时醒，就听到了女儿们的谈话。

"刚才我梦见这火车一直开，一直开，就开到了天边。天边就是湖。为什么天边是湖？"蓝说。

"我们明天就会知道了，你不要着急。你还记得得龙叔叔的话吗——逢山过山，逢桥过桥，绝不会走错？我恨不得马上就到那里……"秋说。

"得龙叔叔是不会离开我们的。"

"嗯。我们有困难他就来了。可是我又觉得我们再也不会有困难了。"

老曹微笑着听女儿们谈话，在心里嘀咕着："这就是湖，这就是湖啊。"

"你嘀咕什么？"荆云问他。

"啊，你竟可以听到我心里面的声音了！"

有个身材细长、穿着邮差的长外套的人站在老曹面前,开口对他说:

"在那种荒凉的地方,我今后就是你们的邮差了。"

"您好,邮差师傅。"老曹站起来将手伸给他,可他握了个空。

"怎么会这样?真可怕。"老曹吃惊地说道。"兜!兜儿!"他小声喊。

但是孩子们不知上哪儿去了。他问坐在旁边的荆云,荆云也说不知道。

"我看他们三个人都挺有主意的,所以我刚才突然一下就想通了,觉得自己不应该再为他们操心了。硬要操心的话,我就会成为他们的绊脚石,你说是不是?"她说这话时在笑。

"嗯——"老曹犹豫地应和着她,"现在我们老两口可得好自为之了。刚才那邮差是怎么回事?你注意到了吗?"

"注意到了,以后这类事会越来越多。"

"我被吓得够呛。我还没习惯。你觉得在那种地方我们需要邮差吗?"

"应该需要吧。要不谁来向我们报告那些可怕的消息呢?"

"你预感到会有很多可怕的消息吗?"老曹刨根问底。

"大概吧,习惯了就不可怕了。"

这时列车员过来了。列车员告诉他们,三个孩子已经爬到车顶上去了。列车员没法将他们弄下来,只能给他们送面包上去。可是现在面包也吃完了,列车员来问父母,看他们还有没有什么可吃的。"他们的食量大得惊人!在车厢顶上疯跑!"

荆云包了一些馃子,问列车员可不可以让她亲自送去。

"不，不！那太危险了！"列车员连连摆手。

于是荆云将馃子交给了列车员。

列车员走后，老曹仔细地倾听，果然就听到了车厢顶上的响声。他的心也随之怦怦地跳起来。老曹要求荆云判断一下，孩子们会不会摔下去。荆云说不会，还说如果摔下去了，列车员和上级领导就有重大责任，要赔偿的，他们才不是傻瓜呢。她说话时，坐在他们对面的小两口就哧哧地笑，呻吟似的发出赞叹："多么可爱的孩子啊！"

直到下了火车，两夫妇又走了一段路，三个孩子才忽然一下出现在他俩面前。

"我已经看见了大湖！"兜宣布道。

"哈，兜的眼力真好！"老曹夸奖道。

老曹和荆云决定按那张地图上的路线走。他们下了火车之后，眼前就只有这条笔直的水泥路，它伸展到很远的地方，望不到尽头。路很平，凉风习习，他们一点都没感到南方的闷热，所以五个人都非常快乐。尤其是兜，反复地将一句话说了三遍。他说："爹爹，我这么高兴，恨不得马上死在这路上！"

小儿子的话让老曹和荆云都大吃一惊，他们觉得兜的变化来得太快了，只有几天时间，他已经变得不像他们的儿子，倒像某个山林里跑出来的野人。更奇怪的是，走着走着，他们前方开阔的视野猛地一下就被堵住了——一道很高的青砖砌的墙将路斩断了。一开始老曹和荆云想绕过去，可是不论他们往左还是往右，那道墙总是没有尽头。他们在走的过程中，将三个小孩也弄丢了。荆云说也可能他们躲起来了。两人累了，休息了一会儿，又想去找那条路，可那条路也被走丢了，现在已经找不到了。大墙下面没有路，只有一些杂草。

老曹提议坐在大墙下面等待，因为这么高、这么醒目的墙，不会没人来到这里的。荆云认为这个提议太好了，还说老曹的思路越来越敏捷了。于是两个人扯了一些野草铺在地上，安静地坐下来，打算好好休息一下。时间已是中午，他们坐在那里，喝了水，吃了几个油馃子，突然感到十分心安了。既然还看不到目的地，干吗急着赶路？早晚要到达那个地方的嘛。至于孩子们，他们已变得独立自主，无法无天，所以也轮不到他们来管了。老曹想到自己经历的这些变化，忍不住嘿嘿地笑，他对自己挺满意的。荆云坐在草堆上，面向西边，正在向她的密友瓦连汇报自己的行程。她的声音很小，柔柔的，老曹听见了几个字，但猜不出意思。她好像说了"流动""阻隔""连接"这三个词，但老曹不能十分确定。她终于汇报完了。

"荆云，你觉得我们是不是已经到达目的地了？我感到围墙的那边有很多鱼。"老曹说。

"嗯，我的感觉同你很一致。我们要走运了。我们就在这里等，只要有人来接应我们，一切就都会真相大白的。我在想那列车员的话，他说的危险到底是什么？为什么孩子们可以不怕危险，还到处寻找危险？"

"我觉得他的意思是说，危险就是我们自己，是我和你。"

"你说得太对了，老曹，你现在怎么变得什么都懂了？哈哈！"

现在他们面对的不再是那条路,而是荒草萋萋的农村乱象。远处有几座东倒西歪的农舍,但看不到一个人。老曹说这片景象是黎明前的黑暗,他一点也不感到悲观。他说这话时荆云就感激地望着他。他说着就站了起来,居然用他的瘸腿跳起来了,让荆云吓了一大跳!

"你瞧,我的腿好了!天哪,我的腿一点问题都没有了!我运气怎么这么好?"

他大喊大叫,跑向远处,又跑回来,嘻嘻地傻笑,像脑子坏掉了一样。

"荆云,你怎么不说话?你说话呀,别吓我了。"

"老曹,你应该有这种好运气。"荆云一个字一个字地说,"可惜孩子们不在,要是他们看到爹爹可以飞跑了,该多么高兴!"

"我想,要不了多久我们就会同他们重逢的。"老曹坚定地说。

他们看见有一个人从远处的农舍那边绕过来了。那人身穿白袍,头上包着白头巾。

"真奇怪,像外国人一样。"荆云说,心里在隐隐地激动。

等了好一会儿,那人终于走到面前了。是一位老年人,胡子、眉毛都白了。

"我是来接你们的。"他说,"还有不少路程,你们跟我走吧。"

两夫妇背上行李跟他走。老曹说他们已经走了一上午才到这墙下,现在是"原路返回"。

"原路返回?不可能的,这里没有原路可以返回。"老头这样回答老曹,他声音洪亮。

荆云凑在老曹耳边说,这个人是伪装成一位老人,其实年纪并不大。

老曹和荆云两人都情绪高昂。荆云记起了古钱币的事,就问老头做不做古钱币生意。老头说当然要做,不过不是他自己做,他们要去的地方有一位被称为"毒王"的大人物,他是做这个生意的,他自己只是为毒王打工的工人。

"我看你俩很喜欢冒险啊。"老头呵呵地笑着说,"毒王最喜欢你们这种人了。而且你们的行李这么少,一看就是到我们那里去捞好处的。"

他似乎是在嘲笑他俩,又似乎是在夸奖他俩。老曹和荆云相视一笑,同时做了个鬼脸。他们感到新生活已经到来了,此后就得时刻留心了。留心什么呢?这仍然是个谜。

他们三个人是深夜才到达野鸭滩的,路程实在是太远了,三个人都累得说不出话来了。老曹依稀记得路上遇到过几个人,一个是出发时遇到的,一个是中途遇到的,还有一个是快到目的地时遇到的。这三个人的样子都很相像,都是衣衫褴褛,脸黑得像挖煤的。他们都像老熟人一样同白胡子老头打招呼。他们走远了之后,白胡子老头就自豪地对他和荆云说:"这人是我的老顾客,也是生死相依的战友。干我们这行,没有一点胆略是不行的。"他将这话说了三遍,老曹就记熟了。后来天就完全黑了,四周什么都看不见,他和荆云只能跟在老头后面,倾听他的脚步声往前冲——因为老头走得很快。他们也无法顾及脚下的路了,到后来似乎是水里啊,泥里啊在乱蹚。

突然他们就来到了芦苇丛中。他们面前出现了一个黑乎乎的，房子不像房子、亭子不像亭子的东西。老头从那东西的侧面往上爬，让他俩跟着上去。于是他们踩到了梯子，摸到了扶手。

进了屋之后，老头摸索了老半天才找到火柴，将煤油灯点亮了。

"我姓余，老余。这是我的家。你们在我家待一夜，明天上午你们就去将你们自己的家建好。以后你们就是这里的居民了。"

"建好一个这样的家不太容易吧？"老曹试探地问他。

"哈，再没有比这更容易的事了。这些木材啊，石棉瓦啊什么的全没有重量，就像盖一座纸房子一样。只要找两把铁铲把基脚挖好，一上午就把房盖好了。"

他们三个是站在房里说话的，荆云发现房里没有任何家具，除了一张小小的饭桌。

"我必须过一种清贫的生活，这是我的老板，也就是毒王规定的。"老头似乎在解释。

他告诉他们房间的后面有一个卧室，今夜他将卧室让给他们夫妇俩住，至于他自己，睡在这客厅的木地板上也很舒服。他俩想推辞时，老余就说，他俩今夜已成了某些不好的人的目标，他身负保护他们的重任，所以必须睡在客厅。一旦那些坏人冲上来，他马上可以抵抗。

于是老余将煤油灯端到了卧房里，夫妻俩就在里面休息了。

经历了泥里、水里的跋涉之后，干燥的小房间对他们来说就像天堂一样了。所以两人脱了外衣后躺下去，头一碰到糠壳做的枕头立刻就入梦了。

他俩睡到上午才醒。这一觉的效果真好，两人都感到又变得精神饱满了。

屋里一个人都没有,只有一大盘煮好的鸭蛋放在小桌上,香气扑鼻。旁边还放了两双筷子、两只碗。老曹和荆云饿坏了,往木地板上一坐就吃起来,直到将鸭蛋吃完,汤也喝完,才恋恋不舍地先后放下了筷子。吃完饭、洗好碗,他们就走到窗口那里去看风景。

原来这个芦苇滩里已盖了好多这同样的房子,每一栋房子的形状都有点像鸵鸟,只不过有四条长长的木头腿,旁边的木梯也很怪,几乎是悬空的,只是上面有一个地方靠着房子的木板墙,就好像是从别的地方拿来的梯子一样。荆云记起昨天夜里从梯子爬上来的那种感觉,不由得咯咯地笑。但老曹却在发愁,因为老余说了,要他们马上将他们的家在这里建起来,可是他们没有工具,也不知道去哪里找木头。该从哪里着手呢?

"不要着急,从前那么苦的日子不是都过来了吗?"荆云说。

他们看见门后有两双长筒胶鞋,好像是为他们准备的。两人换上胶鞋,商量着分头去找工具和材料。"不论找到没有,晚饭前我俩在这里会合。"老曹说。

下楼梯时,两人都感到有点害怕,因为刮风,那窄窄的木梯在风中摇动着,像要散架了一样。荆云一失足,摔到了泥地上,幸亏那块地上没有水。

"老曹,老曹,你听啊,芦苇滩外面有孩子们的声音!"

老曹仔细听了一会儿,也听到了。声音是顺风吹过来的,可能离得较远吧。

"有个声音像是蓝!他们真了不起!"老曹激动得不能自已。

正在这时，老余向他们走过来了。

"你们这就开始工作了吗？好！"他竖起大拇指表扬夫妇俩。

"可是我们不知道去哪里找工具和材料，您能告诉我们吗？"老曹问。

"到湖里去找！"老余说，却往天上一指，"湖里头什么都有。"

"大湖在哪个方向呢？"老曹又问。

"你在这里看不到它的。你们使劲走，总会走到那里面去。"

他们看见老余一把抓住他的房子的木梯，那木梯立刻就变得稳稳当当了。夫妇俩惊奇得合不拢嘴：这是什么样的风度啊，他们学得会吗？

老余稳稳地上楼去了。接着老曹和荆云就按先前约定分头离开了。

第七章

铁锤和铁扇

铁锤和铁扇两兄弟是野鸭滩大队的大队长常永三的儿子。据村里人说,这两个男孩是被父亲用皮鞭赶到城里去读寄宿学校的。那个年代,寄宿学校非常艰苦,一般来说小孩都不愿意去。但是这两兄弟去了城里之后,就一直待下去了,一点都没有要回乡的迹象。

铁锤和铁扇至今记得那个下大雨的夜晚。他俩在房里慢吞吞地清理行李,窗外的闪电越来越凶恶,好像要用雷击劈开他们的房屋一样。接他俩的农用货车早就来了,司机在前面房里同他们的爹爹谈话。实际上,对于去城里读书这件事,两兄弟怕得要命,却又渴望得要命。在这之前,两兄弟从不谈论这事,他们自发地从心底感到这事是一个黑洞。

爹爹已经在门口催了好几次,他们还在磨蹭,两个人你望着我,我望着你,像惊恐的小兔子一样。铁锤问哥哥他们会不会因此丧命。铁扇想了又想答不出，最后挤出一句："可能会失去一条腿。"铁扇的话音一落，雷就劈下来了，铁锤丢脸地发出尖叫声。铁锤发出尖叫声时，母亲珠从门缝里伸进头来看了一下，又将门关上了。

"要不我一个人去算了？"铁扇问弟弟。

"呸！我觉得我一个人去更好！"铁锤愤怒地说。

但他们还是磨蹭，就像打不定主意似的。时间一点点地过去。

后来房门被一脚踢开了。司机老田冲进来，将他们的行李全部挂在自己的肩上，走出大门，走到大雨中——车子停在院门外的路上。两兄弟急忙跟了上去，一路小跑，紧张得都感觉不到雨打在小脸上时的难受了。

老田让兄弟俩坐在农用货车后部的拖厢里，他说他受不了小孩的气味，所以不让他们坐在驾驶室内。"快！快！"他向他们吼道。

铁锤和铁扇爬进了后面的拖厢，车子立刻启动了。

拖厢的顶篷漏雨，两个人无处可躲，只好将外衣脱下来罩在头上。他们压低了声音交谈着。

"听说皇城离得很远。"铁锤说。

"是啊，四五个小时路程。一会儿我俩就成了落汤鸡。这司机真歹毒，这样惩罚老实人。"

"铁扇，你也算老实人啊？"

"哈哈，我俩其实也是满肚子诡计。这个人是怕我们害他，就叫我们坐后面。天哪，我的头发已经湿了，真难受。你怎么样？"

"你听到我的牙齿磕得响吗？我们会不会死啊，铁扇？"

"胡说八道！我警告你，铁锤，不许再说死呀活呀的话。难道你不是爹爹的儿子吗？这些安排都是爹爹设计好的。"

"你要是不说，我差点忘了我是谁的儿子。好，认命吧。"

突然两人一齐闭了嘴，因为老田在前面用力敲打，像是发怒了。他们心里在想，这么小的说话声他都听得到！可得小心这个凶恶的人。

幸亏一个多小时后雨终于停了。两个男孩将湿淋淋的外衣拿在手里，用力拧干。大概是水溅在拖厢内的声音被老田听到了，老田马上停了车，冲出驾驶室朝他们破口大骂，说他俩要破坏他的车子，还诅咒他俩去死。男孩们憋住气不敢动。过了一会儿，听见砰的一声响，车子又启动了。"爹爹啊爹爹。"两人都在心里埋怨。兄弟俩都明白，如果这个凶恶的司机要他们去死，他们是不可能逃脱的，半夜里黑咕隆咚的，没有证人……

他们的车子到达皇城时，天刚麻麻亮。老田将农用车停在一扇铁门外，将两兄弟的行李扔在一间很像传达室的小房间里，马上就开着车离开了。

传达工是一位老奶奶，她生着一张胖胖的团团脸，很和蔼的面相。

她问铁扇登记入学了没有，铁扇回答说爹爹帮他们登记了，他还报了两个人的名字。

于是她去查花名册。查了半天，她摇着头对铁扇说：

"不，这里没有你们的名字。你们的爹爹没有帮你们登记。现在怎么办？"

两兄弟都发抖了。铁扇鼓起勇气，对老奶奶说：

"您帮我俩想个办法吧，不然我和我弟弟都得饿死。我们身上没有一分钱，现在也没有车送我们回去。如果我们走路回去的话，得走两天。两天不吃饭还不会饿死？"

"原来这样，"老奶奶说，"让我想想看。"

她在那张桌子旁坐下，用手支着她的胖脸，费力地思考起来。

铁扇和铁锤站在她身后一动也不敢动，生怕被拒绝。他们心里想的是：好马不吃回头草。他俩都是好马，既然已经到了城里，怎么还能回野鸭滩？

等了半个多小时，老奶奶打了个哈欠，说话了：

"这样吧，你们将行李暂时放在这里，这后面有一间堆房，我可以偷偷地给你们住。但你们一定要保证白天里不到传达室来。你们可以到城里去捡垃圾，离这里不远有个收购废品的地方，你们一定找得到。两人都听清楚了吗？"

"都听清楚了。谢谢奶奶。"铁锤和铁扇恭恭敬敬地齐声说道。

"真是好孩子。现在快走吧，万一校长来了，我这传达工就当不成了。"

两个人立刻往外走。走了一会儿，铁扇说，先要将收购废品的地方找到，然后再去捡垃圾。铁锤热情高涨地说："对！"

他们在学校附近的那条街上来来回回地走，将每一家商铺门面都辨认了一番。时间一点点过去，他们还是找不到那个废品站。他们有些饿了，一看太阳就看出快到中午了，中饭还没着落。

"铁锤，我们还是去捡垃圾吧。如果能捡到一点吃的东西也不错。"铁扇提议道。

"对!我也不愿饿死,那太难受了,比断一条腿还难受。"

铁锤和铁扇来到了城市的中心。转悠了几圈之后,铁锤的眼前一亮,他看见一个饭馆的门外有一堆垃圾,垃圾里有好些个玻璃空酒瓶。铁锤捅了捅铁扇,铁扇也看到了。

两人慢慢地接近那堆垃圾后,看了看周围,确定了没人注意他们,就脱下外衣,将那些瓶子包在外衣里,每人包了五六个瓶子。

"该死的小偷!"从饭馆的大门里面响起了粗暴的咒骂声。

两兄弟看见那胖女人走出来,他们拔腿便跑,女人跟在后头紧追。女人虽胖,跑得也不慢,铁锤和铁扇更是拼了命地狂奔。直到跑出闹市区之后,他们才将那胖女人甩掉。铁扇想不通:这胖婆娘为什么将几个玻璃酒瓶看得这么要紧?两人讨论了一番,得出结论,认为城里人大概都是铁公鸡,一毛不拔。于是一股绝望的情绪向他们袭来,他们对自己的谋生能力没有把握了。这个时候他们已饿得背上出冷汗,那些瓶子也提不动了。路边有一家破破烂烂的、已经关门的铺面,门面上有块木牌,上面写着"小商品批发"。兄弟俩在门面下面的台阶上坐了下来,只觉得眼前黑黑的,好像快死了一样。铁锤甚至啜泣起来,令铁扇很心烦。

他们没料到那门面里一会儿就有了响动,似乎有人在里头劈柴。劈了几下,卷闸门居然开了,一个五大三粗的黑汉子站在门里。

"是来送废品的吗?拿进来!"他扯着嗓子喊道。

两人如梦初醒，立刻提起玻璃瓶往里走。

汉子给了他们一块五毛钱。铁锤用颤抖的手拿了钱走出来，他又流泪了，不过这一次是笑出来的眼泪。铁扇看见弟弟这样，就咕哝道："傻瓜，傻瓜……"

他们找到一个卖烤红薯的摊子，一人吃了一个大红薯，一共才五毛钱。

现在肚子填饱了，废品收购站也找到了，两兄弟高兴起来。铁锤提出要去买一瓶汽水来喝，被铁扇严肃地拒绝了。铁扇看见一个小饭店门口有一个自来水龙头，就带领铁锤凑拢去，两人轮流狂饮了一阵。喝完水，两人像侦察兵一样溜到饭店的后厨，他们在那里发现了一大堆鸭毛，就像特意为他们安排好了似的，地上还乱扔了几只塑料袋。

两人立刻行动，将鸭毛塞进塑料袋，拎起来就跑。

他们一口气跑到小商品批发的门面那里，看见那汉子正坐在门口抽烟。

汉子翻了翻鸭毛，很嫌弃地将塑料袋甩到那一堆破烂上面。他给了五毛钱。

"才五毛钱？"铁扇问道，立刻脸红了。

"你还想要多少？你们想把我吃穷啊？"汉子厉声斥责道，像要打人一样。

铁锤吓得先出来了，接着铁扇也出来了。

"还算好。"铁扇边走边说，"玻璃瓶很值钱，难怪老板娘死命追我们。"

"是啊。今天的饭钱足够了。我们运气好。"铁锤也说。

中午的太阳很晒人，他们决定偷偷地去学校传达室观察一下，看能不能溜进堆房去休息一下。两人都认为老奶奶是个好人。

"铁扇，你可得将钱收好啊，城里贼很多。"铁锤忧虑地说。

"放心，收在我身上就跟放在保险柜里差不多。"铁扇拍了拍衣袋。

他们到达传达室时，发现老奶奶伏在桌子上熟睡，还打鼾呢。两人蹑手蹑脚地溜到后面的堆房那里，发现堆房的门没关。这间房子小得不像个房间，大约只有一点五平方米，好像原来是个厕所，现在已经将粪坑封死了。"我们没资格挑挑拣拣了。"铁扇说。

他们从外面捡来一些包装纸板，铺在水泥地上，又从传达室外面一个货架上拿来他们的行李，打开，从包里取出两个小小的枕头，一人一个垫在后脑勺下面，高高兴兴地躺下了。

两人都觉得奇怪：这两只枕头是母亲塞在他们的行李里面的。他们的行李只有几件换洗的衣服，一人一双鞋，一人一件旧棉衣，一人一条绒裤。可这枕头是怎么回事？这像真正的木棉枕头，料子也很高级，睡在上面特别舒服。难道妈妈预料到他们出了家门就会找不到床来睡，所以特地做了这么好的枕头给两人？"妈妈。"铁锤小声说。铁扇听出弟弟对于今天发生的事感到非常激动。他自己倒没有那么激动，只觉得重任在身。他摸了摸口袋，一块五毛钱还在。一会儿两人就微笑着进入了梦乡。

但他们没睡多久就被老奶奶吵醒了。她站在门口，一只手扶着门框。

"你们竟敢违反规定！"她气得跺脚，"我要丢工作了，气死我了！"

"奶奶，奶奶！您别生气，我们这就走。没人知道我们来过。"铁扇拉着她的手说。

"给我滚！滚得远远的，到半夜才允许回来，听见了吗？"

"听见了。"两人垂头丧气地说。

两人被老奶奶骂出了传达室，又一次在街上游荡。

铁锤仍然兴致很高，他说，城市原来是这个样啊，比镇上好玩多了。铁扇白了弟弟一眼，说，当然好玩，只是不要饿肚子。这句话又让两人有了紧迫感。他们的眼珠子溜个不停，恨不得有一双锐利的鹰眼。很快铁锤又有收获了，他的眼珠转得像贼一样灵活。

在电影院门口的垃圾箱里有一些汽水瓶。两人冲过去，脱下外衣，一人包了一大包。

还好，小商品批发那里还没关门。可是黑汉子只给他们三毛钱。

"三毛钱？"铁扇忍不住小声问了一句。

"你想发财啊？你这个坏蛋！"黑汉子喝道。

兄弟俩瑟瑟发抖了。

"第一次我给你一块五，你就以为每次都该给一块五？这是不道德的！滚！"

两人连忙跑出来。铁锤小声问：

"他好像要打人？"

"他其实是教育我们，可我们没听懂。唉。"铁扇唉声叹气。

"可为什么只给三毛钱呢？"铁锤不解地问。

"那你说该给多少？啊？"铁扇忽然发怒了，"不是你自己非要来的吗？谁请你来了？本来我是想自己一个人来的。"

"对不起，铁扇。我再也不埋怨了，埋怨是可耻的。你不会赶我回家吧？"

铁扇扑哧一笑。他指着路边卖烤玉米的摊子，对铁锤说晚餐一人吃一个玉米棒子，还说他们要节省用钱，练习挨饿，这样才有可能在城里站住脚。铁锤边听边点头。于是铁扇花三毛钱买了两个玉米棒子。两人啃得很起劲，因为实在是饿了。

不一会儿兄弟俩就看见老奶奶同一个半老的男子走过来了。

"铁扇，这是校长。"老奶奶介绍说，"你们两个都不在新生花名册上，不过刚才我为你们求了情，鹰校长已经同意你们成为这所大同学校的编外学生了。"

"谢谢奶奶，谢谢校长。"两人齐声道谢，将身体挺得笔直。

"你觉得传达室制度有没有必要改革？"鹰校长问老奶奶时双眼看着那盏路灯。

铁扇连忙扯了扯铁锤的袖子，两人溜进了铁匠铺。他们站在铺子里看铁匠打铁，看得津津有味。铁扇想起了他在书上见过的一个词语：千锤百炼。但是铁锤心里还是不踏实，他问哥哥，他们是否要去上课。铁扇回答说好像不必。不过他也说不准，要听老奶奶怎么说。

从铁匠铺出来，他们去了趟公厕，又跑到那个自来水龙头下猛喝了一顿自来水。现在两人走在大街上有种自满自足的感觉了，他们在乡下从未有过这种感觉。

天渐渐黑了，到处都是霓虹灯，两人都觉得自己身处仙境，

浑身说不出的舒服。他们甚至都不想马上回传达室去睡觉了。铁锤终于忍不住,举起双臂大声喊了出来:

"我永远——"

他不知道接下去该喊什么,因为脑海里没词了。

"白痴!"铁扇低声骂道。

马路上有汽车开来开去,有些司机甚至探出上半身来向兄弟俩招手,似乎是欢迎他们来到这座城市。这些司机多么友善!他们在城里一直游荡到半夜。看不尽的美景,走不尽的宽敞的大马路。要不是肚子饿起来了,两人简直不想睡觉了。铁扇担心弟弟要买吃的,就提议先回去,明天再来游览。他说反正以后天天在这里,还怕没机会游览?

传达室后面的堆房是一个地狱般的地方,它的可怕之处体现在夜间。直到两人在那些包装纸板上躺下,打算闭眼享受美梦之际,不好的事才接踵而至。

首先是唯一的小窗户被撞开了,朦胧的月光里,一只狼的头部出现在窗口,它发出可怕的嚎叫。兄弟俩瑟瑟发抖,但他们没地方可躲,也不敢破门而出。狼离得那么近,他们可以闻到它身上的气味。它好像马上要扑过来,但又没有,只是一个劲冲他们叫。绝望中,铁扇首先恢复了思考能力。他想,莫非原先这家伙是住在堆房里的,而他们占据了它的巢穴?时间拖得越长,铁扇越感到是这么回事。终于他下了决心,抓住弟弟的手臂,打开门冲了出去。当他们跑到了外面那一块小小的空地上时,那只狼却消失了。再进到堆房里,它也没有出现。

"铁锤,你的手怎么这么冷?"

"我被吓坏了,我以为我要死了。"

"会不会是幻觉?"

"有可能。"

他们重又躺下。因为太累,两人马上入睡了。可是没睡多久又被惊醒了。在两兄弟之间夹着一个第三者,而且这个人身上长着角质的刺,刺得他俩身上很痛。糟糕的是月亮隐进去了,黑乎乎的什么都看不见。"你是谁?"铁扇小声问他。"你的邻居啊,一起来城里打工的嘛。"那人也小声回答。"你身上怎么有刺?我背上被你戳得出血了。""我从来就是这个样啊,以前在村里时你没仔细观察我。"

那人挪了挪,似乎想让开一点。可是地方那么小,铁扇感到一根长刺刺进了脖子下面一点的地方,于是发出了尖叫声。紧接着铁锤也大叫"救命"。他们听见那人口里说着"我走,我走",然后他就打开门走掉了。黑暗中响起铁锤带哭的声音:

"哥哥,我胸口流血了,我会不会死啊?"

"胡说,你还能大声说话,还能哭,怎么会死?闭上眼睡吧,天都快亮了。"

尽管身上很痛,他俩决定不管不顾地睡下去,睡到学生来了为止。他们果然睡着了。梦里也很痛,两人都觉得那个身上长刺的家伙又回来了,挤在他们当中,刺穿了他们的身体。两个人都想喊,也许喊了,但没人听见。

因为没人来叫醒他们,他们就一直睡到了上午。起来后,铁扇要铁锤脱下上衣让他检查一下。铁锤就脱了衣,赤着上身站在铁扇面前。铁扇将弟弟转过来转过去,看了又看,却没有发现任何伤痕。那些角质的刺是怎么回事呢?

"可能那些刺长进我们的身体里面去了。"铁锤自作聪明地说。

铁扇听了一愣,然后点了点头说:"你说的这种情况还真有可能。"

"那夜里如果他再来,我们是不是不会感到痛了?"铁锤问。

"大概会感到更痛吧。"

铁锤觉得很沮丧。可是现在是白天,离夜里还有很长时间,想到这一点他又高兴起来了。他催铁扇一块去外面自来水龙头那里洗脸洗手。洗完手和脸,他们还梳了梳头。两人都在心里认为自己是好孩子,不是街上的小流氓。

他们经过传达室时,老奶奶将两兄弟看了又看,像有什么话要说。

"奶奶好!"两人问候道。

"我想起来了,校长允许你俩不用上课,可这并不等于你们白天就可以到处乱钻,什么工作都不用做。皇城是个容不得寄生虫的城市,每个人都得为城市服务。如果一个人光是为自己吃饱肚子忙乎,别的都不管,那他就还是寄生虫。听明白了吗?"她说话时目光炯炯。

两兄弟使劲地点头。老奶奶手一挥让他们出去。

铁扇仔细想了想老奶奶的话,对铁锤说:"我们还是得先吃饱肚子,再去为城市服务。"铁锤马上回应道:"我也正是这样想的。"

为了省钱，铁扇买了两个大馒头。他们走在路上一边啃馒头，眼珠子一边滴溜溜地乱转。铁锤很快就发现了情况。

铁锤看见司机老田在马路的另一边转悠。老田居然也在捡废品，他用一个网袋装下了不止一百个汽水瓶！铁锤啧啧地惊叹着，想不通他怎么这么有本事。

"田叔！田叔！"铁锤喊道。

兄弟俩跑到了马路的另一边。

"田叔，您在哪里捡到这么多，能不能告诉我们，让我们也……"铁锤哀求老田。

"你们这两个小流氓，你们要那么多废品干吗？我是要养家，你们啊，饿不死就行了。"

"田叔，我们的爹爹问起我们了吗？"铁锤又问他。

"没有。"老田干脆地说，"你们不是进城了吗？他干吗还要过问你们的事？城里是花花世界，应有尽有，好多人想来都来不了呢，我得回去了。"

老田提着那大大的一包汽水瓶走了。

"真丢人，你！"铁扇说。

"我哪里丢人了？"铁锤问。

"你去哀求他，可他对我们根本看不上眼！我们连汽水瓶都捡不到，到现在还只能算寄生虫。他一眼就看穿了我们是哪类人。"

"我该死！我该死！"铁锤后悔不迭。

他俩更加努力地到那些角落里去搜寻。在一栋楼的后面，他们发现了一大堆碎玻璃。是一扇窗户掉下来，玻璃全碎裂了。

213

铁扇跑到附近的垃圾站,然后又跑回来了,手里拿着一个草袋。"我昨天藏在那里的。"他兴奋地说。两人连忙将玻璃塞进草袋里,抬着草袋往收购站走。

两人到达收购站时,看见老田也在里面。那黑汉子给了老田五元钱。铁锤看见这么多钱,眼珠都要鼓出来了。老田出门时还横了两兄弟一眼。

"是你们的老乡吧?这可是个有能耐的人。"黑汉子说。

他随便看了一眼草袋里的玻璃,给了八毛钱。然后他想了想,又加了两毛。

得了一元钱,两人心里平衡一点了,立刻去买吃的。饮食店外面的宝笼柜里那么多好吃的!铁锤看得直咽口水。"得了得了。"铁扇拖开弟弟,走到另一边的小摊上,说,"买两个大粽子。"铁锤笑逐颜开。

两个粽子花掉一元钱。很好吃,两人都吃饱了。他们走进街心花园坐了下来。铁扇对铁锤说,旧鞋子和旧衣物都可以作为废品卖钱,而且比他们捡的这些废品值钱。他估计大同学校里的寄宿生有这类东西,因为一般来说,在城里读书的小孩家里都是比较有钱的,不会像他俩一样只有两套衣服、两双鞋。他听说很多学生一个月就要穿坏一双鞋。如果能钻入学生宿舍,他俩就可以挣不少钱。虽然校工也会要那些旧东西,但学生那么多,一定有空子可钻的。铁锤听得入了迷,心里痒痒的,恨不得马上钻进学校去搜那些旧东西。可两人都知道,老奶奶可不是那么好糊弄的,她绝不会放他们进去。如果他们违反校规,她一定会报告校长。她一报告了校长,那间堆房就不能住了。

"铁锤，我问你，你能吃苦吗？"铁扇看着铁锤的眼睛问道。

"当然能。可是你别这样看我，我害怕。"

铁锤突然往后一仰，从凳子上滑下去，坐在了地上。不，他不是坐在地上，他是坐在一大堆橘子皮上面了。"天哪，你交好运了！"铁扇惊呼。那么多橘子皮，可以卖不少钱！

他立刻脱下外衣，叫铁锤将橘子皮放进来。"橘子皮可以治咳嗽，值钱。"他说。

他们又回到小商品批发那里。汉子二话不说就给了他们两元钱。

"你们要开始耍阴谋了吧？"汉子皮笑肉不笑地说，"很少有人安心干这一行，干着干着就要耍阴谋了。你们得向田司机好好学习。"

"我们很喜欢我们的工作，我们像田叔一样喜欢干这一行。"铁扇严肃地说。

"是吗？真看不出来。人不可貌相，海水不可斗量啊！"汉子哈哈大笑。

兄弟俩高兴得在街边一跳一跳地走，齐声喊了一句："我们很快就不是寄生虫了！"

铁扇忽然站住了，眼睛发直。"铁锤，"他小声说，"前面那个人是大同学校的学生。他姓胡，是从我们乡下来的。"

铁锤立刻跑到男孩面前去了。

"胡哥，我们是你的老乡啊。"他殷勤地说。

"老乡？"那学生翻了翻眼，"我不记得有你们这样的老乡。你们是想让我带你们进学校吧？这可是有风险的。要是被校长发

215

现你们就会被关黑屋,关到饿死为止。前不久还饿死一个人。"

"我们不怕关黑屋。"两兄弟齐声说。

"哼,"那学生冷笑一声,"那就跟我来吧。"

铁扇和铁锤现在是在黑屋里面了。不过不是校长将他们关进来的,而是这名姓胡的学生自己亲手将他们锁在这个地下室的。他们根本就没有见到校长。两人都觉得诧异:怎么忽然就被一个同龄的小孩关起来了?他们记得自己跟在那学生的后头,沿着护城河默默地走了很大一圈路。学生似乎是不屑于同他们说话,兄弟俩也很谨慎,不敢问他任何问题。铁锤还记得当他抬头望向夜空时,城垛上有一颗大星星在阴恻恻地发光。他们终于绕回学校,站在大门那里了。这时已经是深夜,两兄弟感到累得说不出话了。

姓胡的学生竟然从裤袋里掏出钥匙,将那扇大铁门打开了。"快!快!我等下还得工作呢!"他不耐烦地催促道。于是两人紧跟姓胡的学生走进了校园。

围着那栋楼转了两圈之后,姓胡的学生说值班的人已经走了,他们必须爬窗子进去。他用拳头捅开了一楼的一扇窗户,然后蹲下身来,让铁扇踩着他的肩膀爬进去。铁锤听见哥哥砰的一声落到了室内。学生又命令铁锤也照样爬进去。铁锤从窗户那里摔下去,差点晕过去了。他记得自己说了一句:"这下可要死了。"

但他俩都没死,一会儿就听见姓胡的学生在对面说话了。

"我带你们去房里休息一下,明天你们同我一块工作。我自己是不能休息的,不论白天夜里都不行。校长的口号是'工作到死!'"

两人跟在姓胡的学生后面摸索着下楼梯,到了下面那一层,姓胡的学生将他俩用力推到一间房里,然后锁上了房门。原来这就是被关黑屋,他们直到这一刻才明白过来。

"他要饿死我们啊!"铁锤喊出了声。

"不要乱喊,保存体力。"铁扇低声说。

铁扇开始顺着墙一边走一边摸索,他想用这方法弄清这间地下室是什么形状,有多大。但他被吓了一跳,因为他估计自己已经走了几百米了,却还是没碰到一个拐角。这是怎么回事?难道这不是房间,而是什么别的地方?铁扇有点紧张了,他小声呼唤铁锤,但铁锤的声音从遥远的地方传来,那地方仿佛是一片荒野。他再呼唤时,铁锤就不回答了。

现在什么也看不见,他的参照物只有这堵墙,然后就是空虚。于是他转身往回走,想回到铁锤身边。这次他走得更远,大约一千米都不止,而且他走一阵又呼唤几声铁锤。他的举动没有产生什么效果,还是这堵无穷无尽的墙,铁锤也不知上哪儿去了。铁扇停下来想休息一下,这时他便想起了姓胡的学生。姓胡的学生说,他是不能休息的,因为校长不会允许。那么他铁扇,是不是可以休息?回想起这两天夜里的事,他好像有点明白了,这就是他自己也不能休息。他和铁锤虽然只是编外学生,可也是归校长领导的啊。或许沿着这堵无穷无尽的墙摸索向前就是他的工作,或许他应该拿出"工作到死"的气魄来才对。这样一想,墙就变得有点亲切了,他甚至感到了墙面在微微抖动。他一点睡意都没有了,也不觉得难受。也许前一天夜里他和铁锤老感到被刺刺穿了身体,是因为他们老贪睡吧。看来人是没有必要休息的,校长的话很有道理。那位身上长刺的人说不定也是校长派来监视他和铁锤的。铁扇一边走一边想这些事,越想越兴奋。后来他甚至猜想,也许校长是爹爹年轻时的好朋友,也许他受了爹爹之托,暗暗观察了他和铁锤两天,现在就用这个办法来考验他们俩了。啊,校长,啊,爹爹,多么温暖的诡计啊!铁扇开始学羊叫。在乡下,他一高兴起来就会学羊叫,他的声音可以以假乱真呢。

"你这家伙,精力很不错嘛。"

是姓胡的学生在说话,一股暖流冲击着铁扇的胸膛。

"小胡,你在哪里?"铁扇问道。

"离你很远。校园里一到夜里都各人忙各人的,谁也找不到谁。"

他的声音远去了。铁扇又喊了几声铁锤,回应他的只有空洞的回声,就好像他是在一个空房间里喊叫一样。可这里并不是空房间,他记起了这件事。刚才他学羊叫,姓胡的学生似乎很赞成,现在他该做点什么呢?做什么才称得上"工作"呢?也许他该继续摸着墙走,不论往哪边走。也只能这样了,因为没有别的事可做。

又走了几百米,这种感觉还不错,只要一挪步,就像有股惯性的力在推动他。然而他走到尽头了,因为墙忽然断了,前面是空的。没有墙,他就不敢向前迈步了。他转过身往回走,又走了几百米,在途中他甚至想起了乡下屋门口的石榴树。当他正要停下来休息时，那墙又断了，他觉得自己处在危险之中，于是又掉头转向。这回他没走多久，只走了几十步就坐下来休息了。一边休息，他的右手还一边扶着墙，怕墙忽然就消失了。休息了一会儿，又想起了工作的事，可又怕只要一走，墙一会儿就会断。正在他拿不定主意之际，天忽然亮了。铁扇发现自己坐在校园的操场上，小胡正笑眯眯地朝他走来。

"多么美好的夜晚啊！"他对铁扇说道。

铁扇翻着眼回忆了一下，回应道："的确不错。"

"你现在要去找你弟弟吗？他的工作比你的轻松，但他藏起来了。"

"我这就去找他。他为什么要藏起来？"铁扇问道。

"因为他的工作就是让他自己消失。不过我知道他已经出来了。"

铁扇问小胡为什么校园里见不到一个人，小胡回答说因为大家都工作了一夜，累了，去宿舍里休息了。跟着小胡走了一会儿，铁扇很快见到了弟弟。弟弟站在那条小路上，茫然地伸长了脖子看着他们走近。

"铁锤！"铁扇叫道。

铁扇跑过去搂着铁锤，但铁锤没什么反应，好像不太认识他了似的。

小胡在旁边做鬼脸，一会儿就溜掉了。

"铁锤，你经受住了考验！"铁扇冲动地说。

"我还需要一块大抹布。"铁锤机械地说。

铁扇忽然记起了小胡的话，他好像明白了什么。他告诉铁锤说，传达室里有抹布，现在他们一块去拿。"好。"铁锤顺从地说。

兄弟俩回到了传达室。

铁扇去房子外面的架子上取抹布时，老奶奶跟了出来。她说：

"铁锤现在决心很大，他要将他的过去抹得干干净净，看不见一点影子。"

两人回到堆房之后，铁锤也不坐下休息，就站在那里发呆。铁扇有点担心，就问弟弟这块抹布够不够结实，他是要用它来擦什么东西。

"擦玻璃。"铁锤简短地说。

铁扇笑起来，说：

"原来是擦玻璃窗。很简单嘛。"

"不简单。我得不停地擦，只要一停下来，马上就出现魔鬼。"

"啊，你的工作很有趣嘛。为什么你有点紧张？"

"我正在学习自食其力。"铁锤说话时脸上没有表情。

铁扇觉得从弟弟口中问不出什么，就独自躺下了。大概他实在太累了，所以很快就进入了梦乡。白天里睡觉很顺利，没有谁来迫害他，他一直睡到下午才醒，饭也没吃。

铁扇起来时，铁锤站在门口。看来铁锤根本没睡。

"你不累吗？"铁扇吃惊地问。

"我感觉不到累。我在那里擦玻璃的时候——那窗户很大——总是看见村里那几个熟人，可他们一闪就不见了。玻璃得不停地擦，对吧？"

"对。要是我在那里帮你的忙就好了。"

"不，没人帮得了忙。是我自己有问题。"

铁扇心里想，铁锤真的长大了啊。现在连他这个做哥哥的也猜不出他想些什么了。

他俩站在堆房门口时，老奶奶从传达室那里探出头来，大声说：

"铁扇，你看看铁锤这个样子，就只是站在那里，什么都不干。他是等着天上掉馅饼下来吗？呸，我们这里不需要寄生虫！校长昨天对我说，你们没入花名册，干不了就回家！铁锤，我问你：愿不愿意回家？"

铁锤用力摇头。

"校长要你去挖防空洞，供应一餐晚饭，你去不去？"老奶奶又问。

铁锤连忙用力点头。于是老奶奶就领着他，用钥匙开了铁门，将他一个人放进去了。铁扇看见铁锤一进学校大门就飞跑起来，好像谁在后面追他一样。铁扇站在门外嘀咕："我弟弟为了什么事这么着急？"

"他是担心你抢了他的功去呢！因为这是校长交给他一个人的任务。"老奶奶哈哈大笑起来。

"校长怎么不交给我任务啊？"铁扇郁闷地问。

"铁锤更有灵性。你就等机会吧。"

铁扇出了门，继续去捡废品。他一边走一边还在想校长对他的态度。因为注意力不集中，他就走到一条陌生的小街里头去了。那条街的店铺全是花圈店，做办丧事用的花圈，还有死人穿的寿衣。铁扇站在店外看一个年轻人做花圈，不知不觉就被吸引了。

"很美，对吧？"那人冲他一笑，露出雪白的牙齿。

"太好看了！要是我死了，有人送我这种花圈……"铁扇不知怎么胡言乱语起来。

"你是个有心计的人。"小伙子说着就站起来，要同铁扇握手。他说他姓蛊。

铁扇感到小伙子的手像竹片一样硬，夹得他的手生疼。

"我听你说话就知道你适合干我们这一行。你愿意加入我们吗？"蛊说。

"做花圈吗？"

"我们需要送货的工人。这里饭是吃得饱的，还有工资。"

"太好了！"铁扇高声说道，他激动得脸都红了。他告诉蛊他的名字叫铁扇。

蛊带领他到门面房后面的仓库那里去看。仓库里堆满了花圈和寿衣，还有寿鞋。有一辆平板拖车停在门口。蛊告诉铁扇说，所有的客户都在皇城，店里之所以用平板拖车送货，是为了对死者表示尊敬，这是皇城一直保留下来的风俗。

"我马上开始工作吧。"铁扇迫不及待地说。

蛊从仓库里拿出十几个花圈、两套寿衣，将这些东西绑在车上。两名客户一家在城西，一家在城南。地址写在一张纸上。铁扇将它收进了上衣口袋。

"我不太熟悉城里的路，这活有时间限制吗？"铁扇问。

"没有。我们的活都是良心活，凭良心干活。"蛊笑嘻嘻地说，"你先送城南这一家，到了马路上往右边走，逢十字路口就问路，问好了再决定怎么走。"

"你能帮我画个路线图吗？"

"不，我不能画。在皇城，所有的路线都是不确定的。"

"我不太明白——"铁扇困惑地说，"你写的地址是准确的吧？"

"你到底是干还是不干？"蛊突然脸一沉，"不干我就另外找人！"

"干！当然干！"铁扇连忙说。

他拖起板车上街了。街上车水马龙，他闷着头往前走，幸亏车上的东西很轻，几乎等于拖空车。

很快他就到了十字路口。他停下车，拿着写了地址的字条去问一位老头。

"盘龙巷？你往这条街走走看，不行的话再退回来，一直往前。"老头说。

铁扇心里很纳闷，怎么会这样？"走走看，不行的话再退回来"，这是什么意思？看来蛊说的是实情啊。他不放心，又去问一位中年妇女。中年妇女也说了同样的话。

铁扇只好朝那条街走去。那条街似乎很长，而他又不能确定"走走看"究竟是走多远。过了十几分钟，铁扇忍不住又去询问一名学生。

"盘龙巷？还早得很！你还得往前。"学生说。

"你去盘龙巷找谁？"学生又问。

"找姓余的那家，给他们送花圈，还有寿衣。"

"那就是我家！"学生拍了拍手，"我父亲昨天去世了。"

"对不起。小余，你一定很痛苦吧？"铁扇感到有点难堪。

"不，不痛苦。我父亲早就把自己的事安排好了，花圈、寿衣都是他定制的——多么漂亮！"

"真是一位伟大的父亲！"

"他的确了不起。来，往左拐，你已经到了。进来喝杯茶吧。"

交完货，铁扇就被安排在灵堂旁边的桌旁坐下了。他现在感到无比轻松。他向前望去，看见棺材里面还是空的，死者还得沐浴，换衣服，然后放进棺材。

"你们的花圈店是皇城最好的，我常听到父亲夸你们。"学生说。

他递给铁扇一杯香喷喷的茶。铁扇无比感动，他来皇城后还没喝过茶呢。

学生又问铁扇喜不喜欢皇城，铁扇说太喜欢了。他又问铁扇家乡在哪里，还打算回家吗？铁扇说不打算回家乡了。他还问了些别的。学生说他的名字叫玉，是爹爹取的名。一会儿工夫，铁扇觉得自己同玉已经是好朋友了。他回想今天发生在自己身上的事，简直心花怒放！

"你以后常来我家吧，我以后也要常去你和你弟弟住的地方。你获得了我的信任，因为你把爹爹的花圈做得这么漂亮，每一朵小花都像活的小鸟儿一样。"玉由衷地说。

"可是花圈并不是我做的。听你这么一说，我打算今后一定要学习做花圈。"

"你会很快学会的。我爹爹在世时说过，他最喜欢的就是勤学好问的人，我觉得你就是这种人。我还要到你们店里去看你。你们店给皇城的很多人家带来了好心情。我说这话是认真的。服丧的人家同样可以有好心情，对吧？"

铁扇看看时间不早了，就站起来，他还要去第二家送货呢。他俩依依不舍地告别。

"到了马路上你就往左走，逢十字路口便问路。"玉说，"你可别忘了我啊，铁扇！现在我要到爹爹那儿去了，他等得不耐烦了。"

铁扇拖着板车来到街上。他感到自己像变了一个人似的，他从头到脚都在发光！"这就是友谊的影响啊。"他在心里默默地说，并且觉得他和弟弟正在融入这个城市。多好啊！他决心今后一有空就去蛊那里，努力学习做花圈，直到做得像蛊一样好。

"大爷，茉莉街怎么走？"

"你往这条路走试试看，不行的话就退回来，再问别人。"

"谢谢大爷。"

铁扇开始小跑，像鱼儿在水中游一样。他跑呀跑，收不住脚了。他不知道自己为什么收不住脚。难道他中了魔？终于跑到了另一个十字路口，一名警察拦住了他。

"你违反交通规则了。不过你的店是名店，就不罚你了。你要去哪里？"

"茉莉街。"

"哈，你已经到了。往左拐，第二个路口，第一栋房。"

铁扇欢欢喜喜地将车拉到了那栋房子的前面。

从大门那里立刻跑出来四名少年——两男两女。看来他们一直站在落地窗后面等他。

"爷爷的衣服来了！啊，真好看！您多么年轻，请进来吧。"

225

高个子少年说。

铁扇激动得面红耳赤。

他们付清了货款,围着铁扇坐在桌边,请他喝茶吃点心。

"瞧他的手指头多么灵活,真了不起!"女孩悄悄地说。

铁扇听到了她的话,脸红得更厉害了。

"我们可以去您的店里学习做纸花吗?"高个子少年问。

"也许……也许可以。可……可是,我得问我的师傅。"铁扇结结巴巴地回答。

他们四个人都在说,一定要去店里找铁扇。铁扇连忙说自己不会做花圈,只是打算学习做,还没开始呢。"我很笨。"他羞怯地说。

然后铁扇就回到了花圈店,向蛊交了账。蛊给了铁扇三元钱,说是工资,又让铁扇同他一块去屋后的厨房里吃饭。

"铁扇,你喜欢你的工作吗?"蛊边吃边说。

"我热爱我的工作。"铁扇立刻回答,"这个工作真是……真是妙极了!"

"嗯,看来我没看错人。干我们这一行需要热心肠。"蛊眉开眼笑。

"我可以向你学习做花圈吗?我的意思是,白天里我去送货,到晚上,我就来店里,向你学习做花圈的技术,可以吗?"铁扇说完后觉得怪不好意思的。

"当然可以,你天生是干这一行的,你会成为我们店里的全能!"

铁扇听了之后一颗心在胸膛里怦怦地跳个不停。

吃完饭他就回到了传达室后面的堆房里。过了一会儿铁锤也回来了。铁扇看见铁锤满面红光，便猜到了弟弟的成功。

　　"谁会料到我们能梦想成真？"他俩反复地说这句话。

　　"我们这个休息日就去买一张床来！"铁扇宣布。

　　老奶奶出现了，她站在门口，笑得合不拢嘴。笑完之后她说："你们这两个坏蛋，很快就会成为皇城的模范市民。"

　　夜深了，两兄弟睡不着，站在门外的小块空地上看天。天上没有月亮，却有一颗大星星特别亮，星星正虎视眈眈地朝他俩瞪眼。

　　"那是爹爹。"铁锤小声说。

　　"嗯，我看也像。"铁扇说。

第八章

秀钟的女儿秀原归来

秀原十四岁那年就被父母送到城里舅舅家去生活了。用秀钟当年的话来说，叫作"寻一条活路"。乡下实在太苦了，而舅舅家开茶馆，饭总是有的吃。在这之前，秀钟和马白的儿子也被他俩送到城里去当学徒了——学习做皮鞋。

如今秀原已经四十岁，她的儿子十八岁，已经参加工作一年了。秀原离婚两年了，一个人住在舅舅家隔壁的阁楼上。她年轻时读了大学，所以在政府部门上班。秀原的儿子参加工作以后，秀原忽然萌生了回到乡下老家去居住的愿望。那愿望一天比一天强烈，她终于开始策划这事了。

事情的起因是这样的：秀原去菜市场买菜，在那里遇见了儿时的玩伴，比她大几岁的二梅。二梅最近成了菜贩，干着一份十分辛苦的工作。她告诉秀原说，她在城里租了房子，把家里人都接到皇城来住了。她还说城里虽辛苦，比起野鸭滩来到底还是更容易生活。野鸭滩那种地方，只有一些特殊的人可以待下去，她自己是不行的。二梅说到这里，忽然记起秀原家里的父母正好待在家乡，于是猛地一怔，满脸通红，赶紧掉过头同买菜的顾客说话去了，将秀原晾在一旁，并且好像决心不再理她了。秀原站了一会儿，感到没趣，就径自走开了。

　　回家的路上秀原一直在想，对二梅来说，她的父母有些什么特殊之处？小的时候，秀原同爹爹很亲近，同妈妈有点疏远。她的确认为母亲有一点特殊，但她又说不出母亲特殊在什么地方。至于爹爹，她一点都看不出他有什么特殊。二梅对人的分类实在奇怪。再说她在城里过得这么苦，而且很难有改善的可能，可她反而说乡下苦，活不下去，这是怎么回事？秀原知道父母现在的生活很放松、很安逸，这也是她自己想回老家的原因之一。现在经二梅这一说，她决定先做点调查。

　　老家村里有个名叫虾的小伙子在街上开豆腐店，秀原决定去找他聊一聊。

　　秀原来到豆腐店时，虾正在卖豆腐。店里生意不错，一会儿豆腐就卖完了。

　　虾从里屋拖出两把椅子，两人面对面坐下。虾将纸烟递给秀原，秀原谢绝了。

　　"老邻居，今日登门有什么喜事？"他笑眯眯地问。

　　"城里真好，有活干，有钱赚，对吧？"秀原说。

　　"嗯，城里是好，可乡下也不错。要看对什么人来说。你是不是想念你的父母了？"

　　"是啊。我放心不下。你觉得两位六十五岁的老人在乡下度晚年合不合适？"

"怎么不合适！"虾一拍大腿，"他俩住在野鸭滩再合适不过了。你想想吧，那里的天那么高、湖水那么深，只适合他们这样的老人居住！"

秀原听了他的话就笑起来，笑完了问他：

"那你自己呢？不适合？"

"我算个什么？同他们这样的老人比起来，我不过是只猴子罢了。"

"你真谦虚。我感到你的能耐很大。"秀原认真地说。

"嘿嘿，不能同你的爹爹妈妈比。他们身上藏有真能耐。野鸭滩的掌门人。"

"虾，我想回老家，你看我合适不合适？"

"当然合适。秀钟叔的女儿，怎么会不合适？实话告诉你吧，有好长时间了，我一直在想，你怎么还不回去呢？城里不是你这种人待的地方啊。"

"谢谢你同我谈话，虾，太感谢了。我要走了。"

从虾的店里出来，秀原感到就像云开雾散一样，一条路出现在眼前。她一贯认为虾是很有眼光、深谋远虑的那种人。这样一位精明的生意人，居然称她的父母为"野鸭滩的掌门人"！看来是时候了，她要解开她的父母之谜，她的后半生要去做这件事。

秀原过了几天就从政府部门辞职了，得了一笔钱。她已经通知父母，说她打算去乡下盖房。替她传话的那人说，她父母听了挺高兴的,都在盼望她回去呢。

忙乱了一些日子,买了些蔬菜种子,还有些治头痛的西药、一些粗布衣服。秀原终于坐在轮船上了。看着茫茫无边的黄绿色的湖水,听着机器的轰鸣,她的眼神变得坚定了,心也静下来了。她记起多少年里头,自己从来没有像这样心静过。"一切都还来得及。"她对自己说。

"我看着您很眼熟,您是'湖的女儿'吗?"坐在她旁边的老头问她。

"您说什么,老大爷?"秀原怀疑自己听错了。

"近来城里有关于'湖的女儿'的传说。说的是一个女孩在城里生活了好些年,她的父母不是一般人,是精通洞庭湖事务的某个家族的核心人物。"老头说。

"这传说很好。我倒希望我是那个女儿,可惜不是。我父母都是湖区的老农民。"

"也不见得一定就不是吧,我看您很像嘛。生在湖区的人,如果又属于古老家族,样子总是有点与众不同的。"

"谢谢您,老大爷,您这样说,我感到太荣幸了。可是我父母是从外地迁到湖区的。"秀原有点慌乱了。

老头露出怜悯的眼神看着她。秀原扭过头去看湖水。

她想起了儿时的一些场景。天黑下来之后,如果爹爹有闲空,他就会带她去堤上散步。那是夏天,湖风吹在身上,很惬意。爹爹走一走,就蹲下来倾听,好像在找什么东西。湖水发出轻轻的拍击声,似乎令人放心。秀原想,那里面会藏着什么东西呢?她觉得不可能,但显然爹爹同她的想法不一样。爹爹向前走时牵着她的手，抓得很紧，似乎害怕出现什么意外。有一夜，爹爹在堤上对她说："这种大湖啊，里面的东西让人捉摸不透。不过原儿不用弄清这些事了，我打算让你去城里。"她听了爹爹的话隐隐地有点激动，拿不准应该高兴还是悲伤。现在这么多年都已经过去了，堤上父女一道经历的那种氛围仍然像电影镜头一样逼近她。

坐在前排的人骚动起来，说话声嗡嗡嗡、嗡嗡嗡地响，一波又一波。秀原旁边的老头起身到前面去打探了。秀原坐着没动，闭上了眼。她还沉浸在回忆中。她感到自己此刻应该是在湖的中心了。湖心水下的场景是什么样的？那不就是爹爹一直揣测的事吗？爹爹虽不是渔民，也不太会驾船，但在虾这类聪明人的眼里，他是最懂洞庭湖的。秀原想到这里眼里就有了泪，她不知道她为什么会这么激动，是为爹爹对她的爱，还是为自己枉度的青春。

"那姑娘如愿以偿了。她从那里跳下去，行李也不要了。"老头一边坐下一边说。

"跳进湖里？自杀了？"秀原吃惊地问道。

"不一定吧。如今这些年轻人什么想法没有，说不定是潜水的高手呢。"

这个意外的插曲使得秀原心跳了一阵。平静下来之后，一种深深的懊悔便咬啮着她。她在心里对自己说："四十岁回乡，算不算如愿以偿？"

"那个姑娘是城里人，竟然有这种勇气，我看她有点像您。"老头还在说刚才的事。

"怎么会像我，我是最没勇气的人。"秀原说。

"大概时候还没到吧。我这眼力,很少看错人的。您去哪里?"

"野鸭滩。"

"我也是那里的人。不过那是很多年以前的事了。那个时候,我们都喜欢抛开自己最心爱的东西,为了去找更好的。"

"您找到了吗,爷爷?"

"应该算是找到了吧。更好的就是原来的。不去找怎么知道?所以我对那位跳进湖里的姑娘还是有信心的。"

"我希望我是她。"秀原说着就陷入了沉思。

她还想问他一些事,但是他转眼就消失了。后来也没再回到他的座位。秀原想,他应该是在中途的站点下船了,他不是去野鸭滩的。她之所以有点怕他,是因为他知道野鸭滩的一些底细。还有跳湖的那位,多么勇敢的女孩啊!

她一早上的船,现在天色已晚,野鸭滩快到了。秀原看着暗红色的西边,既伤感又激动。这不是她第一次回老家,可却是她第一次身心回归。在这之前,她从未想过爹爹在一些人的眼中是这样一个人。以往他在她心中的形象是很模糊的:长着硬茧的手;有时锐利有时迷惘的目光;保守的、探寻的思路……还有妈妈,妈妈的形象就更不清楚了。她从来也不知道母亲是什么样的人,在家里的时候,母亲对她的态度有点生硬,可能是因为女儿太敏感了吧。是他们俩一块决定将儿子和女儿送到城里去的。仅仅是因为乡下生活太苦,还是还有别的什么目的?她想不清这种问题,因为她不属于善于推理的那类人。她现在有点相信老头的话了,他说她的父母与众不同。

船靠岸了。一会儿就有人在叫她的名字!那声音不像爹爹的,他是谁?

秀原背着行李就往外冲。

"我在这里!我在这里!"她听见自己发出沙哑的声音。

一只手接过了她的手提包。啊,真是爹爹啊!黑暗中她看不清他的脸。

"还真是爹爹,怎么我听着一点都不像爹爹的声音啊?"

他俩默默地走了一段路后,秀钟开口问女儿:

"原儿,这手提包里的东西很轻,是衣物吗?"

"是蔬菜种子,爹爹。我在城里买的新品种。"

"我女儿真的回来了……"秀钟哽咽着说。

"爹爹,这是喜事啊。"

"对,大喜事,我们要庆祝!你妈在家里做排骨炖藕给你尝鲜呢。"

当父女俩经过那一片芦苇滩时,秀原发出了惊呼。秀钟告诉女儿,那些东西不是鸭棚,是一种古怪的住宅,里面的居民都是些大人物,是有着丰富阅历的外地人。他们是陆续迁到这里定居的,现在以捕鱼为生,有机帆船队供他们使用。秀钟还压低了声音说,捕鱼并不是这些人的主要目的,他们另有所图。

"但愿我女儿在他们当中找到心上人。"秀钟说。

"爹爹的话总是有道理的,可惜我从前不知道。"

他们到家了,但不是那个熟悉的家,秀钟将女儿领进一栋新盖的红砖瓦房,里面有两个卧室,家具都是新的。马白正在卧室里为女儿铺床,她兴奋得满面红光。

"怎么回事,妈妈?"秀原大大地吃了一惊。

237

"自从你爹爹得到你要回来的消息,我们就请人盖了这栋新房。你看还行吗?"

"岂止还行,简直太好了!超出我的预想!你和爹爹受累了。"

他们三人在堂屋里吃饭时,秀原老是说,太好吃了,她不是在做梦吧?她这样说时,老两口就得意地相视一笑。实际上,老两口也感到像是在做梦。秀原又问外面是什么声音在响,秀钟告诉女儿是打桩机的声音,因为新搬来的一家别出心裁,要在芦苇滩里盖砖房。秀原就说,家乡又要变得人丁兴旺了,人生一世,三十年河东,三十年河西啊。秀钟又接着女儿的话说,他早就告诉妈妈说,女儿是丢不了的嘛。

那顿饭三人吃得很快乐,很激动。马白收拾了厨房,就同秀钟回老屋去了。秀原凝视着月光下两位老人的背影,心中的泪流了又流。

深夜里,打桩机终于停下来了,秀原躺在散发着木头气味的新床上,一凝神,忽然就听见了湖水拍击湖岸的声音,一下一下那么清晰。她的听觉怎么变得这么灵敏了?这可是以前从未发生过的事啊。湖离得有点远,但她听起来就像湖在院子里一样。它是在向老朋友问好呢……欢迎游子回乡……

秀原在屋后新开辟的菜园里忙活了一上午,平了一大块土。爹爹也来帮了一阵忙。

她坐在爹爹替她安放的石磴上,倾听湖水在附近发出的声音,心里感到无比踏实。这是她在老家的第四天了,她在周围看来看去，所有的一切——老屋啊，菜园啊，水渠上的小木桥啊，鱼塘啊，鸭群啊，蓝天啊，全都如此熟悉，就好像她从没离开过，就好像它们一直生活在她周围一样。实际上，她在城里生活时很少想起这些事物。

有一个人朝她走来了，是一个高个子男人，已经不年轻了，但很有精神。

"您好啊，秀女士。我是您父亲的朋友，您可以叫我南。我住在芦苇滩那边。"

"我到过芦苇滩了，真是个妙极了的地方！您是从城里来的吗？"

"是啊，我是作为永久住民来野鸭滩的。"

"您真会说话。看来您喜欢我的家乡。"

"现在也是我的家乡了。您有什么事需要帮忙就告诉我，现在我得走了。"

他匆匆离开了，有人在远处等他一块去干活。

秀原眨了眨眼，轻轻地说："南，他有点像我。"

是不是回到了家乡就会碰见像自己的人？爹爹在这人面前是如何介绍她的？有什么活泼泼的东西在她的胸膛里跳跃，她觉得自己苏醒过来了。野鸭滩不是也苏醒了吗？这么多年了，它一直在暗地里顽强地演绎那些隐秘的故事。从前，她误以为这土地、这湖、这天空都已经沉睡了，她什么都没有看出来。当然，爹爹和妈妈是知道的。那么，野鸭滩不是苏醒了，而是一直就在缓慢地编织故事之网，它同洞庭湖一样古老，湖的历史也许就是从这里起源的。"多么了不起啊，野鸭滩。"她又说。她预感激动人心的风景将会慢慢地呈现出来。她还记得她小的时候，这个地方人虽不少，但很安静。从前的人们似乎没有多少欲望，也许他们将欲望深深地埋在某个地方，比如说湖底。通过人们的迁徙，大湖在翻新它的面貌。也许，这些外乡人从前反而是此地的永久住民；也许，迁往皇城的野鸭滩人从前反而是城市的市民？这种来来往往中的城乡交织，暗藏的意义不为一般人所知，除了像爹爹这类知情人。

马白在老屋的厨房里煮鱼汤。她看见女儿走进院子，心里便涌出一股暖流。老天真是太照顾她和秀钟了，给他们的晚年送来如此贵重的礼物。她自言自语道："我们选择了野鸭滩，洞庭湖也选择了我们。"女儿回来的这几天，她梦里都在笑，经营这个家里的大小事务也特别有劲头。女儿自然而然地同她父亲亲密无间，她马白对女儿的爱和理解则通过丈夫来传递，这种关系马白也很适应。女儿是她生养的，她怎么会体会不到女儿的苦恼、挣扎和向往？如今看来，原儿是越来越像她自己了——原儿成了第一个返乡的野鸭滩人。

"啊，鱼头汤！我最爱的美味！"秀原惊叹道。

"原儿，你在这里生活会不会寂寞？"

"当然不。妈妈又不是不知道，这里非常热闹，生活沸腾着。对我来说，城里反而有点寂寞。所以我赶紧回来同你们共享这里的生活了。"

马白嘻嘻地笑，舀了一点鱼汤放进白瓷碗让女儿尝鲜。

秀原夸张地闭上眼，一边品尝一边说："我错过了多少人间美食！"

"妈妈，一个名叫南的，是爹爹的好朋友？"

"是啊，他俩好得就像爷俩。常常一块乘机帆船去湖里。"

秀原感到自己在无端地激动，止也止不住。难道这就是命运？很难说，她不过见了这人一面，没有坏印象而已。对，他很会说话，那只是一种教养。

饭菜端上桌时，秀钟就回来了。秀原看到爹爹容光焕发。

三个人都胃口大开，兴致勃勃地吃，顾不上说话了。饭吃到一半时，秀钟用筷子指着白瓷碗里的鱼头，对女儿说：

"这是湖，这是那个大东西。原儿，你还记得吗？"

"我当然记得，爹爹。那一天，风小下去了，我俩站在堤上，水正在退下去，我们看见了它，它在远处，可能是湖中心，它就像一座山。后来它就隐没在水中了。"

秀原讲述时，两位老人都聚精会神地盯着她，似乎在为她暗暗使劲似的。秀原觉察到了父母的心意，就轻轻地补充说：

"我爱它，我回到它身边了。当时爹爹对我说，它今天有机会同我们面对面了。可那时我还小，我没听懂。我再望过去时，它就不见了。"

秀原说完了，两位老人都舒了一口气，好像心里悬着的石头落了地一样。

吃完饭，收拾完厨房，马白出去关鸡鸭，父女俩坐在沙发上。秀原主动问起爹爹关于南的情况。

"我们彼此欣赏。他同你妈很像。"秀钟谨慎地说。

"奇怪，妈妈也说您同他很像。到底谁像谁啊？"

"都像。可能是环境的感染吧。你觉得他像不像你呢？"

"太奇怪了，爹爹，我见过他之后就在想，他有点像我。"秀原又激动起来。

秀钟哈哈大笑。"我没想到自己到了晚年还有这么好的运气。"他说。

"应该的，爹爹。"秀原一边沉思一边慢慢地说，"您受了那么多的苦，您的温暖的家园是您自己打造的。"

"你也在打造啊，原儿。"

"对，我也在打造。还有妈妈。从前大堤决口时，你们俩都疯狂了。你告诉我的这事，我一直记得。我觉得有大事要发生了。"

机帆船在湖里驶过，两人都听到了。马白推开门大声说：

"现在这里天天有喜事。以前他们陆续迁来这里定居时，我们担心是祸，没想到是福！看那船上，他们满载而归，他们将全世界都串联起来了！"

秀原告诉爹爹，她可以听到大湖在夜里发出的声音了。她来的时候坐在船上，有个女孩跳进湖里去了。当那位老大爷说女孩是潜水高手时，她还不太相信呢。现在她完全相信了。这世上有一种事是不论在哪里都深入人心的。以前她不知道，是因为还没养成倾听的习惯。不过她知道爹爹一直有这个习惯。

天蒙蒙亮秀原就起来了。她舍不得将大好时光在睡眠中度过。现在她站在一望无际的小黄花当中了，这是油菜地。有一个小伙子也蹲在花丛中，秀原同他隔得不远。

"喂——"秀原朝他喊道。

他立刻就过来了，秀原感到他的脸庞像这清晨一样满是内容。

"我的名字叫竹,我同南哥一块来的。我也是永久住民。秀原大姐,您愿意去我们家看看吗?就在芦苇滩里。"

"太好了!回来这些天,我一直想看看永久住民们的生活呢。"

芦苇滩离油菜地并没有多远,但秀原同竹来到那里的时候,整个地方都还是黑沉沉的,根本没天亮,连那些鸭棚似的房子都还看不见。竹对她说,里面不太好走,需要将鞋子脱掉拿在手里。不过在浅水中走是很安全的,这里经过了大家的清扫。秀原问竹,这芦苇滩里总是这么黑沉沉的吗?竹回答说只有下午有一小时比较亮,然后又黑下来了。不过大家都很习惯了。秀原说有水蛇从她的脚背上溜过去了,真舒服啊。竹就说这里面水蛇多得不得了,可称为水蛇之家。

"好,我们到了。您穿上鞋,准备上楼吧。"竹说。

秀原像瞎子一样被竹牵着上了楼。竹开玩笑说,南哥已经等得不耐烦了,说不定在骂他呢。说完他就"南哥,南哥"地喊起来。秀原看见南趴在地板上。房里有一盏煤油灯。

"南,您在干什么?"秀原问他。

"我在听录音——是在湖底录的。那种场景有点狂暴。"南说。

"能不能讲给我听?"

"不能。"他说着就坐起来,"您好,秀原,真对不起啊。"

"为了什么呢?"

"为了——我不知道为了什么。"

竹招呼大家上桌吃饭,有煎饼和炒鸭蛋。

南问秀原愿不愿意同他们一块去湖里,秀原立刻就答应了。

"您是一团火。"她凑近南说道。

"一团被固定在琥珀里头的火焰。那是多年前的事了。"南补充说。

"所以不会有危险。"秀原说着笑起来,"竹,我要感谢您。"

"为了什么呢?"竹和蔼地问。

"为了这美好的相聚。我从未料到。你俩是从哪里来的?"

"同您一样,从城里来的。"南说。

"天哪,世上怎么会有这种巧事!"秀原低语道。

"这里所有的事全是碰巧。"竹高兴地说。

他们三人坐上机帆船驶进湖里时,天忽然就亮了,眼前一片光明。

到了湖的中心,南和竹穿上了潜水衣。竹对秀原说,她可以坐在船舱里面倾听他和南在水下的活动。秀原问怎样才能听到?竹说想听就可以听到。

两个男子跳下去了。秀原坐在舱里等待。船还在开,不知要开往何方。

秀原什么都没听到。不,她听到了自己的心跳。她的儿子出现在前方的水雾中,他在向她招手,仿佛是给她鼓励。"好孩子。"秀原说。当她想看清儿子的面容时,他就隐没了。他出现过的地方只有水雾。秀原想,这是一个好的征兆,或许她来到了世界的中心。这里什么都有。也就是说她什么都没失去,因为她的父母替她保管了一切。

"秀原——秀原……我是南!"

奇怪,南的声音不在湖底,却在风中传来了。

"唉——我听到了——您在哪里,南?"她用双手做成喇叭喊道。

"我们在湖底。我要同您永远在一起!"还是风送来了他的声音。

"我同意!"她喊道,"那也是我的心愿!"

但那两人一直没有上船。秀原猜测他们在水下有任务。

机帆船突然就靠岸了。秀原跳到岸上,看见爹爹正朝她走来。

"湖底会是什么样的场面呢?"她问爹爹。

"应该是生死搏斗的场面吧。我也说不清。反正是各种交锋,古时的和现在的,旧恨新仇。哈哈,我在夸张了。"秀钟说。

"爹爹说得好。人到了湖里,人生就在面前展开了。幸亏我回来了。"

"是啊,到时候女儿就回来了。"

在回家的路上,秀钟向女儿说起南和竹的往事。冬天里,这两个人就睡在他们家的柴棚里,因为他们还没有加入芦苇滩的团体,所以还没找到盖房子的地方。外面落大雪,两人的睡袋就铺在引火的茅草上。马白看他们可怜,叫他们进屋吃饭,可他们硬是不肯。马白只好端了两大碗热米饭,放进柴棚。那时竹对秀钟说:"没有我们吃不了的苦。"这话给秀钟留下了很深的印象。后来好长一段时间里,他一直在揣测这两人生活中发生了什么大事,他们是如何来到洞庭湖的。

"原儿,你怎么看这件事?"

"我想,他们的经历大概同我差不多吧。"秀原说。

"每一位狂想者都翻过雪山。"秀钟笑着说。

"爹爹,那时您在哪里?"

"在你们大家心里。你们有一个很糟糕的老爹。"

父女俩走进家门时,那两位已经坐在饭桌旁了。他们带来了五粮液酒。

秀原大方地坐下。她感到南的眼睛没有离开她的脸。

第九章

荆云和老曹与孩子们重逢

现在荆云和老曹已经住在自己的木屋里面了。他们并没有亲自盖房，因为他们不懂盖房子的技术。房子是老余盖的，荆云从老余手里买下来。她用那枚古钱币做了交换。

虽然没有亲自盖房子，可是荆云一住进这个高脚棚屋，立刻就感到自己同它连为了一体。这些木墙日日夜夜都在对她说话，有些她听得懂，有些她听不懂。无论听得懂或听不懂，那几种声音都是她所熟悉的，并且它们总说着相似的一些事：要不要去湖里逛一逛？要不要将房子的基脚加固？刮风天是待在家里为好？它们全都是在同她商量。荆云不知道要怎么回答这些声音，可它们从来不听她说些什么，只是反复提问。荆云对老曹说，这个新家令她身心活跃。老曹也有同感。

白天里，两夫妇同邻居们一块去一个地方学习种藕，每天下午回家做饭。老余还告诉他俩，愿意休息就可以休息，此地是鱼米之乡，没人为生计发愁。尽管生活条件这么好，荆云仍感到有点紧张，原因是家中这些会说话的墙。墙里面发出的声音其实很小，可是荆云没法挪开她的注意力。从一开始她就认为房子是古钱币的化身，它里面的声音提出的问题是一些古老的问题，所以她现在回答不了。她问老曹，老曹也回答不出。但老曹是个乐天派，不为这些问题感到紧张。他说不要急，不是连他的瘸腿都自愈了吗？荆云想了想说，紧张一点对她来说没什么坏处，反而给她带来愉快呢。于是老曹放心了。

"荆云，你还记得瓦连给你古钱币时她脸上的表情吗？"老曹问她。

"她脸上的表情很激动、很迫切，就像她自己要出行一样。"

"这就对了，这就对了。你把瓦连带到这里来了。我们的荆云真有福气。"

窗户外面黑黑的，老曹听见有儿童在远处唱歌。他连忙叫荆云来听，荆云也听见了。

"说不定是他们三个。"老曹说。

"他们总是很快活。"荆云长长地舒了一口气，"真想念孩子们啊。"

有一个人影，在芦苇里面弄出了响声，那人蹚着水来到了他们的房子下面，站在那里打手势。老曹说他下去看看。荆云在楼上等待着，她没去点灯。一会儿过去，墙壁里面又说话了。一个声音说："瓦连，瓦连，你听到我说话了吗？"荆云便忍不住回答说："我们听到了。"那声音就笑起来，笑得很畅快。"你想从哪里开始工作？"那声音又说。荆云答不出。她同那声音对峙了十几分钟,还是没想出要如何回答。就在她的思维紧张地运转之际,楼底下发出了两个男人的哄笑声。接着老曹的脚步声就在楼梯上响起来了。荆云看见那个影子在芦苇丛中蹿得飞快,像一条巨蟒。

"那是谁?"荆云迫不及待地问。

"还有谁,老余嘛。真奇怪,他将古钱币还给我们了,他说我们可以通过做工来偿还债务。你瞧,这就是它。"

黑暗中,那枚钱币像烧红了的炭火一样发光,但并不烫人。荆云暗想,只有瓦连才会拥有这种可爱的宝贝啊。她走进里屋,将钱币放进绣花荷包,塞进枕头下。

"刚才,你们笑什么呢?"

"老余打了一个比方,他说他要是一直保管古钱币的话,古钱币就会将他吃掉,连骨头也吃得干干净净。他的老板看出了这里头的危险,就让他退回了钱币。我们就为这个笑,这不是太夸张了吗?"老曹还沉浸在刚才的兴奋之中。

但不知为什么,荆云不想笑,她一下子就伤感起来,伤感得想哭了。她想起了那间阴凉的弹子房,想起了瓦连在暗处闪闪发亮的眼睛。她帮助自己实现了心底的愿望,可她仍在城市的底层挣扎,没能得到想象中的解脱。

"荆云,我觉得你同瓦连是不一样的。"老曹忽然说。

"你说说看。"

"瓦连是那种攻无不克、战无不胜的女性。她属于城市。她将古钱币给了你,你就成了第二个瓦连。你不知道那天她当着我的面跳进水潭,我有多么震惊!"

"你真好，老曹。你想再看看它吗？"

"好。"

荆云进屋取出钱币，交给老曹。

古钱币已经不再发光了，老曹凑到煤油灯面前凝视它，口里自言自语地说着什么。

"你说什么，老曹？"

"它在哪里，我们就在哪里……"

"哈，你是说得龙给我们的地图！那上面画的那些钱币原来是这个意思啊。当时我看着那些圆圈眼皮一跳一跳的。"

她心里想，老余将珍贵的古钱币还给了他们，是不是认为他对她和老曹的考验已经结束了？她记得老余告诉过他们，这里的冬天最难熬，那时北风整天刮个不停，天地间一片死寂，就连毒王也缩进湖底去了。"没有了毒王，这世界还有什么意义？"老余当时对着空气质问道。他说话时身体在黑袍里面扭动，似乎很痛苦。荆云尽力想象冬天时这里的情形，可怎么也想不清楚。"什么都没有"当然可怕，但她认为不会什么都没有，他们是活人，总会有各种各样的事发生。也许比不上毒王的游戏有趣，但说不定也很有趣。她和老曹还有三个天不怕地不怕的小孩呢，他们会做出人们想都想不到的事情来……看来小家伙们在这里如鱼得水。

"对，它在哪里，我们就在哪里。"荆云一边收好古钱币一边说。"我不怕冬天，我们总会有办法。"她又补充说。

先前老曹一直在凝视古钱币，现在他想出了一个主意。他对荆云说，他俩可以在这里搞一次夜游。荆云问他是不是就在芦苇滩里游。这里可够黑暗的。老曹说，正是要在黑地里游。他已经听邻居说了，越黑暗的地方越安全。他们是来享受生活的，要向孩子们学习。荆云听了就夸老曹，说他进步真快，已经成了湖区的住民了。

出发前老曹在腰间别了一把柴刀。荆云问他干吗带柴刀。他回答说，万一发生搏斗，柴刀是好东西。荆云想了想也说，搏斗可能是免不了的。

他们吹灭了灯，走下楼梯，老曹走前面，荆云紧跟他。他们并不选择方向，想怎么走就怎么走。再说周围一片黑乎乎的，也不存在选择方向的问题。尽管两人都穿了长筒套鞋，他们的脸部还是受到了一些小虫的攻击。有一只甲壳虫在荆云脸上猛咬了一口，她脸上流血了。

"糟糕！"老曹紧张地说。

"不要紧。小家伙们以为我们要破坏它们的家园呢。"

两人说话间就看见一个大黑影在朝他们移动。那是一个人。

"来了吗？来了好！"那人说道。

"您是谁？"老曹问道。

"来同你们接头的。你们不是要去寺庙吗？请同我走。"

那人走得快，他俩跌跌撞撞地跟在后面，好几次都摔倒在芦苇丛中，成了两个泥人。就这样走呀走的，老没个完。不知为什么，老曹和荆云心里都有紧迫感，那就是绝不能被这人甩下。尤其是荆云，内心特别亢奋。她觉得自己差点要喊出一句话来，可又不知道那是一句什么话。正在挣扎着想抓住记忆时，她却听见老曹开口了。

"伙计,我们还得走多远?"

"我不是在你们前面吗?"那人发出冷笑。

荆云看见老曹解下了柴刀握在手里。

"他是毒王,他是……"她焦急地对老曹耳语道。

老曹推开荆云,举起柴刀朝那人用力砍去。

然而他扑了个空。他不是明明从那人的肩膀处劈下去的吗?但他就是扑了个空,滑倒在水洼里了。荆云在他旁边哭,他动不了,仰面躺着。

"老曹啊,老曹啊……"荆云一声接一声地唤他。

老曹还是不能动,也不能说话,他怀疑自己中风了。他懊恼不已。

荆云停止唤他,大叫一声:"毒王来了!"

老曹立刻爬了起来,问毒王在哪里。

"那是一个影子。"荆云镇定下来了。

"啊,我真高兴啊。荆云看见了真相!"

老曹捡起落在地上的柴刀,别在腰间。

"老曹,这么黑,你怎么看见柴刀的?"荆云吃惊地问。

"我现在基本上可以分辨周围的东西了。这是水洼,那是一丛芦苇,那是一个土堆,土堆上有一个鸟窝。刚才我摔倒时,我身体里面哗啦一声响,我的视力就改变了。"

"你现在一定很快活,这就是成为英雄的好处。"荆云挽住老曹的手臂。

"我是很快活——我刚才以为自己中风了呢。"

"老曹老曹,我托你的福啊。现在我丈夫成了超人,哈哈!"

夫妻俩在芦苇滩窜来窜去,快活得不行。荆云问老曹怎么想起来要用柴刀去砍那人的。老曹回答说,因为那人挡了他们的路嘛。跟在那人后面走了那么久,什么都看不见,当时他已经忍无可忍了,只觉得非砍了那人不可。现在回想起来还后怕呢。要是从前在工厂里,他可是个胆小的人,他怎么变得这么蛮横了?荆云立刻说,因为他俩到了湖区嘛。在从前的传说中,湖区是土匪盗贼横行的地方,这只要回去再研究一下得龙给他们的地图就会找到原因。此刻她感到那张地图上画满了指向毒王的标志,当然毒王一定确有其人。夫妻俩说着话时,忽然听到了一些可疑的响声。

"是湖水。"老曹说。

"不是。好像有人在跟踪我们。是不是刚才那人?你不是用柴刀摆脱了他吗?"

"好像这种人是摆不脱的。荆云,你不是说他是影子吗?"

"瞧你多聪明,老曹,你的脑力早已在我之上了。我们要不管不顾……"

荆云话音一落,就冲向那丛芦苇,在里面一顿乱踩。她还叫老曹来帮忙。于是老曹也举起柴刀来砍芦苇。两人砍着踩着,突然觉得不对劲了,因为听到了小孩的笑声。

"妈妈到底还是发现了我们。"兜的声音从黑乎乎的芦苇丛深处响起。

"兜!兜!"荆云惊喜交加。

"不要叫,妈妈。我们在做一个实验。"蓝的声音传来。

"好女儿,什么实验?"

"我们想看能不能躲过毒王。"蓝说。

"你们不回家了吗,宝贝们?"

"我们三个现在要以湖为家。妈妈、爹爹,你们放心吧。"蓝又说。

孩子们不想从他们隐身的地方出来。荆云和老曹甚至觉得,他们想要父母立刻离开他们,因为他们的游戏正在进入高潮,惊心动魄。

"宝贝们,我们爱你们!"荆云和老曹一边离开一边喊道。

"爹爹、妈妈,我们也爱你们!"三个孩子也在芦苇丛里大喊。

荆云一只手挽着老曹,另一只手不住地擦眼泪。她现在完全理解孩子们了,老曹也如此。老曹说,孩子们现在以湖为家,他很放心。因为他经历了这些事,已经看出来了,这里的一切都没有真正的危险。想想看吧,他,一个有残疾的人,不仅消除了残疾,还获得了超人的视力!这种好事到哪里去找?"洞庭湖啊洞庭湖!"两人异口同声地感叹道。他们听见有鸟儿从孩子们藏身的那边飞出来,一只接一只。

"你俩这就玩完了?"那一大团黑影又出现了,咬牙切齿地说,"我这就去收拾那些小浑蛋。"

老曹对准他砍了一刀,他消失了。但一会儿又在前方出现了。他钻进了芦苇丛里。

"秋和蓝这两个女孩的眼力啊,从小就不一般。毒王很可能捉不到他们。"

荆云还想站在原地倾听,可是她和老曹的家忽然就出现在眼前了。有一个人站在他们家前面的坪里，正在放烟花。原来是老余。

"老伙计，你在庆祝什么？"老曹问他。

"庆祝你俩加入我们社区。今夜大家都在观看你们的演出。"

"我们碰见一个人，估计是您的老板。您说演出？我们没有演出啊。"老曹说。

"你就不要谦虚了吧。大家都认为演出很成功，尤其是那种劈杀的动作。"

"我的天！"老曹吃惊了。

"那动作干净又利落。"

老余放完烟花就走掉了。天有点亮了。

荆云笑着说，不知不觉地，居然游荡了一夜！而且这里的邻居全在看着他俩！荆云很着急，因为大家都有了千里眼，只有她没有。老曹就安慰她说，不要紧，他就是她的眼睛。他俩高高兴兴地上楼了。

一到楼上荆云就冲过去打开窗户。

老曹说，他看见了三个孩子，他们正在芦苇滩里飞跑，那黑影在后面追，根本就追不上。孩子们还故意停下来，等那黑影靠近，然后又忽然跑开。

"他们获取了主动权！"老曹激动地说，"今夜是胜利之夜。"

"好孩子，好孩子……"荆云喃喃地叨念。

他俩将古钱币拿出来时，那钱币一下一下地闪动着玫瑰色的光。他俩并肩站在窗前，将发光的古钱币高高举起。老曹听见了笑声，银铃般的童声，孩子们看见了信号。

老曹和荆云突然感到累了,眼睛都睁不开了。

他们一直睡到下午,太阳快落山了才醒来。

"我们还活着吗,老曹?"

"当然活着,荆云。我们活得多么痛快!"

两人相互对视了一眼,仰面大笑。

荆云去洗澡之际,老曹接待了一个奇怪的客人。

那是一位瘦小的男子,他爬上楼进到屋里,就坐在地板上了。

"请问您——"老曹说。

"我是这一带的管家,来同你认识一下。我对你的孩子们很感兴趣。"

"您是毒王吗?"

"对,可我得走了。"

他没有从门那里下去,却从容地从窗口走出去了。老曹追上去看,连个人影都没看到。这时荆云洗完澡出来了。她问老曹谁来过了,老曹说是个小个子男人,自称毒王。如果他是毒王,夜里那个影子又是谁?这名小个子男人有一个巨大的影子吗?而且他来去无踪迹,直接爬上窗口就走进空气里面去了。

荆云认真地想了一会儿,告诉老曹,她以前听瓦连说过这类人,他们的势力很大,是那种看不见的势力。老曹也觉得,小个子男人却有那么大的影子,应该是势力很大。孩子们敢去挑逗这人,说明孩子们现在也很有能耐了。说不定毒王会把孩子们也培养得像他一样胸怀开阔呢。两人讨论了一会儿,都觉得毒王来家里对孩子们来说是个好兆头。

两人劳动了一天,傍晚才回到芦苇滩里的家中。

"老曹,你这些日子辛苦了。你觉得我是什么样的人?"荆云问他。

"我不知道,从来不知道。不过我知道你是我们家的福星。想想我从前在工厂时的潦倒样子吧,我自己也感到惊奇:这是老曹吗?我怎么变得这么有能耐了?有时候,我想象自己成了力大无穷的勇士!"老曹陶醉地说道。

"当然,老曹就是勇士。我来这里的一路上就看出来了。"荆云肯定地点头。

他们的孩子们在远方唱歌。他们总在这个时候唱,大概是同父母交流吧。

荆云告诉老曹,她将古钱币送给贺嫂了。因为那女人生病,生活艰难。

老曹先是吃了一惊,然后郑重地点头,说古钱币应该送给她。两人都在心中祝愿这个吉祥物给有病的女人带来好运气。两人又同时想起了患难中的救星瓦连。

"我以前从来不知道世界上有瓦连这样的人。"荆云说。

"我也不知道。现在我才知道了,因为你把她带在身边。"老曹说,"有瓦连在你身边,连你丈夫都变成勇士了。刚才我还在想念另一个人,那个人就是得龙。有好几回了,我听到芦苇滩里传来他拉的二胡曲子。"

"我们将得龙也带到这里来了。这一直是他的心愿。"荆云沉浸在遐想中。

259

她感到这里是一个温暖的大家庭,有毒王,有老余,有贺嫂,还有这么多邻居。瓦连说过,她荆云要干什么就会成功,现在不是成功了吗?尽管她和老曹住在简陋的木屋里,他们的生活中也没有什么高档的享受,可他俩是多么满足,多么热爱这种生活啊!最让他们高兴的是孩子们也有同他们一样的感受!前一阵在梦中,她听到有人告诉她,说瓦连和得龙的父母其实是野鸭滩人。醒来之后,她将这个梦告诉老曹。老曹说他也做过同样的梦,不过是在他们出发前,在家里梦见的。所以来之前,他就记住了"野鸭滩"这个地名。荆云听了老曹的话,就在心里感叹:"老曹真是不同凡响。"

荆云和老曹吃完饭,收拾好,坐下来休息。这时他俩又听到了熟悉的二胡曲《江河水》。那曲子悲悲切切,钻到了他们的心里。荆云想起得龙,想起他坐在工厂区小屋里的样子,还有他说话的声音,忍不住就掉眼泪。这时二胡曲子也中断了。一会儿就有人敲门。

一位瘦瘦的青年,手里拿着二胡,站在他俩面前。

"我是得安,得龙的弟弟。"他自我介绍道。

"您请坐,请喝茶。"荆云说,她的声音有些颤抖。

得安告诉荆云和老曹说,他们的老家在洞庭湖湖边,现在父母已经去世,他是近些年才迁到野鸭滩这边来的。哥哥得龙在盲人学校上完中学后,父母就将他送到工厂里去了,因为那边工厂有一个乐队,得龙去了可以在乐队里拉二胡。父母的真正心思是将得龙送到人群当中去,因为那个年代的洞庭湖人烟稀少,很冷清。

"我的父亲是大湖区老一代的毒王,很有气魄的那种。"得安自豪地说。

"你哥哥得龙也很有气魄,"老曹说,"他已经在工厂区深深扎根了。他的眼睛虽然看不见,却能给我们指路。我们有这样的好邻居真幸运。"

"你们刚到这里我就得到了消息。我们这里同那边城市每天通信息。我知道我哥哥很喜欢一个人住在工厂区,他也很想念你们。"

得安站起来要走了,他说夜里还有很多工作要做。荆云问他是什么样的工作,他说是救人。湖区的人都是相互救助的,到了夜里,就有人需要救助了。有时他的动作慢了一点,那人就死去了。他最不愿看到有人在他面前死去,这也是为什么他总是拉《江河水》的原因。他站在楼梯那里,一个字一个字清晰地说道:

"感谢二位,让我哥哥度过了那么多年快乐的日子。"

得安一走,荆云又掉眼泪了。好多年里头,得龙就像她和老曹的亲兄弟一样,他既是他们的亲人,又是他们的支撑。现在他们一家离开了,得龙一定非常寂寞吧。

"荆云,你还记得得龙的话吗?他说我们到了湖区,就等于他本人也到了湖区一样。现在这句话不是应验了吗?"老曹说。

老曹这样一说,荆云便连连点头,心情也变得开朗了。

"原来我们从不曾虚度年华。"她说了就笑起来。

"对啊,今天的我们就是昨天的我们。"老曹附和道。

第十章

珠的远房亲戚三角梅

三角梅虽然同常永三的妻子珠是亲戚，可他并不是珠的娘家那个地方的人，他同珠之间也没有来往。不过珠从前见过他，在珠的印象中他有点像流浪汉。

　　三角梅虽不是流浪汉，但确实没有固定的工作，也没有固定的住处。他有时捕鱼，有时去砖厂烧砖，有时又成了看鸭人。他没有老婆和孩子。他对常永三说自己是扎染工，其实并非如此。他不过是曾经住在一名扎染工的隔壁，同那人做过多年的邻居罢了。工作之余，三角梅最感兴趣的事是钻研洞庭湖的历史。他生在湖区，长在湖区，却从青年时代起就感到了大湖是一个不解之谜。当然三角梅所说的钻研同文字无关，他所认为的历史也不是一般人所说的历史。简单地概括，他认为钻研大湖的历史就是钻到湖底，进入那些祖先的恩恩怨怨，同先辈们对话交流。这种事当然也是不可能的，至少是十分艰难，但是否可以在一个人的头脑中进行呢？三角梅经过长久的思考，认为自己不仅仅是要在头脑里钻研大湖的历史，他最渴望的是进入洞庭湖的历史，去亲自充当一个历史人物。他自己也知道这是狂人的计划，可他就是摆脱不了这个计划的纠缠。为什么摆脱不了？因为大湖总在向他展露一些秘密；因为他总是看到一幅同样的蓝图；因为他接触的人都在说关于谜底的事；因为夜里总有人在催促他，要他投身于历史的洪流；因为他根据某些蛛丝马迹，看出了某位祖先的足迹；等等。

某一天劳动之余，三角梅躺在堤上晒太阳。初夏的风吹在身上很舒服，他仰面看着上面的蓝天，这时那个轮廓就出现了。那是他三岁的时候看见过的一个图案，图案里还有几朵小花。他记得自己在后来的岁月里，在梦中，还常常与同一个图案邂逅。童年时代他问过大人们，还用铅笔画出那图案。他所问的人都对他的问题摇头，包括他的父母。仅仅有一次，爹爹迟疑地对他嘀咕："是不是——是不是……洞庭湖？"但爹爹说完后马上又用力摇头。他不愿相信小孩子的胡思乱想。

湖的秘密是渐渐地展露的。三角梅有过欣喜若狂的日子，也有过沉闷抑郁的瞬间。不过从整体来说，他是个开朗的人。父母去世后他就开始了他打零工的生活，他将这种生活称作"随心所欲"。哪里有活干，他就去哪里。他生活得非常快活，因为到处都有新的发现，到处都在变化。不论是人，是物，还是劳动本身，都深深地吸引着他。他被全身心地卷入生活中，不知不觉就度过了青年时代，进入了中年，现在又将迈向老年了，而他觉得生活才刚刚开始呢。他没有走出过湖区，一直在湖区转来转去，因为这里的生活从未让他厌倦。时常，他解开了某个长久以来萦绕在心头的谜，沉浸在快乐之中。但过了几天，他又觉察到自己进入了一个更大的网状之谜，他到处碰到它，却拿它毫无办法，只能静候，积蓄精力钻研得更深，等待时机再次冲刺。他动身去野鸭滩的亲戚家中时，就正好处于这样一个静候期。当时他听到了关于珠的丈夫常永三的一些风言风语，那些话在他心中激起了很大的波澜，竟促使他日夜兼程，赶到了野鸭滩。

啊，这就是野鸭滩！大湖的历史的中心会不会在这里？他一见到他的亲戚常永三，就感到这名男子是被历史故事萦绕的人。滞留在他家的那几天，无处不在的蛛网和撞在额头上的鸟翅总令他一惊一乍，好像某个疑案要水落石出了一样，然而并没有。大约有两次，他差一点就要脱口而出对常永三说："伙计，您就别装了吧，我看到了您的心底。您不就是那——您不就是那过去时代的幽灵吗？"但他两次都没说出口，因为他不想让自己显得像个傻瓜。到底是谁在装？是对方还是自己？也可能两人都没有装，只是旁人看起来在装？他，一个随心所欲的人，怎么能用旁人的眼光看待这位历史人物？

在野鸭滩的风景里，三角梅有种新生的感觉：他没有一刻不是心潮澎湃，没有一刻不是在焦急中四顾。他要找的东西如他所说的扎染，花样百出却又难以把握。

机帆船上的年老的渔夫问三角梅，愿不愿意同他学捕鱼？他几乎是噙着泪点了点头。

"两天之后的凌晨，我在堤岸这里等你。我猜你用不了两天时间来决定。"

那条船开走后,三角梅看见在船的尾波里出现了奇形怪状的大鱼。

有人递给他一支烟。那人是南。

"您在看什么?"南问他。

"我想找一种图案。"他机械地回答。

"我们这里,一切事情都是顺理成章的。您会成为这里的永久住民吗?"

"可能会吧——我还不知道。"三角梅慌乱地回答。

南走开了,他好像是在巡视。

三角梅还在看湖水。后来他显得很懊恼,用拳头捶着自己的太阳穴。他是因为自己的迟钝而懊恼。他看见了那种迹象,却没有紧紧地追上去。老渔夫还会不会来呢?也许他已经永久地错过了机会。当时他的确没反应过来,因为那完全不同于从前那个图案,直到南暗示了他,他才恍然大悟。

"这里有奇形怪状的大鱼。那不是鱼,是一种图案。"他迷惑地向空中说道。

他在浑浑噩噩中度过了两天时光。他在小饭馆吃饭,睡在别人家的柴棚里。他来到了一个沸腾的地方,到处都是匆匆的脚步声,再有就是水浪的声音。就连水渠里的水都那么不安分,当他过桥时翻腾起来,溅湿了他的裤子。脚步声都来自地下,仿佛成百上千人来此地赶集,你撞着我,我撞着你。然而就在吵闹中,那个时辰终于到了。

"你到舱里面去躺着吧,这湖里没什么好看的。"老渔夫对三角梅说。

"我想学捕鱼,爷爷。"

"捕鱼用不着学。"

他只好在舱里躺下了。船一驶向湖心,他的脑袋就开始像风车一样旋转起来。"爷爷,爷爷!"他用窒息的声音喊道。没人回答他。

他听见有人在他上方反复地说一句话:

"湖啊,这大湖是怎么回事……湖啊……"

大概在那人说到第七遍时,三角梅的头就不晕了。不过他想坐起来时,却坐不起。他暗想,原来这就是捕鱼啊。他在心里感谢老渔夫。

"爷爷,我们到哪里了?"他喊出声来。

"不知道啊,它要往哪里开,从来也不告诉我……"他的声音在风中飘摇。

三角梅明白了,这是洞庭湖的游戏。人不应该反抗,也不应该逃离,人应该投入游戏中去。他看不见老爷爷,但能闻到他的气息,随风吹来的劳动者的气息,亲密而干净。他闭上眼,开始想象自己坐在冬夜的炭火边同这位爷爷促膝谈心。在那竹片织成的泥墙上,他看见了洞庭湖的历史。三位同爷爷长得一模一样的老渔民出现在屋里,他们仿佛是从地下钻出来的一样。"那是一九五八年……"当中的一位轻声说道。

"你就是我等的人啊。"舱外的老爷爷的声音传到三角梅耳中。

"这么多年,我一直想——"三角梅回应道。

"你不用想,你要做。看这条大鱼!"

"我听到了,爷爷,它是自己跳上来的,天哪!

这条船仿佛被那条大鱼的挣扎弄得猛烈地摇晃起来了。三角梅想,那到底是多大的鱼?比人还大吗?水灌进了舱内,淹到了他的身体,他的头部因为垫着枕头还可以露出水面。不知为什么,他竟然感到非常舒适,他希望那条大鱼更加用力挣扎,让机帆船沉到湖底。但是并没有,那条鱼大概是平静下来了。

"爷爷!"他拼全力大喊。

没有人回答他。他还是动不了。有人在舱外说话。

"我看它并不是鱼,怎么会有这种鱼?"女人说。

"不是鱼,难道是人?"男的说。

"很难确定啊。如今什么怪事没有?"

三角梅猛然醒悟过来:他们是在议论自己。

"救命!"他再次拼全力大喊。

"这家伙很不安分啊,瞧它的鳍,那是鳍还是人腿?"女人说。

三角梅听见两人商量着还是去潜水有趣,接下去听见两声水响,他们跳下去了。发动机也熄火了,船上一片寂静。三角梅想,也许老渔夫一开始就计划好了将他一人留在船上?他是一位什么样的老人?是像他的亲戚常永三一样的历史老人吗?一想到常永三,三角梅的思维就变得活跃起来了。他同这位亲戚应该是殊途同归吧。这大湖地区,有那么多的契机让同类型的人相聚,他活了这么多年,仍对这种事惊讶不已。实际上,他仔细地看过了常永三的稻田,常永三在他面前故意装得对稻田不在乎的样子,是怕他看穿自己。当时他一眼就在无边的稻田里看出了熟悉的图案，当然那并不是他的图案，可为什么他会那么熟悉它？刚才那女人说他不安分倒是没说错，看来那两位也是同类，眼光独特，一下就将他的腿看成了鳍。那天在堤上时，他不是也将常永三的头部看成了老树的树冠吗？英雄所见略同嘛。

他希望黑夜到来。当一切界限消失时，也许有新的景象出现？

"一九五八年的时候……"

那苍老的声音又响起来，然后又沉寂了。舱外很亮，出太阳了。三角梅感到自己正身处历史的中心，有无数的故事在水中摇曳——童年的故事，青年的故事，本地的故事，外乡的故事，古老的故事，新的故事，等等。这些故事都是他从未听过、见过的，就像那棵苍天古树上的数不清的枝丫。又有什么东西在往他的这条船上爬，还是那一男一女。

"今天他们的情绪不够振奋。"女人说。

"因为什么呢？因为水晶柜的失窃吗？"男的在思索。

"在那下面，难道会有什么东西失窃吗？"女人口气辛辣。

"刚才我糊涂了。那种事的确是不可能的。"

三角梅也在舱里想象湖底的情形。他认为女人说的"他们"应该是历史老人，跟刚才又提到"一九五八年的那人"一类的。老渔夫为什么不让他到下面去直接同那里的人们见面，却要让他留在船上，间接地获取这些信息？真是个老狐狸！

那两人在窃窃私语，其间提到一种"龙鱼"。三角梅很想听清，但怎么也分辨不出他们在说什么。他们的谈话里有恐惧，也有决绝的意味。说着说着，两人又跳下去了。

他们一跳下去，三角梅的身体就恢复了知觉。舱里的水也无影无踪了。他走到舱外，看见老渔夫背对他站在船头，老渔夫脚边的网钩上已经有一些鱼。这条船正在朝岸边驶去，发动机响起来了。

"你能适应捕鱼的生活吗？"老渔夫问他。

"您是指躺在舱里？"三角梅犹豫地说。

"是啊。"

"我觉得——挺特别的。我还没有细想。"

"你不用想，小伙子，你要做。凌晨，我在这里等你。"

"我不知道该怎样做，爷爷。"

"你做得很好嘛。"

三角梅没有回常永三和珠的家，他认为自己已经同他们告别了。他又找到一个废弃的堆房，踢开锈迹斑斑的门锁钻了进去。堆房里竟然有一张蒙灰的大床，床上还有被褥，也蒙着灰，好像几个月前有人在这上面睡过一样。

他很累，就躺下了。躺在灰尘里令他很惬意，他却一点睡意也没有。这些天在野鸭滩的新发现像星星一样在他脑海里闪光。他在湖区生活了这么多年，走的地方也不少，可以前从未到过这种地方！他觉得这里就好像是，一切事物全是有序的，一环扣着一环。来到这里的外人，像他这种探寻历史踪迹的人，应该马上就会明白自己到了什么地方。比如在这个堆房里，就连灰尘都散发着远古的气息，让他浮想联翩……每当他翻一下身，空中游动的灰尘就像无数细小的银鱼在湖里穿行。在这种氛围里休息了好一阵,他忽然听到有人敲门。

他起身走过去,打开门,却见到了他熟悉的大黄狗。这是他十岁那年养的狗,后来走丢了。一条狗怎么有这么长的寿命?真是同一条狗吗?可这忠诚的目光不会错。他让它进屋,心中很欣慰,也很感动。

"大黄,你终于找到我了。"他说。

狗趴在地上,显得昏昏欲睡。三角梅想,也许它在梦中?

他口里唤着"大黄,大黄",将它领到床上。一会儿他就听见了它的鼾声。他将鼻子凑近狗的皮毛,闻到了湖水的气味。"又一件,"他想,"看来它也是来自那个地方。"

人狗同眠。

睡到半夜,他莫名地激动起来,向着黑暗的空中说:

"常永三,你就别装了吧!"

他刚一说完,就听见大黄从床上跳下来,自己开门出去了。

他重又进入昏沉的梦乡。

天快亮时又有人敲门。这回是老渔夫。

"村口那里发生了地陷。这可是个机会。"他说。

三角梅看不清老人的脸。他连忙穿好衣服跟他走。

本来三角梅以为老人会带他去船上,可他们并没上堤,而是沿一条七弯八拐的野路拐来拐去地走。三角梅看不见路,因为天还未亮,他只能靠倾听老人的脚步声往前走。忽然,他感到自己进入了一个完全黑暗的地方。

"这就是地陷发生的地点。"老人的声音响起,"你要相信自己的腿脚,它们不会将你带到不该去的地方的。你听见我的话了吗？请重复一下。"

"听见了，爷爷。我的腿脚不会将我带到不该去的地方。"

"好。你快接近光明地带了。那就是那个人，你看见那一大块黑影了吧？"

"嗯，看见了。"

"你自己去接近他吧。这里到处是警报声，我得走了。"

老渔夫隐没了。三角梅朝那光亮走去。他走到那一大堆黑影面前时，才发现那黑影是两个人，一男一女，正在争吵。听声音很熟悉，三角梅笑起来，他们就是昨天到船上来的那两个人。三角梅走拢去，大声问候他们。

"您就是船上的那一位。"两人齐声说，显得很紧张。

三角梅担心他俩要跑掉，就赶紧问：

"这是什么地方？"

"这里是最私密的地方。您想见到死者吗？"男的皱着眉头问他。

"是啊。"

"那您就待着吧。"

两人说完这句话也像老渔夫一样隐没了。

三角梅后悔了，觉得自己中了他们的圈套。刚才他其实是想问他们如何从这里走出去。他为什么要说自己想见到死者？他脑子里并没有这个念头啊。可是老渔夫说现在是个机会，还说他的腿脚不会让他走错。这样一想，他又觉得应该抱既来之，则安之的态度。

他坐在地上，等待死者出现。

他没有等来死者,他等来的是他的亲戚珠。

珠慌慌张张地奔到他面前,两手比画着说:

"快跟我跑,前面溃堤了!再不跑就晚了!"

于是三角梅紧追着珠往一个方向狂奔。

他远不如珠跑起来轻巧,速度也比她慢。他在奔跑中难受得快要窒息了,一个发狂的念头掠过脑际:还不如死了好。他停止了奔跑。奇怪的是珠也停了下来。

走了一段,两人喘过气来。珠问他:

"你经历过溃堤吗?"

他摇摇头。

"那可比死还可怕!"她提高了嗓门。

"难怪你能跑这么快。"三角梅有点明白了。

"这里是高地,我们脱离危险了。你看见右边这几块墓碑了吗?很久以前,他们都是这里的地主,他们将自己的墓建在高地上。"

但是三角梅什么也没看见,他眼中的这地方光秃秃的,像是小山包。三角梅想问珠关于常永三的情况,可是珠一听他的问题就很紧张,连声说她不想回答,因为这是三角梅个人的思想活动,她不会介入。"各人自扫门前雪吧,这是我们做人的原则。"她说完这句话就跑得无影无踪了。三角梅追不上这女人,也不想追。现在他感到了饥饿,也很郁闷。早上同老渔夫出来时,他是抱着某种希望的,没想到经历了这样一些荒唐事,一点趣味都没有,就像被人戏弄了一通似的。他走下小山包,看见了远方的湖水,那地方的轮廓好像是野鸭滩。

一辆农用货车开过来了,司机扬手叫他上车。

"你要回野鸭滩吧?可是那边溃堤了。你打算在哪里吃中饭?"

"随便找个地方吃吧,我都快饿死了。"

农用车在一家大院的外面停下了。院子里有很多人,围着长长的条桌在吃饭。

"坐进去吃就是,没人会拦着你。这里到处都可以随便吃。"司机对三角梅说。

三角梅饿得一身颤抖,他盛了饭就坐下来吃,一连吃了三大碗,又吃了好些菜,这才感到舒服了。他一舒服就昏昏欲睡起来。旁边那人对着他笑,说起话来。

"欢迎您加入我们团队。我看见您来了好几天了,一直在等您主动来联系。"

三角梅想说话,可是他的目光变模糊了,一秒钟内他就伏在桌上进入了睡眠。

那人在笑,旁边吃饭的人也在笑,他们一齐站起来,轻轻地挪开椅子,一个接一个地离开了。有人在收拾桌子,他轻轻地收拾,怕吵醒了三角梅。

三角梅醒来时月亮已升得很高,院子里很亮。房主人站在大门口看着他。

他走过去向房主人道谢。

"不要谢我,这是历史的盛宴,谁都可以来吃。"那人不动声色地说。

"这里每天有宴会吗?"他鬼使神差般地问。

"是啊,您每天都可以来吃。我知道您是野鸭滩大队的,我们大队同你们大队是邻居。这是死者的宴会,我们大队的人全是死者。"

"多么奇妙。我以前没有过这种体验。你们大队的人都很深奥吧?"

"不,一点都不深奥。我们从前都是做小买卖的,我们扎扫帚卖到城里去。"

三角梅感到背脊骨一阵阵发凉,于是匆匆地同主人告别了。

因为好奇,他回头打量了那家大院好几次,每次都看见有毛色艳丽的大鸟从院子里飞出来,停在大路上。三角梅怕鸟儿追上他,就加快了脚步。

他不知道自己应该往哪边走,幸亏迎面来了一个挑着柴捆的小姑娘。

"小姑娘,请问野鸭滩怎么走?"

"就在前面。"她回答说。

三角梅猜测她也是去那家大院的。难道这么小的女孩也是死者?

他从水渠上的那座小桥走过,再往左一拐,就到了野鸭滩。他心里想,他刚刚见证了大湖的一段历史,现在又回到了他的亲戚所在的大队。

他又去那间堆房。他渴望好好睡一觉。

床还在,但床上的被子和褥子不见了。他只好蜷缩着躺在木板上,想这样将就着过一夜。他实在太困了。

在梦里,有个人进来了,问他怎么躺在木板上。他说太困了,顾不了那么多。那人就说这床上的被褥不是为他准备的,是为邻村的死者准备的。他难道就没有觉察到吗?三角梅听了这个人的话就咕哝了一句:"我也诧异,床上怎么这么多的灰尘?"那人活跃起来,告诉三角梅,邻村那些人不嫌弃灰尘,因为在湖里待久了,还觉得灰尘可贵呢。因为村里的灰尘里总是裹挟着许多故事。三角梅听得入了神,他回忆起夜里睡在灰尘中的情景。当时他也很喜欢这些灰尘,觉得有种奇妙的吸引力。他问这人是怎么回事。这人回答说,当他跨进这间堆房时,他其实已经同死者差不多了。但他还不能算死者当中的一员,所以那些人发现了房里的异样,就将被褥搬走了。这人还说这件事是真实的,不是做梦。三角梅又问这人此刻他,也就是三角梅自己,是否在做梦。这人对这个问题很生气,说三角梅"疯了"。然后他就出去了。

三角梅完全清醒了。他来到屋外,呼吸着有湖水气息的空气。有个黑影立在晒谷坪的边上。三角梅走近一看,发现是老渔夫。

"看来你今天收获不小啊。"他声音洪亮地说。

"嗯,我是有点收获。可我又觉得我没有收获。"三角梅苦恼地说。

"生活嘛,总是这样的。过一段时间你就厘清了。"

"我想去湖底看看,可是却去了邻村……"

"那就是湖底,傻孩子。你不相信的话就再去找找看,看你还能不能找到那个邻村。陆地上会有那样的村子吗?"

"啊,爷爷……"

"我今天不带你进湖。瞧,你的命运来了。"

老渔夫指着前方的地上,那只老龟正朝着三角梅爬过来。老人弯下身拍了拍龟的头部,然后走到大路上去了。

在三角梅的眼里,这只龟并不是海龟,他觉得这种灵物应该属于洞庭湖。

龟同三角梅在珠的院子里见过面,是老熟客了。它在示意他跟它走。

三角梅边走边问:"是最后的旅行吗?啊?"

龟当然不会回答他,它只是不停地走。他们走了一段大路,然后绕到水渠那边。他们沿着水渠走时,天就蒙蒙亮了。谁家的大公鸡冲三角梅猛地一叫,三角梅吃了一惊,摔倒在地。他一手撑地爬起来时,那龟就停下来等他。

水渠通向大湖。湖边停泊着一些式样很旧的渔船。三角梅只在很小的时候见过这种旧式渔船,那船上的帆有一个一个的大洞。趁他没注意,那龟居然跳进了一只船的船舱。三角梅连忙也上了那只船。

舱里铺着被褥,被褥上也是蒙着厚厚一层灰。老龟蹲在被褥上一动不动。三角梅将粗布被子盖在身上,在龟的旁边躺下了。熟悉的声音又在他的上方响起了:

"湖啊……大湖。"

三角梅还听到了水声,流动的水发出的声音。水声里又夹着很多嘈杂的人声,他虽听不清,但知道是各种各样的人在说话。他被这些声音迷住了,一直在凝神细听。

有两个人上了他所在的渔船,其中一个是常永三。

"你常来这些船上回忆往事吗?"另外那个人问常永三,"他们说你是资深原住民。这一带也属于你吗？"

"是啊，都属于我和我老婆。不过这只是种心境。"常永三说。

他俩说着话就跳进水里了。

"常永三，你这个老骗子……"三角梅用力喊出来。

可是他的声音细得像蚊子叫。他看见那两个人游得很快，正一头扎向幽深的处所。像风吹过树林一样，水中的人声一浪压过一浪。

第十一章

女英雄

那天凌晨,老曹还在梦中,他听到有人统嗵嗵地上楼,然后他就被人推醒了。是荆云。他看不清荆云的脸,但感觉到了她眼里射出的强光。老曹连忙坐了起来。

"怎么回事,荆云?"

"我睡不着,就去湖边走走。外面下小雨,我带着雨伞。堤上很滑,走起来很费劲,我就站着不动了。突然间天上闪电连着闪电,雷声也响起了。我本打算下堤,可是我看见了快艇上的女人。女人立在船上,风将她的长发吹起来,像一匹布一样飘着。要不是闪电,我根本就看不见她,因为那快艇开起来一点声音都没有。我在堤上,她在湖中,我觉得我们双方都看见了对方。她驶过来,驶过去……"

荆云眼睛发直,像梦游一样扶着墙走动。

"那是老赵的女人。维吾尔族美女。享受生活的女王。"老曹轻声说道。

"原来你认识她。我真羡慕她。"

"其实你的技艺不在她之下。"老曹陷入沉思。

"老曹你真会说话。我哪有什么技艺,我是个粗人。"

"来到此地的妇女都有惊人的技艺。想想秀钟的妻子马白吧。"

荆云对丈夫的判断力越来越佩服了,她不住地点头。她问老曹,为什么孩子们昨晚没唱歌。老曹说就在刚才,她去堤上之际,孩子们已经唱过了。他是在梦里听到的。

"生活多美啊。"老曹感叹道,"老赵的女人名叫欢,她从遥远的大西北来到这里,就像回到了家里一样。我也是听工友告诉我的。"

"我也觉得这里更像我的家。"荆云笑起来。

他俩下楼时天已亮了。走出芦苇滩,走在大路上,看见老赵身披朝霞朝他们走来。

"老赵,你去湖里了吗?"荆云问他。

"我整夜都待在那里。"老赵容光焕发地说。

维吾尔族美女欢的名气越来越大了。同老赵定居在野鸭滩之后,她仍然只说维吾尔语,不说汉语。见了人也不打招呼,只是微微一笑。但她的美貌征服了这村里所有的人,大家都认为她从前不是一般人,说不定是一位公主。

一天黄昏,一艘快艇停在了湖边,船上没有人。

当时欢和老赵在厨房里做饭。欢侧耳倾听了几分钟,然后在老赵的肩上拍了一下，同他告别了。她离开了三天才回家。

人们称那艘无人驾驶的快艇为"勇敢号"，它总在洞庭湖里出没，但没有人敢上船。就连男人们也不敢，大概他们认为船上实际上有人，只是大家看不见那人而已。欢凭着灵敏的听觉最早注意到这条船。后来老赵也注意到了它。老赵也觉察到了欢的情绪的变化，他在心里为她捏了一把汗。他猜出了快艇是属于什么领域的。

他们家里这几副巨大的鱼的骨头是毒王送来的礼物，刮风的夜里，欢便一动不动地坐在鱼骨当中，用维吾尔语小声说话。她的话老赵也听得懂一点。老赵觉得她是在同远处的什么人对话。那是些什么人？同这些古老的鱼骨生活在一起的从前的维吾尔族祖先吗？现在他们还在原地吗？

老赵也尝试过对话。当欢不在家里时，他也模仿她坐在那几副鱼骨当中，轻声地喃喃自语。当时鱼骨发出嗡嗡的声音，却似乎并没有什么意义。老赵的心里一直有一个疑问：这个地方究竟是不是两人当初所寻找的目的地？虽然待的时间越长，他越对这有信心，但最后的答案还未清晰地出现。"老赵啊老赵，你的谋杀罪名彻底洗清了吗？"他心里的那个声音在说。有时他觉得洗清了，有时又觉得没有洗清。在野鸭滩这个地方，这类事有点暧昧。但这类事真的重要吗？他感到对欢来说，这类事一点都不重要，这让他有点羞愧。他已经开始老了，却还是没什么长进。

欢是不需要别人保护的，要是在紧急关头，说不定她还要来保护他呢。老赵想到这里就微笑了。他一抬眼，看见瘦小的男子上楼来了。

"伟大的毒王来了。您能解答我的问题吗?"老赵问他。

"关于湖里的形势?那里总是剑拔弩张,总是危机不断。可那不就是你的女人追求的吗?不应该为她担心,单枪匹马才显出英雄本色。"

"好,我没有问题了。您这就离开吗?您不喝杯茶吗?"

老赵的声音还在空中作响,毒王已经从窗口走出去了。他开始回忆毒王送鱼骨来的那个晚上的一些细节。那时他和欢刚安好家,两人都疲惫不堪。

毒王是一个很大的、浓黑的阴影,鱼骨在他身后碰撞着,发出金属的响声。他将它们拖上来,安放在客厅里,就退到墙边站立着。在汽灯雪白的光亮中,那黑影不断地扩张,将整面墙都占据了。老赵和欢都看不见毒王的身体,却可以听到他低沉的声音。毒王告诉他俩,这四副鱼骨是大湖的馈赠。还说他俩的壮举受到重视。

"壮举?什么壮举?"老赵于昏昏欲睡中问道。

"人的一生中总有一两次壮举吧。"毒王嘲笑地说。

可是嘲笑也唤不醒老赵,他居然伏在桌上睡着了。

他睡了好几个小时,醒来时发现汽灯仍然亮着,欢坐在四副鱼骨当中。

"欢!欢!"他唤道。

"嘘,不要。"欢在鼻尖竖起一个指头。

老赵听到了古老的维吾尔族歌声,是欢在哼唱。他明白了,这些鱼骨属于欢。可难道一切都早有预谋?好像没有。只有体内的呼唤是有过的,老赵至今记得。鱼骨发出嗡嗡的声音应和着欢,老赵赶紧走进卧房。

他之所以离开欢,是因为他忍不住要啜泣起来。多少个日日夜夜,那山,那小屋,那虎,那猎枪……还有被永远遗忘的家庭……不,也许不存在遗忘这回事,一切都在这里找到了,只是改换了面貌。

马白从外面回来,浑身颤抖着,一进屋就躺下了。秀钟问她要不要喝姜汤,她摇了摇头,用惊恐的目光看着他。然后她闭上了眼睛,慢慢地说:

"真是个可怕的女人……可是我爱她。我觉得她还活着。"

"她当然还活着。他们不是为寻死来到野鸭滩的。"秀钟说。

"原来你都看见了,你真冷静。她什么都不怕,对吗?"

"我想是这样。她是维吾尔族人,伟大的民族。"

"我希望她幸福。"马白睁开了眼。

"她已经很幸福。你看到天上的蝴蝶风筝了吗?那是邻居们放出来的,吉祥的祝愿。她不是汉族人,可她代表了我们。"

"听到你这样说,我心里有什么东西发光了。"

马白不再发抖了。她爬起来到厨房里去做饭。秀原和南晚上要来聚餐。

秀钟没有去堤上观看欢的搏斗,可他什么都听到了。对他来说,坐在家里比身临其境听得更清楚。当女人咬断怪兽的脚爪时,他甚至听见了咔嚓一响。从见到她第一面时起,他就认定这个女人会成为此地的永久住民,因为她身上有某种东西是他们这些汉族人无比向往的。秀钟想象着这一对伴侣跋山涉水奔赴洞庭湖时的艰辛，不由得在心里叹道："真是一对铁人啊！"他又想到野鸭滩的变迁，想到这变迁中总是有一些他不能及时看懂的现象。欢正在成为大湖中的一股势力，毒王是不会看错人的。也许这一对比起他和马白来，与洞庭湖有着更为久远的渊源？这种事是难以弄清的。想到这里，秀钟的情绪振奋起来，他记起秀原和南要来吃饭，连忙走进厨房去帮马白弄菜。马白正低头看锅里的鱼，忽然转脸向着他说：

"我会不会越来越像欢？"

"会的。"秀钟点点头，"我来做菜吧，你去堤上看看。"

"谢谢你。"

马白来到堤上时，听见了水响。她凭着那模糊的轮廓猜出了是那条船。欢也上了堤，黑暗中，马白感到女人正向自己走来。

"欢！欢……"马白唤道。

四只手紧紧地握在一起。马白心里想，原来欢也在注意自己。湖风已经很冷了，但欢的手热乎乎的。马白听见毒王在说话。

"洞庭湖的女人……"

欢的手松开了，马白听见她正跑回家去。

"毒王，你在哪里？"马白向着空中发问。

"在你身旁。不过我不占地方。"他回答道。

"从前你没来时，野鸭滩总是半睡半醒。你来之后发生了很多事。你这个不占地方的影子，正将我们带入各式各样的未来。"

马白听见自己在说，她心里为自己说出这种话而吃了一惊。

毒王在笑，每笑一下，空中就有一点火星在闪亮。

"我自己没有什么能耐。但欢不同,她来自大西北,她主动挑战、肇事……"

"不对,你也很有能耐。"毒王在暗处反驳她。

马白看见了下堤的那条小路。拐到大路上,便看见自己家的窗口里面灯火辉煌。是秀钟,他点了很多蜡烛,喜气洋洋。

"再见,马白。"毒王说。

马白看见了自己的未来,那未来就在她家里——秀原和南正在窗口张望。

他们一同去湖里。老赵乘的是机帆船。欢独自乘快艇。

就在离老赵十几米远的前方,欢的快艇钻到湖底下去了。老赵驾着机帆船在湖里兜圈子。他也很想下到湖底去逛逛,但他去不了。他不知道欢掌握了何种技艺。

不知从哪里飞来的毒王落在了老赵的船上。

"你在湖面,她在湖里,这只是表面的。说不定情况正好反过来。"毒王说。

"这是什么意思?"老赵问。

"我的意思是,所有发生的情况都有一厢情愿的成分。"

"嗯,你说得有道理。你能告诉我你为什么将快艇送给欢吗?"

"因为欢要向全村人展示她的绝技嘛。至于你,是常年在湖底操练的那个人。你俩的分工不同。你还有问题吗?我要走了,因为我的人要收工了。"

"没有问题了。"

老赵心中的波澜平复下来了。多么美的月夜啊,发红的月亮看上去激情四溢。老赵想，这里所有的人都在观看欢的表演，湖水并不曾阻断人们的视线，反而让人们看得更清楚。他听到了堤上那些人的叹息声和热情的低语。已经有好多次了，老赵感到维吾尔族人的热血在自己的血管里奔流，他正在变成另外一个人。这是怎么回事？不光是近水楼台先得月吧？然而此刻他平静下来了，他所担负的工作需要平静，这是他从毒王的话里听出来的。现在他坐在舱里思考，他将这种思考称之为"随波逐流"，因为并不需要任何心机，只需要某种特殊的专注。

堤岸上有一位女士的声音比别人的都高，她在反复地说一句话："我听到了鸟儿在水中扑腾，已经十几年了，那个声音真清晰。"她每隔几秒钟重复一次这句话，她的声音中有外地人的口音。老赵听她这样说，心里想，她这是在形容欢在水中的姿态吗？她在岸上一定是看得很清楚吧。他的机帆船自动靠岸了。有几个人在堤上奔跑，看上去像是在躲他。他们都是来看欢的，他们对他没兴趣。

老赵上了堤，然后又下了堤，他要回家休息。可是有人不放过他，跟在他后面大声说话，是两个女的。

"也可能她不是从大西北来的，就是我们这里土生土长的吧？她给人一种印象，水乡就是她的家乡。她那些动作让人眼花缭乱……"

"可是我在大西北见过她。她向我打听我们南边的情况，我听不懂她的维吾尔语，她将'洞庭湖'这三个字说了三遍！"

老赵停下脚步，回过头张望。路上并没有人，只有那只龟像化石般立在路边。老赵赞赏地看着龟，揣测着它是否听到了周围这些人声。

终于到家了。老赵坐在鱼骨当中的躺椅上,头一歪就睡着了。

金属的撞击声惊醒了他,他跳了起来。接着又是第二下,柔和多了。是鱼骨在发声。是欢在湖里向他发信号吗?这声音像凯旋之声,它属于欢。

他满心欢喜,到厨房里去做菜,因为欢要回来了。他不再为见不到欢的活动的踪迹而苦恼了——到处都是她的踪迹,他本人就是她。从前在大山里时,他并不是她,他对她有时还感到害怕。时间一年又一年过去,他慢慢地就同她合成一个人了。毒王的话不就是这个意思吗?看来所有的事都有源头,当年他如果不是陷入绝境,又怎么会同欢相遇?山上的那木屋早就在那里等待他了,所以欢见到他就像见到一位老熟人一样。啊,他听到她上楼来了!她的脚步显得有点疲惫。

"欢,你真了不起,妇女们都在为你发狂!"老赵打着手势说。

欢从脖子上解下项链交给老赵。老赵的手抖得厉害:这不是从前在山上时失踪了的老虎头的项链吗?他比画着问欢,是在湖底找到的吗?欢使劲点头。

老赵将老虎头挂在鱼骨的尾巴上,两人一齐注视着这失而复得的宝贝。屋里的光线一点一点地暗下去,老虎头的项链发出的光芒则一点一点地强烈起来。这项链终于变成了一盏明亮的灯,他俩在它温暖的光线里不停地傻笑。老赵想起老余对他说过的一句话:"在我们这里,湖里湖外、家里家外全在一处。"难怪欢在湖里找回了丢失的宝贝,原来她并没有丢失,是收在她的新家里了。

窗外响起了激越的口哨声，他俩先是看见了闪电，然后又看见了毒王那巨大的黑影，黑影将月亮都遮蔽了。在一道电光中，荆云在同毒王的黑影一起飞跑。芦苇滩里放出了伞状的烟火，是老余的杰作。

"荆云——荆云！"老赵喊道，但他的声音不大。

突然，在老赵的旁边，欢发出一声兽的怪叫，像是马的嘶鸣。她的声音响彻夜空，毒王的影子立刻抖动起来，身穿白衣的荆云则跑得看不见了。接下来雷声响起，地动山摇。有一些女人在芦苇丛中跳跃。

"湖——大湖啊！"老赵听见一个苍老的声音在喊。

不过一会儿工夫，外面就恢复了往常的全黑的面貌。

吃饭时，欢显得非常激动。她放下碗，尝试着说了两个汉字："荆——我。"

现在轮到老赵拼命点头了。

"你们是一对失散的孪生姐妹，荆云和你。"他说，"你俩相互听到了对方的呼唤，所以没走歧路，顺利地在此地会合了。"

楼梯那里有一个人上来了，是老余。他站在楼梯口下面，露出半截身体说话。

"二位晚上好！"老余说，"你们从前丢失过什么东西吗？比如儿时收藏的用来占卜的霸王草？比如爱人赠送的钻戒？"

"谢谢老余的提醒。我查过了，所有的东西都在原来的地方。"老赵不动声色地说。

"那就好。你俩是高度自律的一对伴侣。我不上来了。"

老余说完就下去了。老赵觉得他是毒王派来打探他和欢的。

毒王要从他们这里获得什么样的信息？为什么他总对他老赵不放心？因为他性情太温和吗？

睡到半夜时，老赵听到了外面的叫喊声。他起身到窗口去张望。没错，又是荆云。她的身影在雪白的闪电里很清晰。她为什么叫喊？是高兴还是痛苦？老赵猜不出。好像只要她一出现就伴随着闪电，好像这是为了让大家看清她奔跑的速度。那是什么速度？老赵从未见过女人在陆地上跑得这么快，可称得上"风驰电掣"。她在芦苇滩里疯跑疯叫，弄得这里的住民都醒来了。老赵发现每栋房里的灯都亮了。但是欢不愿起来观看，大概欢更喜欢在梦里同女邻居竞赛。

芦苇滩里变得如此热闹，老赵的睡意完全消失了，他干脆搬了张椅子坐在窗口观看。他去搬椅子时，每一副鱼骨都发出"哦——"的声音，好像它们的问题已经解决了一样，这让老赵感到振奋。

然而当老赵坐好了来观看时，外面又恢复了漆黑一片。老赵听见荆云的丈夫老曹在抱怨，是毒王遮住了闪电，使得荆云不能尽兴。"毒王，你去死吧，这里今晚不属于你。"老曹粗声粗气地挑衅。"不属于我，那么属于谁？"毒王疑惑的声音响起。"属于那个向你挑战的人！"老曹嘲弄地说。可以听见两夫妇踩在水洼里发出的声响，他们好像正在回家的路上。

"荆云，你尽兴了吗？"老曹在问。

"没有闪电，我做给谁看呢？"荆云的声音响起。

"这是个问题。毒王在欲擒故纵。"

"难说。也许是我在欲擒故纵？"荆云笑起来。

他们转了个弯，老赵听不到他俩的声音了。"多么幸福的一对啊！"老赵说。

欢出来了，她的脖子上挂着老虎头，老虎头照亮了她的脸，她显得神采奕奕。

"荆——我！"她说。老赵看着她笑。

窗外有孩子们在唱儿歌。那些鱼骨全都闪亮起来了，是绿色的荧光。

第十二章

叔叔老鱼

一年之后，常永三的叔叔老鱼又出现在野鸭滩了。常永三接他来家里住。

"我是来陪你们的，你们寂寞啊。"他说。

他坐在床边，抽着旱烟，并不想多说话。他脑海里的思想似乎过于忙碌。常永三想，在外走南闯北的人，大脑的容量大概都很大吧。他请叔叔好好休息，然后自己就去藕塘了。他离开时，看见珠在屋前的禾坪里晒腊肉。

常永三晚上回家时，珠告诉他老鱼叔叔不见了。

"整个下午我都在家里做家务，怎么会没看到他出去？真是神不知鬼不觉啊！难道他从窗口飞出去了？"

常永三想了想，对珠说不要紧，还说上次他也是出其不意就消失了。

"他一定会回来的，他说了他是来陪我们的啊。"

野鸭滩现在一派平和景象，原先开辟的那些稻田现在都种上了藕，风景变得更加美丽了。芦苇滩里的那些外来户将这地方打扮得像一位妖娆的少妇。常永三知道，这表面的平静下面掩盖着许许多多的挣扎和搏斗，也掩盖着各式各样的阴谋。比如这位样子像乞丐的叔叔，就是从家族的阴谋中走出来的。那是一些早就被他遗忘了的旧事，它们被埋在废墟下面竟然发出了新芽。老鱼叔叔去年来家里时，常永三根本不知道他是谁。可是老人消失之后，关于他的点点滴滴的记忆，便在常永三的脑海中复活了。大部分记忆都是灵光一闪，没法追踪的孤立事物：比如在水渠边上吃菱角的流浪汉；比如他带着年幼的常永三在码头的木桥上狂奔，去赶那趟船；比如他大声建议常永三的父母将十三岁的常永三送到鸭棚里劳动；比如他偷走父母的存款就失踪了；等等。常永三的记忆选择性很强，大概他认为这些零星记忆都不那么光彩，所以就选择了遗忘吧。然而有一件事被他从废墟中拯救出来了。那一年常永三和父亲去走亲戚，一人背一大袋干粮。他记得他们坐了轮船又坐了长途车，来到了丘陵地带。当他们步行到另一个车站去时，爹爹指着一座不大不小的山告诉他，老鱼叔叔就在这座山里工作。常永三问叔叔干什么工作，爹爹回答说油漆工。当时他很纳闷，心想这座山里既没有亭子又没有寺庙，有什么东西需要做油漆？他向爹爹提出了他的疑问，爹爹就夸他小小年纪很有头脑，夸得他怪不好意思。夸完后爹爹就郑重地告诉他，因为这座山里的树都长着橘黄色的树叶，老鱼叔叔决心将所有的树叶全漆成绿色。爹爹还说这是个秘密，不可对外人说。"当我们知道他的决心后，就不再怪罪他偷走存款了。你妈妈还很佩服他呢。"

常永三想去见叔叔，爹爹拒绝了他，说这个时候去见他会影响他的工作。随着爹爹和妈妈的去世，常永三就将家乡的事全部忘记了。上一次老鱼叔叔告诉他，说他父母并没有死，还常同自己见面。常永三根本没将他的话放在心上，因为那时他也不认为老鱼是他的亲叔叔。现在找回了这些记忆，常永三就相信老鱼是他的亲叔叔了。仔细打量的话，相貌对得上，年龄也符合。今天上午常永三问叔叔，他自己是否也寂寞。叔叔说那是不可能的，他太忙了，总被什么事追逼。常永三想起叔叔在山上做油漆的事，就理解他了。常永三再对照自己，发现自己的性格原来像叔叔。也许这就是所谓家族的影响吧。

"珠，你看我同老鱼叔叔像不像叔侄？"

"上次他来我就看出来了。那种做派只能是你们家独有的。"

"那么，你认为这会是一个什么样的家族呢？"

"在地上使劲钻探，到处留下痕迹的一群人。"

"哈哈，过奖了，过奖了！"

常永三决定去芦苇滩看看，看能不能在那边遇见叔叔。上一次叔叔来时，曾表现出对芦苇滩有很大的兴趣。他会不会在那里面盖房子呢？

珠找出长筒套鞋让他带上，说芦苇滩里今天水深，夜里会有表演。

"什么表演？"老常问道。

"不知道。那里面不总是有这样那样的表演吗？"

外面很黑，常永三用手电照路，走了不远他就有点后悔了：这样的夜晚去芦苇滩，不弄一身泥水回家才怪。如果老鱼叔叔又不在那里，就更没趣了。然而他还是硬着头皮向那边走，也不知道为什么。

一会儿常永三就释然了。芦苇滩里家家开着灯，里面还有几盏探照灯，挂在高高的柱子上。地上的水确实深了些，他换上套鞋。他刚走了几步就碰见了老曹。

"稀客稀客，上家里去坐一会儿？"老曹热情地对他说。

"不坐了。我是来找我的叔叔老鱼的。"

"那位年老的勇士？大家都敬爱他。我不能确定他此刻在哪一家。你进滩里来走走，一定会碰见他的。今夜这里特别好找人，谁也藏不住。"

老曹邀他到旁边的亭子里坐一坐，他俩一块走进去了。

但小小的亭子里已经有一个人了，他占据了仅有的两把椅子当中的一把。

"永三啊。"那人转过脸来说，他正是老鱼叔叔。

"叔叔，您瞧我带谁来了——"常永三说着就伸手去拉老曹，却没有拉到。

"咦？"常永三左看右看，百思不得其解。

叔叔哈哈大笑。常永三感到叔叔的性情完全变了，以前他很少这样大笑。

"有人出现，然后又消失了，对吧？湖里常有这种事。"老鱼叔叔说，"永三，你看周围多亮，我好多年没见过这种景象了。你坐下，不要急。"

常永三往椅子上一坐下，那把藤椅就吱吱乱叫，还摇晃起来。过了好一阵，那把椅子才平静下来。探照灯照在叔叔的脸上，他的脸在变幻，他变得年轻了。常永三激动地想，这就是从前去树林里做油漆的叔叔吗？他俩相对而坐，常永三看见叔叔在朝远方打手势，他的手势有力而清晰，似乎在砍杀什么东西。常永三等待叔叔停下来，但叔叔并不想停下来，一直在激情高涨地比画。常永三看着看着瞌睡就来了，他听到自己在打鼾，也听到自己在小声说："叔叔，您看我已经下到了第几层？"叔叔的声音显得很私密，抖动着："这里还是湖面，永三……"常永三觉得自己好像答应过叔叔什么事，现在那件事已经实现了，所以感到心里很轻松了。"叔……"常永三挣扎着还想说点什么，但黑暗的潮水淹没了他。

常永三醒来时，探照灯已经熄灭了。在不知从何而来的微弱光线里，他看见对面那张椅子里空空的。"老鱼叔叔！"他大声喊出来。

老鱼叔叔立刻从亭子外走进来了。

"永三，你带我回你家去吧。我刚才摔了好几跤，衣服全湿透了，可我还意犹未尽……这个地方的风水真好，人更好。"

常永三和叔叔一块摸着黑往大路上走。他们刚上大路，常永三就记起自己将手电忘在亭子里了。他想回亭子去拿，叔叔阻拦他，叔叔说，那小亭子是他的家，家里的东西是丢不了的。常永三仔细回忆了一下，觉得确实是这么回事。

两人走到家时天就亮了。珠在大门口那里迎接他们。

"老鱼叔叔您好，昨夜整个村里的人都在寻找您呢！"珠高兴地说。

"我在芦苇滩里建了一个新家，刚才永三去过了。"

301

"啊，恭喜！新家同谁做邻居啊？"

"暂时还没确定。"

珠满脸疑惑。见她这样，老常就催她快去做饭。

珠做好了饭，来叫两人吃饭，却发现两人都在各自房里睡着了，叫也叫不醒。珠记起昨天邻居来告诉她，说起老鱼叔叔在芦苇滩上空飞翔的事。她心想，这两人大概累坏了。

叔叔将常永三的手电还给他之后就回自己的新家去住了。一天，常永三从镇上回来，路过芦苇滩，他一时兴起就想去叔叔的新家同他见面。

芦苇滩很大，常永三来过好多次。他熟门熟路地进去了。他记得叔叔的小亭子就在路边，那亭子是木头的，造型很别致。可不知为什么，他找不到那个亭子了。他在那亭子所在的位置转了又转，还是一无所获。他想，也许叔叔将亭子搬走了？

他碰见了老赵。老赵对他说：

"这个地方这么黑，你当然找不到你叔叔。你还不如站在原地等。"

"这里真的很阴暗吗？"常永三不解地问。

"每个人对光线的感觉不一样……"老赵笑起来，又说，"你就站着等吧，站久了你就会成为一个目标。我不干扰你，我回家去了。"

常永三独自站了一会儿，天果然暗了下来，还下起大雨来。他本想去老曹家躲雨，可又觉得老赵的话很蹊跷，一时就生出了好奇心，决心站在原地淋雨。

"永三！永三！你怎么不进屋啊？"

他透过雨雾看见叔叔站在亭子门口向他招手。

"叔叔，您的家真难找啊！"

常永三走进亭子里，发现亭子比上次大了好多，里面的家具有柜子、桌子、床，还有沙发、茶几。叔叔打开橡木的新柜子，拿出两件衣服，让常永三换上，又拿出干毛巾让他擦头发。常永三坐在饭桌旁，叔叔又端出一大盆鱼汤，盛了一碗白米饭，让常永三尝鲜。

"叔叔，您的新家可比我家豪华多了！"老常边吃边说。

"真的吗？我可没注意到。我平时不太关注这类事。"叔叔茫然四顾。

常永三相信叔叔说的是实话。他记起了叔叔去年来野鸭滩时那副乞丐模样，心里想，叔叔对身外之物确实没有多大感觉啊。

房里有个小小的书架，书架上有一本很厚的精装书。常永三取下那本书就着煤油灯翻阅。叔叔在旁边说，这是一本族谱。

"里面还印着你的父母的居家肖像呢。"叔叔有点兴奋地说。

常永三翻到那一页，看见他的父母端坐在屋子里，身后是一个橡木柜子。他的母亲面露倦容，垂着双眼，仿佛要睡着了一样。常永三虽然认出了自己的父母，但又总觉得他们并不完全是自己记忆中的样子。但到底哪里不一样他也说不出。

"叔叔，这族谱是您修的吗？"

"是你爹爹修的。"

"您说爹爹还在世，还有妈妈也在，他们在哪里？"

"不知道。我们见了就见了，散了就散了。"叔叔淡然地说。

常永三心里感到纳闷，他盯着父母的肖像看时，忽然发现那肖像的背景同这间亭子屋很相像。他看到了橡木柜、架子床，也看到了小书架，书架上有一本同他手中的族谱一模一样的书。难道叔叔将他父母的房间带在身上四处游荡？

"这本族谱，您从来没离开过它吗？"常永三听见自己说这话时声音有点颤抖。

"那倒也不见得吧。不过我总是记得将它放在什么地方了。我做记号了。"

他俩坐在沙发上喝茶时，外面有个人敲门。常永三想去开门，叔叔拦住了。

"不，不开。"他说。

那人敲了又敲，还喊了句什么话，似乎发怒了。

后来他就走了。不过老常不知他是否真的走了。

"那人可能是你爹爹派来的。"叔叔心平气和地说。

常永三感到很震惊。好多年过去了，老常和珠都已经把他的家人忘记了。可是叔叔一出现，他才知道自己过去的生活原封未动，叔叔是它的保管人。常永三先是有点沮丧，后来又隐隐地有点好奇，是这种好奇心促使他来叔叔家里的。

"爹爹为什么派人来？"老常问道。

"你爹爹是个严厉的人，他不允许我在生活中偷懒。我之所以不开门，就是为了让他体会到我的意志。"

"啊，你们俩可真够曲里拐弯的。"老常叹了口气。

叔叔得意地笑起来。笑着笑着，他就弯下身将地上的一个木盖子揭开了。一个深深的黑洞露出来。叔叔让常永三坐在沙发上等他一会儿，然后就钻进洞里去了。

常永三不安地坐下又站起，站起又坐下。这时他又听见了敲门声，敲两下，停一阵，敲两下，停一阵……他怀疑是自己产生了幻听，就轻轻地走到门边等着。不是幻听，是真的有人在外面敲。他还没来得及坐下来，叔叔就从洞里出来了。

叔叔捧着一本相册坐下来，说这是爹爹为他拍摄的一些照片。

老常凑到煤油灯下去翻看那些照片。几乎每一张照片都很模糊，不过还是辨认得出是叔叔年轻的时候……那些背景就更不清楚了。叔叔在旁边耐心地向他解释每一张的背景，比如"这是在火神庙"；"这是在去坟山的路上"；"这是我在树林里做油漆"；"这是我同那地头蛇搏斗"；"这是我在同一位祖先赛跑"；"这是大地回春的一个早上"；等等。因为辨认起来太费力，常永三一会儿就头晕了。但叔叔兴致勃勃，非要将每一张照片都解释一下不可。似乎不满常永三昏昏欲睡的态度，叔叔的声音越来越响，到后来简直震耳欲聋了。

啊，照片终于看完了。

"永三，你好像对家族的历史不感兴趣。"叔叔忧虑地说。

"是不是因为我离家太久了？"常永三探究地问叔叔。

"可能是因为你太注重时效了吧。有些事是永远也不会失效的。"

两人都陷入了沉默。外面那人又开始敲门。

叔叔忽然跳起来，走到那边，一脚将门踹开了。但外面并没有人。

"他们从不在外人面前现身。可能他认为你是外人。"叔叔说。

"叔叔，我该走了，谢谢您的款待。"

"不，不要走。你今夜就睡在这里，我睡沙发。这可是千载难逢的好机会——一来你有可能今后再也找不到这个亭子了；二来如果你爹爹知道你在亭子里待了一夜，又翻看了他修的族谱，一定会感到欣慰。"

"好吧。这亭子也属于我爹爹的吗？"

"是啊。刚才你不是在族谱上见到了吗？"

叔叔说完这句就将煤油灯吹灭了。他让常永三上床睡觉。

老常和衣躺在了床上，因为他担心夜里会发生什么事。外面好像又下雨了，对，是真下雨了。大雨打在芦苇上，有种紧迫的意味。叔叔那边没有动静，他在干什么？

常永三本来入睡了，可又被开门声弄醒了。是叔叔，叔叔走进大雨里头去了。这是一个不平凡的夜晚。常永三想到叔叔东奔西跑的生活，想到他锲而不舍的追求，想到他作为家族史保管员的奇特的工作。他想来想去，在心里做出了一个决定。他决定同叔叔共同保管家族的一些资料，包括这个亭子。

不知过了多久，有个人进来了，也许是那敲门的人。那人一把将常永三从床上拉起来，告诉他外面在涨水，得赶快走。

常永三一到外面那人就跑起来，他也跟着跑，两人跑到了大路上。

"你是谁？"常永三问。

"我是你大队里的虾啊，你不认识我了吗？哈，我要去赶早班船了，再见！"

虾说着就往轮渡码头那边走掉了。

常永三想，原来村里人也可以随便进入叔叔的亭子！

常永三回到家，珠见到他就掩着嘴笑。老常就问她什么事好笑。

"你去外面待了一夜，现在变得这么不同了，好像全身都是故事一样。"她说。

"我哪里不同了？"

"你瞧瞧你的鞋子。"

老常低头一看，自己的两只鞋居然穿反了。这都要怪邻居虾。

"今天早上我看见老鱼叔叔从马路对面那个草垛里钻出来，头上全是碎草屑。还有个女人随后也钻出来了，是邻村的。他们两人坐机帆船走了。"珠说。

"你跟踪叔叔了啊？"老常问珠。

"我不过是碰巧看到他们。"

常永三回忆起叔叔夜里冒着大雨出门的事。哈，原来叔叔是去赴约会！七十多岁的叔叔居然过着如此忙碌的生活，老常从心底佩服他。

"珠，你见到虾了吗？"

"昨晚他来过了。他说他发誓要将你从阴沟里拖出来。"

老常听了哈哈大笑。他告诉珠，叔叔家不是阴沟，是一间舒适的木亭子，里面有家具。他在那里同叔叔一块度过了一个奇妙的夜晚。他们没有出门，却一同轻而易举地返回了青少年时代。当时外面下大雨……

"他到底是谁？"珠迷惑地望着空中问。

"老鱼是我叔叔，这还有疑问吗？我全都回忆出来了。"

307

"没错，我听你说了事情的来龙去脉。可这只是你一个人的故事。万一老鱼叔叔也有完全不同的故事呢？像他这样的人——"

"他是我们家的人，"老常着急地打断珠的话，"我们家族的人是很难理解的。我算是一个变种吧。我们刚认识那会儿你不是也说我很难理解吗？我这种难理解不正是吸引你的原因吗？你应该像刚开始理解我时一样去理解老鱼叔叔。"

珠沉默了。她在屋里忙来忙去的，过了好一阵，才走到常永三面前，垂着头说：

"永三啊，这一天总算让我们盼到了。"

"嗯，我也这样想。除了叔叔，还有谁能将我的老家搬到芦苇滩来？"

"你的确很像你叔叔。从他来的那天起我就有所察觉了。"

夫妇俩都感到高兴，因为他俩想到一块去了。珠提出来，下一次叔叔来，就让他带他俩坐机帆船去湖里转转，她还想让叔叔带他们去他工作过的每个地方看看。

"可是这样的要求会不会让叔叔厌烦？据我观察，他是那种不喜欢回顾生活的人。"

珠听了心里就想，还是丈夫更能理解叔叔，他们本是一家人。

珠和老常都没想到老鱼叔叔就这样一去不复返了。他们有点后悔，也有点失落。但过了一段时间，他们就想通了。因为叔叔成了他们的一个念想，这让他们总是感到必须将老家的那些事牢牢地记在心中。这种念想使他们的生活多了很多情趣。

星期四下大雨,珠提出来同老常一块去芦苇滩里找一找叔叔的亭子屋。他俩穿上雨鞋,一人打一把油布伞出发了。

到了芦苇滩里,雨下得更猛了,除了雨雾什么都看不见。但他们听到有人说话。

"常叔,我是黄土啊,您是要找什么人吗?"

黄土的声音像从地洞里发出来的一样。他在什么地方?

"我要找一座木亭子。"常永三说。

"哈,这太好办了,那亭子就在我家里。你俩同我走吧,靠右一直走。"黄土回应说。

由于看不见黄土,两人就一前一后靠右边走。大雨用力打在油布伞上面,轰响声令人心烦。

"黄土,你家在哪里,怎么总也走不到啊?"老常大声问。

"下大雨时,整个芦苇滩都是我的家。"他的声音还是像从地洞里发出来的,"老鱼叔叔把方方面面的关系都安排好了。"

黄土的话令两夫妇都来了精神。

"黄土,你就是我们的领路人。"珠说。

"我试试看吧……"黄土含糊地说道。

黄土走得越来越快,老常和珠跟不上他。一会儿黄土就甩下这对夫妇在前方消失了。

珠摔了一跤,弄得浑身是泥水。她抱怨说:"这个人不是真心帮我们。"

但常永三并不怨恨黄土,他说黄土很诚实,为了投奔野鸭滩吃尽了苦头,要是连这样的人都不相信,还能相信谁呢?于是珠就不抱怨了。珠一停止抱怨,雨也停了,天上居然出现了彩虹。

这可是两人在芦苇滩里从未见过的,所以他们再次精神大振。

他们一直往右边走,后来终于走到头了,因为再走下去就是大湖了。芦苇滩怎么同大湖连成一片了?他们从未听人说过这件事啊。可是它们就是连成一片了嘛,瞧湖面那刺目的白光,两人都背转了脸不敢往那边看,害怕眼睛被刺瞎。

"永三,你去过的那亭子屋里有帆布手套吗?"珠突然问老常。

"啊,我想起来了,有!沙发上、床头、书架上,到处扔着用旧了的手套。"

"你看看这一只。"珠举起一只旧手套。

"正是这种,"老常兴奋地说,"亭子屋里到处都是它们。叔叔说,他和我爹爹最喜欢做的事就是用铁铲东挖西挖,所以帆布手套用得很多。你在哪里捡到的?"

"刚才在芦苇丛里,我见到好几只了。"

两人背对大湖站在芦苇丛中,都在心中隐隐地感到那个亭子屋就要出现了。

然而那件事并未发生。

"我们往左边走,走回家去吧。"珠大胆地提议。

"哈,你的反应真快啊。就像黄土说的,我们祖先的家也扩展了——要不手套怎么会扔在芦苇丛里?"老常感到眼前一片敞亮。

他俩轻轻松松地就走到了大路上。在路上他们碰见了老朋友竹。

"我知道你俩是去找你们叔叔的木亭子,那是我们芦苇滩里的珍贵东西。怎么样,收获很大吧?"他做了个鬼脸。

"收获确实不小!"两夫妇高兴地说。

第十三章

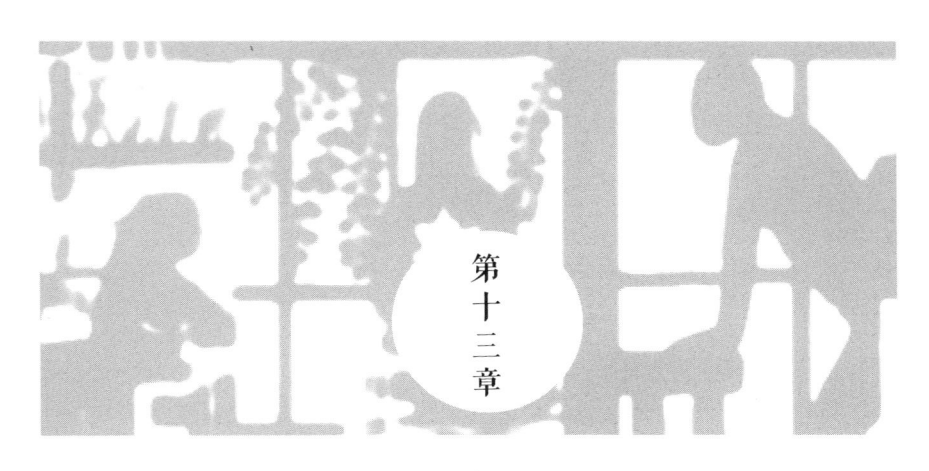

幸福乐园

经历了一番旅途的折腾，黄土终于在洞庭湖的野鸭滩安下家来。

　　他就住在芦苇滩里，这个形状有点像鸭棚的家远比他在枫树村的老家舒适，也比城里建筑工地的那个仓库舒适很多。没事的时候他就坐在窗口看那些芦苇。刮大风时，芦苇在风中摔打得很厉害，令他内心涌起一股过瘾的情绪。有一次他一时兴起就问老余，他黄土在芦苇滩处于什么样的地位？老余告诉他，他的地位相当于一个地主，他可以将芦苇滩，甚至整个野鸭滩，还包括邻村（死者的住地）全都看作他自己的财产。他和老余一块在外面走时，老余总不忘提醒他说："你瞧，这块地又归你了。"虽然黄土认为老余的话没有什么根据，但这些话给他带来的感觉和意境实在是太好了。在这里工作很轻松，工作时间也不受限，爱做就做，不想做就少做，所以黄土过得潇洒极了。他没有成家，也没家务活可干。他一有空就去芦苇滩闲逛,边逛边漫无边际地遐想。

芦苇滩里有一块很大的突出地面的石头,石头上方有一块光滑的平面,黄土很喜欢躺在那上面装死。每当他躺在那里装死,天上就有巨鹰扑下来试探,于是他就亮出长长的匕首,将老鹰吓走。这样的游戏他玩过好几次了,他不明白那只鹰(是不是同一只?)为什么不吸取教训,还是要一遍又一遍重复这游戏。莫非鹰也认为这块地是自己的,要来同他争夺?今天太阳很好,不冷不热,黄土又在石头上躺下了。老鹰从东边飞过来,飞得离他很近,在上方盘旋,但并没有扑下来。

"黄土啊,可不要虚度光阴啊。"一个苍老的男中音在上方响起。

莫非这鹰是他爹爹?模模糊糊的,似乎有点像,但他已记不清爹爹的声音了。

"您从哪儿来?枫树村吗?"黄土大声喊叫。

他的声音刚一发出来,那鹰就直冲云霄,很快消失了。

黄土羡慕地瞪大了眼。那种姿态!那才是真正的潇洒!像他这样手握匕首躺在芦苇丛中的一块石头上装死,算什么地主?难怪老鹰说他虚度光阴!

黄土变得忧心忡忡。他去找老余诉说。老余很不耐烦地冲他说:

"黄土,你是嫌我们这里风水不好吗?你这个别有用心的滑头!我不是告诉过你这一大片地都归你了吗?你得豁出去!"

黄土很快听到流言,老余同邻居说他"恨不得将天下的好处都占尽，就是不肯出力流汗"。黄土听了老余对他的评价心里很惊恐。莫非毒王要收回土地，不让他黄土在这里立足了？他该怎样豁出去呢？像那只老鹰一样吗？

他开始寻找机会了。老余对他说过，此地处处是灵感，就看人有没有眼光。

星期二，他一早就出发，决心用自己的脚将整个芦苇滩测量一遍，做到心中有数。他没有带匕首，也没有带柴刀，他要像老余说的那样豁出去。

芦苇滩里的那些小路他是很熟的，可他不打算走老路，他冲着密密匝匝的芦苇丛走过去。奇怪的是，居然没有踩倒那些芦苇，它们给他让路，让他顺利通过。可见眼光是随勇气而来的啊。他用力踩了踩脚下的泥地，立刻就感觉到了土地的回弹。这让他兴奋，他对自己说："灵感要来了。"走了四五公里后，他才看见了灵感。

坐在小路上的枫树村的村长向黄土挥手，对他说：

"黄土，你没想到我也在这里吧？你说你料到了？那好，你跟我走，我带你去看你最想看的东西——你先告诉我，你在这个地方最想看的是什么？"

"我想看我从未看见过的东西。"黄土说。

村长往密密匝匝的芦苇丛里用力挤过去，黄土也跟随他挤过去。两人都被芦苇弄得很不舒服。到后来黄土简直觉得暗无天日了，他想不通为什么芦苇现在都不给他让路了，不但不让路，好像还故意挤对他。他喘着粗气，感到自己快要挺不下去了。这时村长忽然说：

"瞧，这就是你从未见过的东西。你可要看仔细啊。"

于是黄土看见了小块空地上的墓碑，但却没有坟。

黄土凑近去看，辨认出一个熟悉的名字。那是枫树村的一名泥瓦匠，在壮年时去世的，当时村里人都为他悲痛。

"他的坟在哪里呢？"黄土不解地问。

"他没有坟。你还不知道这种事吧？你爹爹和妈妈也没有坟，他们在村里的那个合葬的坟是个假坟。怎么同你解释呢，我打个比喻吧，你觉得你自己今后会不会需要一个坟？啊？"村长露出黑牙，不怀好意地笑了起来。

"我的坟？"黄土有点慌，一时不知道怎么回答。

过了一会儿，他似乎想清了，便回答道：

"我大概也不需要吧，我已经四海为家了嘛。"

村长用烟斗敲着墓碑问他：

"这是你最想看到的吗？"

黄土迷惑地点了点头，然后又摇头。

"还是打不定主意啊！"村长说，又刺耳地干笑了一声。

村长却似乎打定了主意，他穿过这块空地来到小路上，头也不回地快步走掉了。

黄土站在原地发了一会儿愣，觉得自己还想弄清一些事。他转身又回到了那块小小空地上。那块墓碑在阳光下还是很醒目的，黄土弯下腰去细看，竟发现上面写着自己的大名，而不是泥瓦匠。"黄一当之墓"，他大声念了出来。他用手推了推那块石碑，石碑就往一边倾斜，吓得他立刻住了手。他就这样盯着那块倾斜的石碑一步一步往后退，退到了路口后他撒腿便跑，大约跑了一里路才停下来。黄土喘着气，在心里欢呼道："我看见了，是啊，我看见了！我一个字一个字地念出来了。"他就这样激动了好一阵。

　　天色还早，他还不想回家，可他也不想再去看那块石碑——太吓人了。他为什么自己要告诉村长，说想看从未看见过的东西？也许他当时想说一句标新立异的话？他没有问村长怎么也会来到了野鸭滩，因为他当时感到村长的威力很大，说不定是掌握自己命运的人。村长有点像工地食堂的麻姐，这类人想去什么地方就可以去什么地方，绝对不会有任何障碍。

　　就在他胡思乱想之际，洞庭湖出现在眼前，湖水淹掉了一部分芦苇，但他处于地势较高的一个坡上。他凝视着阳光下的湖水，一个念头出现在脑海里：莫非这个没被淹没的芦苇坡就是他的坟？有人驾着船经过，黄土看着那老妇人面熟，啊，就是他在那条河里见过的老妈妈啊！

　　"老妈妈！老妈妈……"他喊道，一边激动地挥手。

　　老妇人转过头来看黄土，可是她已经认不出他了。

　　黄土心里想，此地真是四通八达啊。老妈妈一个月里面要送多少人来洞庭湖？

　　因为是顺水，那条船很快就消失了。黄土回忆起在船上破莲子的情景，心里特别感动。那真是他一生中最难忘的时刻啊。老妈妈给他指了路，他终于来到了他要来的地方，这里有他的家、他的土地、他的墓。他几乎什么都不缺了！他还当上了地主！

　　黄土从高坡上朝着那条熟悉的大路跑下去。他看见一个中年汉子背对他站在路中间，似乎是在等人。黄土跑到他身边时，他就转过脸来了。原来是麻姐!

"麻姐,麻姐啊……"黄土激动得语无伦次。

麻姐扑哧一声笑出来。

"麻姐,你是怎么来的?"

"怎么来的,同你一样来的啊,殊途同归啊。我是厨师,到哪里没有饭吃?你就一点都没有料到我会来?"

"当然当然,我们需要你,好麻姐。你来了,我太高兴了,我还以为我见不到你了呢。一想起从前——"

"得了,黄土,不要多愁善感了,你同我一块上我家去吧。"

两人欢欢喜喜地朝前走。麻姐的家不在芦苇滩,似乎在大堤那边。一路上,麻姐讲了些她的情况。她问黄土还记不记得工头。黄土说怎么不记得?还说工头对他那么仁慈,要是没有他,自己就来不了湖区了。回想起来他才知道,工头真是个好人啊。

"他的确对你的出走起了关键作用。"麻姐盯着黄土的脸说,"如果他在这里,你要见他吗?他还欠着你的工钱呢。"

"他在哪里?我要见他!我不要那些钱了,在这里生活用不着钱。"

黄土这样一说,麻姐不知为什么又忸怩起来。过了一会儿她才告诉黄土,自己已经和工头结婚了,这次是出来度蜜月的。

黄土听了就拍起手来,高兴得脸都涨红了。他说他俩都是他的亲人,不,比亲人还亲!他黄土今天活成了他想要的样子,都是因为工头和麻姐的栽培啊!说着话,麻姐就领着黄土到了大堤上。麻姐指着泊在岸边的一条崭新的木船让黄土看。

工头容光焕发地从船上走下来了。

工头什么都没说,将一个大牛皮纸袋交给黄土,满意地在黄土肩上拍了两下。

黄土噙着泪矜持地同麻姐握了握手。然后他俩就上船了。那条船开动前船上突然又跳下来一个人,是一名年轻人,他直奔黄土,原来他是阿四!

"黄哥,黄哥!我躲在船舱下面的空隙里,那船就将我载到了这里!你瞧,我也来了,我早就说了我一定要来!"

他的样子可怜兮兮的,穿着一件烂布衫,背着一个不大的旅行袋和一袋干粮。

"你存够了钱吗?"黄土忍住笑,严肃地问他。

"我存了钱,有不少,你瞧!"阿四从衣袋里掏出钱包,拍打着。

"而且我省下了路费!"他又说。

黄土知道阿四一贯好吃,存不下钱,现在居然存了这么多。黄土的眼圈红了。

"好。你是先去我家住下,还是马上着手盖新房?"黄土问阿四。

"我当然要马上盖新房!要不跑出来干吗?"阿四歪着脖子发誓一般地说。

黄土将自己刚收到的钱抽出好几张大票给了阿四,说他以后会用得着的。阿四收了钱就呜呜地哭了。

"哭什么啊,你走运了。"黄土说,"沿着这条小路一直走,你就会走到毒王家里去。要对人有礼貌,听明白了吗?毒王和他的助手会给你安排一切。"

"黄哥,我听明白了,你是我的恩人。"

"我不是你的恩人,你是自己偷跑来的,你比我猛多了,我还要向你学呢!"

看到阿四沿小路走远了,黄土感到内心豁然开朗。他一边啃着阿四给他的油馃子,一边记起自己不知不觉地已经出来一天了,该回家了。芦苇滩里的生活真是丰富多彩啊!一想到阿四的壮举,黄土又嘻嘻地笑了起来。这个阿四,好脾气的、窝囊的建筑工地上的小伙子,谁会想到他会有这样的雄心壮志?工头和麻姐在船上究竟是已经发现了他还是没发现?看来这是个谜。黄土觉得,工头和麻姐,他俩是他真正的恩人。

黄土摸黑上了楼,点亮了煤油灯,到厨房煮了一大碗面疙瘩,又炒了一碗鸭蛋、一碗青菜。他一个人吃得很高兴。工头给了他两倍的工钱,他可以小小地挥霍一下了。

他刚收拾好厨房就听到有人上楼来了。又是阿四。

"阿四,一切都顺利吗?"黄土关切地问。

阿四将旅行袋扔在地板上,沮丧地说:

"糟透了。看来我不合毒王的口味,他叫我滚,哪里来的哪里去。"

"你坐一下,我给你做一碗面疙瘩吃。"

黄土坐在旁边看着阿四将面疙瘩和菜都吃完了,汤也喝光了,这才开口说:

"你这个傻瓜,还记得在工地上时你要同我出来混,我拒绝你的事吗?"

"黄哥,我当然记得。我明白你的话的意思了。你这里有铁铲吗？"

黄土注意到阿四兴奋的表情，问他要铁铲干什么。

"我要搞得毒王不得安宁！"阿四宣称。

黄土将铁铲交给阿四，阿四用它掮着旅行袋，朝黄土一挥手就下楼去了。

黄土心里的一块石头落了地，大声感叹："小伙子成长得真快啊！"

巨大的幸福感是突然降临的。

凌晨两点钟，老余用木棍将地板捅得咚咚直响，将黄土吵醒了。黄土睡眼蒙眬地走到客厅里，问老余有什么事。

"你不是老问我你的地盘的事吗？我这就带你去熟悉一下。"

老余的脸在半明半暗中像青面獠牙的鬼，黄土看了直打哆嗦，可他的声音还是那么熟悉，那么令黄土放心。

他俩一块下楼时，老余告诉黄土，他已经为阿四盖好了房子，阿四现在高兴得在房里跳舞呢。可在这之前，阿四和毒王之间有一场恶战，这个不要命的小伙子赢得了毒王的信任。在芦苇丛里，老余走在前面，他总是走一段又停下来，回过头来问黄土愿意往哪个方向走。于是黄土就指一个方向，老余就往黄土指示的方向走。

夜里的天空反常地亮，甚至有点刺眼，但黄土还是什么都看不清。

"老余啊，你不要问我了，真烦人啊！我们随便乱走吧。"黄土终于忍不住说了出来。

"那怎么行，黄土！"老余正色道，"这是你的土地，你要对它负责!"

黄土只得遵从老余。但每次老余回转身要他指方向,他都感到心慌,免不了抱怨。于是老余就笑黄土,说他比没出嫁的姑娘还喜欢撒娇,说得他心里很气愤。

就这样胡乱指方向,又胡乱走了好久,黄土感到精疲力竭了。他正想找个借口坐到地上去,就此不起来,却听见老余在说话。

"这就是爱,这就是真爱啊!"他大声说话,并停下不走了。

"爱谁?"黄土问,"你说的是谁?"

"还会有谁?野鸭滩啊。就在此刻,我踩到那副美人鱼的鱼骨了,是先前我埋在芦苇滩的……真真切切。"

"在哪里?我想摸摸它。"黄土说。

"嘘,小声点!我也说不准在哪里,这就是这地方的奥妙!美好的东西没有固定的存放地点。要不我怎么会半夜同你出来游走!"

老余挨近黄土,两人不约而同地坐了下来。黄土在心里嘀咕:"原来老余出来是要寻找他自己的宝物啊。可他为什么又要他黄土给他指方向?难道一个人心里怀着梦想,必须让另一个人来向他指出他的梦想会在哪里实现?真复杂啊。"黄土看了一眼明亮的天空,又向身边这些抖动的芦苇扫视了一下,问道:

"这就是我的地盘?"

"我刚刚把美人鱼托付给你了,你迟早会同它相遇。黄土,想想吧,你这家伙该有多走运啊!这叫不劳而获,对吧?"

"谢谢你,老余。刚才我感觉到了那鱼骨在下面嗡嗡发声。

我今后要主动出击。我想问你,你从前一直伴随它吗?还是偶然的邂逅?"

"与这里的事物一旦结缘,便永世不再分离。"

老余说完这句话就消失了。黄土用双臂在自己周围扫来扫去,一次也没有触到他。黄土终于懂得了老余的苦心:他将美人鱼的鱼骨埋在这芦苇滩里,是为黄土,也为每一位住民打造一个神奇的家园啊。现在黄土才真正感到了,这里的每一寸土地都是他的地盘。他试着抬起脚,那嗡嗡声就停止了;他放下脚,那嗡嗡声又响了起来。他又走到小路上去,那低沉悦耳的嗡嗡声仍然追随着他。美人鱼是在同他对话,黄土因此有了强烈的归属感。他记起先前见过的常叔家的海龟,那龟的面相的古老令他震惊。看来野鸭滩是这类动物出入的场所——很久以前它们曾同人们的祖先同居在此地,到了今天,它们单独行动,一个一个地回到了它们熟悉的地方。老赵家里也有鱼骨,不过那不是美人鱼……

"黄土,你干吗老踩我的背?你深更半夜跑到这里来,就为干这件事吗?"

是村长在对他说话,声音从地下响起,闷闷的。

"我是在自己的领地啊,村长。"黄土辩解道。

"这也是我的领地。地上不就是地下吗?其实啊,我高兴着呢!你踩,用力踩!踩啊,踩!哈哈,真舒服!"

黄土不由自主地在原地跳起了舞,这又让他大吃一惊:原来他还会跳舞,只是从前不知道!村长的鼓励让他成了个舞者!他到底是踩在鱼骨上还是踩在村长的背上?不管了,尽情跳吧。

黄土跳得一身大汗淋漓才停下来。那块大石头出现在前方，他走过去，在上面躺下了。他发现天空的光芒变得柔和了，一个黑点从遥远的天边慢慢飞过来。那是巨鹰，它朝他扑下来，他闭上了眼，平和充满了他的心。

那柔软的羽毛掠过他的面部，但却什么都没发生。

黄土想，他还会活很久很久……也许竟会永生？

"黄哥，黄哥，原来你也会跳舞啊，我刚才全看见了！"阿四在说话。

黄土跳着跳着，脚下有个什么东西将他绊倒了。他扑在地上时，听见有小孩子在旁边说话。

"这个人真活跃啊，我还没见过这么花样百出的舞蹈呢。"女孩说。

"他的土地同我们的相邻，我一直等着同这人见面。"另一位女孩说。

"哈哈，他的相貌很像地主！姐姐们，你们看出来了吗？"小男孩说。

黄土停下来听这三个小孩说话。但他们沉默了。芦苇颤动着，不知道他们是不是躲在里面。现在他已经知道，这里有不少地主，每个人都拥有自己的土地。也许，每个人拥有的都是同一块土地，但又版本不同。他眼前出现了奇异的景象，有许许多多的人在芦苇丛中出没……他听到那个苍老的声音又在附近响起来了，这一次很模糊，完全听不清。

黄土在自己的房里睡了一天一夜才醒。他因为好奇，也因为贪玩而过度地耗费了自己的精力。不过现在他已经恢复过来了。现在他每天都是如此沉浸在幸福之中，这是上天给他的恩赐。可凭什么呢？每当他这样自问，就会有些惭愧。

早晨的空气无比清新，窗外有轻雾，他看见老余在窗户下面挖土。

"老余，你在挖什么？"黄土忍不住问道。

"挖鱼骨啊，你这好运气的歹徒！我自己埋的，不过一般来说挖不到。"

"你挖了埋它们的土，我们再从那泥土上走过时，它们就会嗡嗡作响，对吧？"

"对啊，你这个阴谋家！你想破解这个谜？不要急，来日方长。"

老余冷笑了一声，黄土看见他的表情很凶恶，像在与什么人搏斗一样。

有人在路上叫他，他匆匆地离开了窗前。

黄土立刻跑下楼，他将老余刚才挖过的地方用手刨了几下，便看见了那个木盒子。打开木盒的盖子，白布的衬垫上有一对鱼的眼珠，是很大的鱼，那眼珠还转动了两下。当他凑近去观察时，眼珠就死了。黄土看了看周围，连忙将木盒照原样埋进土里。"食人鱼？"他嘀咕了一句。他回到楼上去吃早饭时，脑海里总浮出那对眼珠，不知为什么眼珠成了血红的，他还闻到血腥的气味。黄土想到湖底下的那个世界，看来那下面并非乐园，而是有点像厮杀的战场啊。但为什么生活在上面的乐园里的人们——这些地主，都愿去那下面？从四面八方来到这里的这些住民，骨子里都渴望那种厮杀的生活？黄土当然也不例外，尤其是当他见过自己的墓碑之后，有几天里他甚至有些"恶向胆边生"的样子了。不过不是因为愤怒，只是因为无名的激情。这个时候，他突然听到有人在问他："你打定主意了吗？"黄土回头一看，看见村长站在他身后。村长盯着他，似乎在等他回答。黄土想了想，回答说：

"当然，我打定主意了。"

说完这话黄土就感到心里生出一股豪情。

村长脸上的皱纹舒展开来了，那张脸突然变得像顽皮的小孩。

"枫树村的儿子嘛，当然不会打不定主意！"他说。

"村长，您什么时候进来的，我怎么没看到？"黄土有些惶惑。

"我一直藏在你屋里，我在等你。现在我们可以走了吗？"

"好，我们走吧。"

黄土感到自己在走那天的老路。他俩从密密匝匝的芦苇丛中挤过去，又到了上次那块空地上。那块碑还在原地。黄土弯下身再次打量它。他吃了一惊，那上面刻下的不再是他的名字，而是一个叫"陈小友"的人的名字。他望了望周围，看还有没有别的石碑，但是没有。难道是一场恶作剧？

"这不是很好吗，"村长笑眯眯地说，"枫树村人的名字轮流在上面出现。我总是带人来看它，这工作很有趣吧？"

"是很有趣。刚才我以为您要带我去湖底下潜水呢。"黄土说。

"这就是湖底下啊。你不是见到墓碑了吗？你回想一下，平时你一个人在芦苇滩里行走时，见过这块地方吗？"

"没有，确实没有。多么奇怪啊！村长，您一定有上天入地的本事吧？"

"上天入地的本事倒没有，但我知道很多这种偏僻的角落。"

黄土一抬头，又看见了天空中的巨鹰。

"它总不放过我，为什么呢？"黄土抱怨说。

"因为你老惦记着它嘛。你是个好孩子。"村长的口气变柔和了。

他俩一齐朝巨鹰挥手。它似乎犹豫了一下，然后突然飞走了。

"它看到对手了。"村长笑起来，"它迷恋的不是我这一种。黄土，你要一直惦记它，它会让你走在正道上。"

黄土使劲点头。

"现在我要回枫树村去了，我的船在等我。"

村长挥了挥手就拨开芦苇走掉了。

黄土的脚下响起了嗡嗡的声音，他又踩在美人鱼的骨头上了吗？

第十四章

返老还童的湖

这位名叫亮的山民在黄昏时抵达了野鸭滩。本来他可以趁天还没黑到小镇上找个旅馆住下来休息,镇上有了好几家旅馆。可是亮此刻心情激动,根本没想住旅馆的事,只是一个劲地朝自己想象中的野鸭滩的方向走,一边走一边倾听湖水拍击堤岸的声音。他是早年离开洞庭湖举家迁往山区的那批人里头的一个。迁居的原因只有一个:湖区太苦。三十多年过去了,亮忽然对昔日的故乡生出了好奇心,并且这种好奇心一天比一天强烈,简直令他坐立不安了。他必须"回湖里去",他对山寨里的邻居们说。邻居们都沉默。谁能劝说他——一个失去了妻子,孩子们都已远走高飞的老汉?然而他并不是去叶落归根死在老家,他虽已经六十多岁,但觉得自己老当益壮,还可以独自重新开始生活。亮的三个儿子也不劝他留在山区,他们了解父亲,他们也以沉默来为他送行。就这样,老汉顺利地来到了故乡。

走过那条街,他感到眼前的一切事物都似曾相识,但又难以确定。他似乎在找什么东西。出了街道就是那条大水渠,他记得沿着水渠就可以走到野鸭滩,虽然路有点远,但总是走得到的。夜已深,天上星光闪耀,地上能看得清路。他不知道这条路是否会将他带到村里去,因为经过七弯八拐,他感到自己已经远离了湖,他闻到了旷野里的野花的香味。这就是说,这条水渠根本不是沿湖修建的那一条,而是另外一条……他从未见过的一条。亮心里想,下船后不管走哪条路,总会走到野鸭滩,根据经验是这样。然而三十多年前的经验还有没有用?他没有把握。

他又往前走了好一阵,既没有看到房屋,也没有看到稻田和鱼塘,更没有看到人影。他判断了一下,认为自己应该是在野鸭滩的地盘上——刚下船时他找到了那条熟悉的老街(虽然有点难以确定),然后他从街头往东边走,这个方向他以前走过无数次,是不会错的。这就是说,即使野鸭滩变得认不出了,他走的方向也没错。现在天虽已很晚,亮还是感到精神抖擞,这也是他走在家乡的土地上的明证啊。

到后来那条大路终于走到了头,变成几条小道。朝前望去,其中一条小道的尽头有一团看上去像房屋的黑影,黑影中有一点朦朦胧胧的光,像是灯光。于是他选择了这条道。他还是在船上吃的盒饭,走了这么远的路却一点都不饿,他在心里说:"在家乡,就连空气都能填饱肚子啊。"

一旦踏上这条小道,前方的房屋的轮廓立刻变得清晰了:这不是秀钟家的房子吗?再看周围的景物,一股熟悉的气息扑面而来:老柳树;倒塌了半边的二梅家的牛栏屋;不知哪一年搬来的，样子难看的大石头；很久以前村里人洗衣服的水塘……这些旧时的景物突现在他眼前，令他激动不已。那房门口站着的黑影，难道真是秀钟？亮加快了脚步。不过他走了好一会儿还没靠近那房子，他想，也许这是湖区的视野同山区大不相同的缘故吧。他又试着喊了几声秀钟，但那黑影纹丝不动，显然是离得太远而没有听到。往事在脑海中汹涌，亮跑了起来。尽管背上的背包不轻，他还是感到脚下生风，像有人在推着他跑一样。

终于快到房子面前了，亮大吼一声。秀钟立刻转过脸来了。即使亮看不清他的脸，也知道他脸上笑成了一朵花！

"老亮啊，你可把我想苦了！"秀钟大声说。

"难道你……你知道我会来？"亮听了他的话大吃一惊。

"怎么能不知道？你还不了解秀钟？你刚一上船往这边来我就知道了！"

秀钟拿下亮的背包，两人一同进了屋。就像一家人一样，马白和秀钟让亮洗漱了一番，然后请他上桌喝米酒，吃家乡腊肉凉菜。

喝酒间，马白突然伤感起来，就去卧房里休息了。

秀钟和亮喝了一碗又一碗，但两个人都没醉，不但没醉，还异常清醒。

夜已深，有人在大堤上拉提琴，拉的是《梁祝》，激越而婉转，两位老人都听得清清楚楚，两人眼中都饱含泪水。秀钟听见亮嘀咕了一句："就是在这会儿死了也甘心了。"秀钟会意地点了点头，向亮提议去湖里逛一逛。

这是一个比较昏暗的夜，秀钟同亮走上大堤时，他心里有点紧张。但他马上就放下心来——那艘大渔船的船舱里灯光明亮，是汽灯。

舱很大，里面并没有人，中间摆着一张桌子，光滑的桌面上立着一个相框，相框里是一位老妇人的照片。

"这不是你母亲吗？他们怎么弄到你母亲的照片的？"秀钟大声说道。

实际上，亮的母亲当年同他一块迁移到了山区，没多久就因病去世了。

他俩在矮桌边盘腿坐下了。亮感到船已经起锚了，现在也许正向湖心驶去。他刚要凑近相框去端详母亲的遗容，就听到秀钟在说："我们到了。"

"到了哪里啊？"亮迷惑地问。

"我们的家乡啊。你难道没听到——"

现在亮听到了，外面有一队人在拔河，似乎都是壮年汉子，都在喘粗气，气氛特别紧张。他们的脚掌紧踩泥地，大概每移动一下都擂出了一个小坑。亮也随之变得紧张起来，他想，难道要死人？这种游戏，应该不会吧。他想起身到舱外去看，被秀钟制止了。秀钟说，现在船舱是封闭的，根本就出不去，还是仔细倾听吧。秀钟这样一说，亮更紧张了。他同秀钟已经三十多年没见面了，秀钟现在到底变成什么样了？在这舱里，亮仍然可以听到湖水流动的声音，可拔河的人们却分明是在陆地上。

"拔河的游戏在这里兴起很久了。"秀钟说。

"真有点像生死搏斗啊。我没想到我还能如此激动，就像我自己在现场一样。"

秀钟微笑了，他对亮说他当然在现场，要不他能在哪里？

"那么，他们的抗衡会持续多久？"亮迷惑地问。

"我看他们会永远持续下去。这座湖还年轻，那些拔河的孩子更年轻。洞庭湖区的人，活到一定的岁数就会产生永生的感觉。"秀钟慢慢地说。

"就像我们现在的感觉一样吗？"

"差不多吧。"

秀钟问亮有没有听到小孩子们在外面奔跑，亮说听到了。

"湖底很空旷，小孩子们想要跑到哪里就跑到哪里，没有边界。"秀钟描述着。

亮设想那种没有边界的情形，觉得太可怕了，他全身发抖。他仔细看了秀钟一眼，发现这位同龄人一点都不紧张。如果自己当年不离开，现在不就成了秀钟吗？他后悔自己太沉不住气，太缺少定力，他也佩服起这位邻居来。看来秀钟是生活在永生的意境中，而他还做不到这一点，所以才紧张，才发抖。但来日方长，他会不会有一天也变成秀钟这个样子？

有个女人在舱外什么地方喊秀钟的名字，好像是马白的声音。她一声接一声，很焦急。难道家里有急事？秀钟对亮说，他之所以不回答，是因为他的声音传不到她那里。他们的船在湖心，这里是另一个世界，可以听到外界的动静，却不能直接向外界喊话，喊了人家也听不见。他还说每次他来湖里马白都要喊他，为的是给他一种方位感。

"方位感！太动人了，老秀啊！"亮羡慕地说，"你给我讲讲这里的生活吧。"

"现在野鸭滩有不少人了。我们就像生活在地球的中心一样。"秀钟说。

"地球的中心?人人都永生吗?"亮急煎煎地问。

"是啊,人人都永生,包括你,老亮。"

"我好像有点明白了。"

"不要急。这里的日子都是按部就班的。"

"啊,秀钟!"亮突然热泪盈眶了,他用袖子擦着泪,连声说,"我不急,不急……"

舱里有两张行军床,两人坐累了,就去行军床上躺下。亮问秀钟,他刚来时,秀钟站在黑暗里等候他时,是如何设想见面的情景的。

"设想?"秀钟说,"我没有设想。你是从家乡出去的,我干吗要对你进行设想?你听,那三个孩子又跑过去了。他们停不下来,他们是老曹家的。"

秀钟说着话就睡着了。亮没有睡意,他一直在紧张地拔河,情绪放松不下来。到了下半夜,他勉强可以控制自己了,就轻轻地起床,站在秀钟的面前。汽灯的白光照着秀钟的脸,那张脸像死人的脸。亮忍不住用手探了一下他的鼻息,居然没有鼻息!永生就是不呼吸吗?亮走到舱门口一探头,立刻感到头晕。他什么也看不到,什么也听不到。当他跌坐在甲板上时,才隐约地记起这条船似乎在飞速地转圈子。难怪秀钟说船所在的地方是另外一个世界。这里也许是地球的中心之中心?可他却能坦然地在这里睡大觉。

亮一躺下,就又听到外面的人在拔河,他立刻进入了他们的氛围。

现在拔河的汉子们变得冷静而自如了，不过并未减弱力度。

"有新来的观众，真是令人振奋啊！"一个说。

"今天确实大不相同，湖面变得像绿宝石。"另一个说。

"我不是观众，"亮提高了嗓门说，"我是从这里出走的！"

秀钟立刻从行军床上坐起来了，他拍着自己的脑袋说："我真该死。"

亮问秀钟是怎么回事，秀钟就说，他忘了提醒亮，在舱里是不可以同外面的人直接对话的，这样一来，亮就听不到下面的好戏了。

"什么好戏？你能告诉我吗？"

"不能。因为我也不知道。"

两人一块走到舱外，默默地看着黝黑的湖面，站立了好久。渔船正缓缓地向岸边驶去。大堤上，三个小孩在唱儿歌。"这些彻夜不眠的孩子啊。"亮在心里说。

他们一上大堤，小孩们就如风卷落叶一样跑掉了。

亮在秀钟家睡到中午才起来。

"大姐，你昨天为什么事伤心啊？"亮问马白。

"我是为你伤心啊。被迫离开家乡，三十多年后才回来——什么样的苦难！"

"你俩心肠真好。"亮由衷地说。

他想帮马白晒排菜，可是马白攥他走，说秀钟在湖里等得不耐烦了，他必须马上去船上。于是亮换上工作服，匆匆地赶往湖边。

他赶到大堤上时，看见那条渔船已经开到湖心去了。秀钟没等他，大概已经等得太久了。亮站在原地，感到眼前的风景变得陌生了。一个小男孩向他走来，亮以为小男孩是去找什么人的，可是小男孩走到他身边抓住了他的手。

"你是谁家的孩子，叫什么名字？"

"我叫兜，是老曹家的。"男孩大大方方地说，"我带你去吧。"

"你怎么知道我要到哪里去？"亮好奇地问。

"你是新来的，所有新来的都是想去一个地方。"

他俩下了大堤，来到旷野里。两人徒步走了好久，亮很佩服兜的耐力。到处都是油菜花，蜜蜂嗡嗡叫着。这个地方真大啊，以前他在野鸭滩从未见过这个地方。他想问兜，但兜一直保持沉默，他觉得任何提问都是不恰当的，他甚至觉得这个小孩是他的上级领导——兜顽强，有主见，又守口如瓶。

他终于看见豁口了，从斜坡一直往下就是那巨大的豁口。

"叔叔，你自己走进去吧。我姐姐还在堤上等我呢。"

兜说完就跑掉了。亮一个人站在斜坡上。他在想："我已经老了，还是回到了老家，又看了这么多好戏，应该是够本了。"他迈开脚步朝前走。可是前面有一个人从豁口里走出来了，那人朝他招手。

"你是这里的原住民，可是我还得给你安排。我是说你的土地权限问题。"他面露笑容，似乎很高兴，"此地的一切权属都重新分配过了。我姓余，老余。"

"我觉得我已经老了，不需要土地了。我的日子不多了，能待在这里就很满意了。"

亮一说出这话就发现老余正将责备的目光投向自己。

"你说的这种情况在野鸭滩不存在。什么叫不需要?这里的每个人都是地主,每个人都需要土地和湖泊,还有天空。"

"我明白了。秀钟说你们现在成了永生人。"

"也包括你,老亮。"

"那么我现在可以去豁口里面看看吗?"

"现在你还不能进去,因为你还没有领土地权证。"

亮朝豁口里面瞄了一眼,发现那里果然有一扇紧闭的大铁门。老余撇下他转身走向铁门,用一把钥匙开了锁,自己进到里面,然后哐当一声将铁门又关上了。亮推了几下铁门,铁门纹丝不动。

亮退回旷野里。他失去了方向,在油菜花丛里乱走。兜向他跑来。

"我要回村里,该怎么走?"他问兜。

兜指了一个方向,要他一直走。

"你刚才带我去的豁口能通向什么地方?"

"通向洞庭湖底。"

亮看见远方有两个姑娘的身影,兜正跑向她们。亮有点沮丧:没赶上秀钟的船,也没能进入豁口。但他又想,毕竟事情在按部就班地朝他的意愿发展啊,他马上要成为一名地主了。真令人兴奋不已啊!走了一会儿,他就看见了秀钟的旧房子。他在心里呼唤:"秀钟,秀钟,好兄弟!"

"老亮,你这么快就办完事回来了啊。感觉如何?"秀钟的声音响了起来。

他是突然出现在路上的,亮觉得他的现身很奇特,就像一团气变成了一个人一样。

"办事？办什么事？"亮很不解。

"你不想称它为办事，我们就称它为游戏好了。"秀钟微笑着说，"这里现在成了游戏之地。我本想同你去湖心搞一场决斗，可是被老余拦下了，他说要先替你解决身份问题……老余是热心人，他没有让你失望，对吧？"

"对，他是那种让人心灵开窍的人。"

"现在离吃饭的时辰还早，我们去野地里坐一坐吧。有一个人要从城里来，我要在你刚才走过的地方接他。"

他们来到油菜地时，亮注意到方圆几里路一个人影都没有。

秀钟用野草做了两个大草团，两人坐在上面。

"从前我住在这里时，怎么不知道有这么一大片荒地啊？"亮问道。

"这块地应该是从地底新长出来的吧。是一种伪装。你也看到了，豁口就在那边。从前没有豁口，村里人就老抱怨。"

两人不约而同地看天。亮在心里想，天气真好啊。

在草团上坐了不到十分钟，秀钟突然站起来向一个方向招手。亮望向那个方向，却并没有见到有人。于是亮问秀钟向谁招手。

"他已经走过了豁口。"秀钟平静地说，"你离开时他还很小。他在城里做生意，可又舍不下我们这里，隔一段时间就要回来看看。"

秀钟简单地介绍了一下虾的情况，又用手指着一个方向，说那就是虾的老屋，里面很长时间没住人了。亮用力向那边看，还是什么都没见到，除了油菜花。他为自己的眼力感到惭愧。

正在这时，虾出现了。

亮看见一个充满了朝气的年轻人向他和秀钟走来了。

"这是亮叔，亮叔是野鸭滩人。"秀钟向虾介绍说。

"亮叔您好！我叫虾。"

"多么活泼的名字啊！"亮笑容满面地说。

秀钟也满眼都是笑意。他交给虾一个纸包，虾接过去，匆匆地向老人们告别了。

"那是什么啊？"亮问道。

"一种古钱币。我们这里一共有两枚这种钱币，大家将钱币传来传去的，谁有困难就送给谁。虾的老屋里很久没住人了，年久失修，他一定很困难。你瞧！"

亮顺着秀钟指着的方向看去，看见虾手里举着一盏绿色的灯，一闪一闪地消失在远方。秀钟告诉亮，那不是灯，是古钱币。秀钟又问亮愿不愿意在他家吃过晚饭后，去芦苇滩看他的新房。老余已经帮他把房子都收拾好了。

"太好了！老秀，我不知道要如何感谢你……"亮的声音有点哽咽。

"不要谢我，都是老余安排的。"

"我这就搬进新家，我迫不及待了。啊！本来我以为我这一生都快过完了，可是你们让我知道，一切才刚刚开始……我太激动了！"

他俩往家的方向走时，太阳正在落下去，将他俩的身影拉得长长的。亮不断地揉自己的眼，他想让自己确信，发生的这一切全是真的。

341